EEN FANTASTISCH UITZICHT

EERDER VERSCHENEN IN DE HOPE'S CROSSING SERIE:

Tussen hoop en liefde
Nieuw begin

RaeAnne Thayne

Een fantastisch *uitzicht*

Vertaling Ingrid Zweedijk

HarperCollins

MIX
Papier van verantwoorde herkomst
FSC® C083411
www.fsc.org

Voor het papieren boek is papier gebruikt dat onafhankelijk is gecertificeerd door FSC® om verantwoord bosbeheer te waarborgen.
Kijk voor meer informatie op www.harpercollins.co.uk/green.

HarperCollins is een imprint van Uitgeverij HarperCollins Holland, Amsterdam.

Oorspronkelijke titel: *Currant Creek Valley*

Vertaling: Ingrid Zweedijk
Omslagontwerp: zero-media.net, München
Omslagbeeld: © FinePic, München
Zetwerk: Mat-Zet B.V., Huizen
Druk: CPI Books GmbH, Germany

ISBN 978 94 027 0726 7
ISBN 978 94 027 6226 6 (e-book)
NUR 302
Eerste druk in deze editie maart 2021

Originele uitgave verschenen bij HQN® Books, Toronto, Canada.
Deze uitgave is uitgegeven in samenwerking met Harlequin Books SA.
HarperCollins Holland is een divisie van Harlequin Enterprises ULC.

www.harpercollins.nl

Hoofdstuk 1

Alexandra McKnight opende de deur van haar droomrestaurant-in-uitvoering en hield haar adem in.

Ze was er nu al weg van en wilde graag dat haar beste vriendinnen door de zaagbokken en steigers en onafgewerkte muren en vloeren heen keken en zagen hoe fantastisch het zou worden.

De leden van haar boekenclub dromden naar binnen, een tikje buiten adem van de klim omhoog over Main Street vanaf de boekwinkel van haar zus Maura in het centrum van Hope's Crossing. Ze hadden in elk geval een mooie aprildag voor het wandelingetje, zonnig en aangenaam met slechts een paar donzige schapenwolkjes aan de hemel.

Claire McKnight, Alex' beste vriendin en inmiddels schoonzus, was als eerste binnen. Ze liep langs de nieuwe tweezijdige open haard van riviersteen, die de toekomstige receptieruimte scheidde van de eetzaal op de begane grond, en draaide in de rondte om de afgebikte bakstenen muren in zich op te nemen, de originele houten vloer en de brandweerpaal vanaf de eetzaal op de eerste verdieping, waar zich vroeger de slaapvertrekken van de oude brandweerkazerne bevonden, in de tijd dat Hope's Crossing nog een ruig en roerig mijnstadje was.

'Wat een te gekke ruimte,' riep Claire uit. 'Ik geef toe dat ik er een hard hoofd in had toen je me vertelde dat Brodie en Jack dit plan aan het bekokstoven waren. Ik bedoel, dit oude gebouw was al eeuwen een doorn in het oog. Ik vond dat ze het jaren geleden al met de grond gelijk hadden moeten maken. Maar nu het opgeknapt wordt, zie ik ineens allerlei mogelijkheden.'

'Ja, toch?' Stralend keek Alex naar Claire en haar andere vriendinnen en familieleden die naast hen stonden.

'In één woord geniaal om de deuren voor de brandweerwagen te vervangen door die grote glazen schuifpui,' riep Charlotte Caine, haar knappe gezicht oplichtend van enthousiasme. 'Wat een ongelooflijk uitzicht op Woodrose Mountain en het centrum. Je kunt hiervandaan alles zien.'

'Weet ik. En in de zomer kunnen we de pui openschuiven en er een grote buitenruimte van maken.'

'O, lieve schat. Dit is super!' riep haar moeder uit. Mary Ella kneep in haar hand en Alex was zo blij dat ze hen mee had genomen naar het restaurant voor een snelle rondleiding en een geïmproviseerde picknick om het Bites-gedeelte van hun naam Books and Bites eer aan te doen.

'Brodie is lyrisch over Brazen.' Evie Thorne streek een

lok lang blond haar achter haar oor. 'Zo enthousiast over een project heb ik hem in tijden niet meegemaakt.'

'Jack heeft echt fantastisch werk geleverd met het ontwerp,' zei Mary Ella, om zich heen kijkend.

'Uiteraard. We hebben het hier wel over Jackson Lange.' De vrouw van de man in kwestie glimlachte glunderend, iets wat Alex had verwacht nooit meer te zullen zien op het gezicht van haar oudere zus na de verschrikkelijke periode twee jaar geleden. Ze was Jack zoveel dank verschuldigd. De briljante bouwkundige creativiteit die hij in het ontwerp van dit pand had gestoken, was nog het minste waarvoor ze hem dankbaar was.

Ze glimlachte naar dit groepje vrouwen van wie ze zo zielsveel hield. 'Ik ben echt een mazzelkont dat ik zussen en vriendinnen heb die niet alleen zelf briljant en getalenteerd zijn, maar ook de klasse hebben om met een goede partij te trouwen... zodat ik dat niet hoef te doen.'

Zoals ze eigenlijk wel had verwacht, riepen haar woorden een lach op bij bijna iedereen, behalve bij haar moeder. De bezorgde schittering in haar moeders ogen achter het trendy brilletje ontging Alex niet. Ze negeerde het, zoals gewoonlijk. Ze vertikte het om zich druk te maken om haar moeders zorgen. Niet nu ze zo opgelucht was over hun enthousiaste reacties op het restaurant, zelfs in deze embryonale fase.

'Bedankt dat jullie vandaag helemaal naar boven zijn

komen lopen voor de lunch. Als beloning mogen jullie hier bij Brazen als eersten van een maaltijd genieten, of wat er voor doorgaat. Ik heb een picknick voor ons ingepakt. Dat leek me wel toepasselijk, gezien de befaamde picknick in het boek van de maand.'

'Ik vind nog steeds dat we Pride and Prejudice hadden moeten kiezen in plaats van Emma. Mr. Darcy is als hoofdpersoon veel sexyer dan Mr. Knightley,' merkte Brodies moeder, Katherine, op met een onmiskenbare glinstering in haar ogen.

'We hebben P and P twee jaar geleden al gelezen, weet je nog?' hielp Mary Ella haar herinneren. 'Toen had Alex die heerlijke gebonden soep en trifles gemaakt.'

'Ik hoop niet dat je duivenpasteitjes en koud lamsvlees in die mand hebt zitten die je helemaal mee omhoog hebt gesjouwd,' zei Alex' oudste zus, Angie.

'Hoe weet je in vredesnaam nog wat ze aten tijdens de picknick in Emma?' vroeg Charlotte.

Angie grijnsde. 'Bij mij draait alles om eten. Dat zou je onderhand wel eens moeten weten.'

'Geen duif of lamsvlees. Gewoon saaie koude kip, aardappelsalade en fruit. Maar ik heb wel pasteitjes. En andere dingen.' Ze klapte de grote rieten mand open, haalde de deken eruit en spreidde die uit op de houten vloer. 'Sorry dat we nog geen tafels en stoelen hebben. Ze zijn besteld, maar het duurt nog een paar weken voordat ze afgeleverd worden. Als je liever niet op de grond zit, kun je op de trap gaan zitten. Katherine, mam, Ruth, jullie drieën kunnen op de rand van de haard zitten.'

'Prima,' zei Katherine Thorne.

Alex zette de schalen in het midden van de deken neer, en de volgende paar minuten was de hele boekenclub druk bezig borden vol te scheppen.

Dit was een krankzinnig idee om hen hiermee naartoe te nemen voor een picknick. Het was voor iedereen een stuk comfortabeler geweest om beneden te eten in Dog-Eared Books & Brew, Maura's winkel, maar Alex had hun dolgraag de vorderingen willen laten zien.

'Je zult wel enorm uitkijken naar de opening van het restaurant,' zei Julie Hamilton, een van hun nieuwere leden, met een mond vol kipsandwich.

'Ik kan niet wachten,' zei Alex, hoewel ze er niet aan toevoegde dat ze diep vanbinnen ook bibberde van angst, als ze eraan toegaf. Haar eigen restaurant runnen was iets waarvan ze had gedroomd sinds haar besluit de koksopleiding te volgen. Nu de openingsdatum naderbij kwam en de droom hard op weg was om werkelijkheid te worden, streed faalangst met haar hoopvolle verwachtingen, de angst dat ze niet de noodzakelijke capaciteiten en creativiteit bezat om Brazen te laten schitteren te midden van het drukbezochte horecawereldje in Hope's Crossing.

‘Voor zover ik kan zien, ontbreekt er maar één klein detail,’ zei Angie.

‘Wat dan?’ vroeg Mary Ella.

Opnieuw keek haar zus de open ruimte rond. ‘Misschien mis ik iets, maar, eh... waar is de keuken?’

‘O, mijn hemel, je hebt gelijk,’ riep Janie uit. ‘Er is geen keuken!’

‘Waar is die briljante architect van een echtgenoot nu?’ plaagde Katherine Maura. ‘Hij heeft het belangrijkste onderdeel over het hoofd gezien.’

‘Ja, ja,’ zei Alex, hoewel de zenuwen haar door de keel gierden. Ze had een keuken nodig! ‘Die komt er aan. Nog drie weken, volgens Brodie. De aannemer die tot dusver het grootste deel van de renovatie heeft gedaan, had plotseling een ernstig zieke in zijn familie, dus moest Brodie iemand anders inhuren om het af te maken.’

‘Sam Delgado,’ zei Evie. ‘Hij heeft al vaker met Brodie samengewerkt aan projecten in de buurt van Denver. Ik heb hem een paar keer ontmoet. Hartstikke aardige vent.’

‘Het kan me niet schelen hoe aardig hij is. Zolang hij zich maar uit de naad werkt om de keuken af te krijgen, zodat ik voorraden kan gaan inslaan en we een openingsdatum kunnen prikken.’

Die onzekerheid was maar een van de zorgen die haar ’s nachts wakker hielden. Na jarenlang souschef te zijn geweest in andermans keuken, had ze nu eindelijk de kans om zichzelf te bewijzen. Als eigenaar en projectontwikkelaar van het restaurant gaf Brodie haar die kans, en die mocht ze niet verknallen.

Ze zou het heus wel redden, stelde ze zichzelf voor de zoveelste keer gerust. Ze was een harde werker en getalenteerd en had jaren ervaring onder haar witte koksmuts. Meer had ze toch niet nodig?

'Ik las ooit ergens dat negen van de tien nieuwe restaurants in het eerste jaar de deuren al sluiten,' zei Ruth Tatum, die haar mondhoeken afveegde met een servetje.

'Mam.' Claire trok een grimas.

'Wat? Het is echt zo.'

Alex was Ruths tactloze opmerkingen wel gewend, aangezien ze praktisch was opgegroeid met Claire, maar de woorden, en het pessimisme erachter, staken toch. 'Dat is trouwens een fabeltje,' weerlegde ze snel. 'Het werkelijke aantal is ongeveer één op de vier in het eerste jaar. En drie op de vijf na ongeveer drie jaar.'

Alweer zoiets wat haar 's nachts wakker hield. Hoe moest ze iedereen die in haar geloofde onder ogen komen, als ze van Brazen geen succes wist te maken?

'Dit wordt een van de restaurants die het wel redt,' verklaarde Mary Ella loyaal. 'Vooropgesteld dat je inderdaad een keuken krijgt en niet alles hoeft klaar te maken op een barbecue in de achtertuin.'

Alex zuchtte. 'Voorlopig moeten jullie je fantasie even gebruiken als het om de keuken gaat. Geloof me, als ik zeg dat die fantastisch wordt. Ik heb de tekeningen doorgenomen met Jack en Brodie. Jullie hebben allemaal Brodies andere restaurant in het centrum gezien. Je snapt natuurlijk wel dat dit wordt voorzien van de modernste snufjes.'

'Wanneer kunnen we hier echt komen eten?' vroeg Maura.

'Je eet hier nu,' kaatste ze terug. 'Een bijzonder smakelijke spinaziesalade, al zeg ik het zelf.'

Haar zus trok een gezicht. 'Dat bedoelde ik niet, Alexandra. Voor wanneer staat de opening van Brazen gepland?'

Stug negeerde ze de kriebels in haar maag. 'Eind mei, maar vóór het weekend van Memorial Day. We wilden een paar weken hebben om eventuele kinderziekten eruit te krijgen voordat het toeristenseizoen aanbreekt.'

'Dan heb je niet veel tijd over, als de aannemer nog drie weken nodig heeft om de keuken af te maken,' hield Ruth haar voor, behulpzaam als altijd.

'Ja, dat weet ik. Als het goed is, komt hij dit weekend deze kant uit. Het kan mij niet snel genoeg zijn.'

'Dan is hij er ook,' verzekerde Evie haar. 'En ik garandeer je dat hij geweldig werk zal leveren.'

Ze kon nog steeds niet geloven dat het allerbelangrijkste element van haar nieuwe restaurant niet af was. Wat haar betrof, had de vorige aannemer in de keuken moeten beginnen en daarna de rest aanpakken.

'Maak je geen zorgen. Het wordt allemaal tiptop,' stelde Claire haar gerust. 'Iedereen weet wat een wereldkok je bent. Je hebt straks een rij mensen van hier tot Silver Creek Canyon voor de deur staan, wachtend om jouw gerechten te proeven.'

Ze was diep geroerd door Claires rotsvaste vertrouwen, maar ze moest het met meer dan een korreltje zout nemen. Claire zou nog liever haar tong afbijten dan iets zeggen wat zelfs maar zou kunnen worden opgevat als een kritische noot op Alex' paradepaardje.

'Bedankt, mop.'

Tot haar opluchting dreef het gesprek af van het restaurant en kwam op de reden dat ze bij elkaar waren, het boek dat ze die maand hadden gelezen. Ze bespraken de tot mislukken gedoemde relaties in het boek, Emma's sterke en soms onaardige persoonlijkheid, hoezeer ze verschilde van de meeste vrouwelijke hoofdpersonen van Austen.

Tegen de tijd dat de levendige discussie doodbloedde en het gesprek op de plaatselijke roddels kwam, waren de meeste boekenclubleden aan het toetje begonnen.

'Charlotte, hoe is het met je broer?' vroeg Mary Ella

tijdens een zeldzame korte stilte.

Charlotte legde het suikervrije koekje neer dat Alex speciaal voor haar had gebakken. Elke keer dat ze een maaltijd klaarmaakte voor de boekenclub, probeerde ze er rekening mee te houden dat de snoepwinkeleigenaresse zich uitermate bewust was van elke hap die ze nam nadat ze het afgelopen jaar bijna vijfendertig kilo was afgevallen.

'Hij mag eindelijk naar huis.'

'O, dat had ik nog niet gehoord!' riep Katherine uit. 'Wat een geweldig nieuws.'

Aan Charlottes gezicht te zien, was ze het daar niet volledig mee eens, maar ze produceerde een geforceerd overkomend lachje. 'Een paar maanden geleden is hij officieel ontslagen uit het Walter Reed, maar hij bleef daar in de buurt voor zijn revalidatie. Mijn vader zal blij zijn als hij weer thuis is.'

Tot Alex' binnenpret leek Katherine een tikje opgewonden bij het noemen van Dermot Caine, de eigenaar van het Center of Hope Cafe. Die twee hadden een oogje op elkaar, maar tot nu toe had geen van beiden de eerste stap gezet.

Dermot zou zijn zoon ongetwijfeld goed te eten geven, maar toch prentte Alex in haar hoofd Dylan Caine op haar persoonlijke bezorglijstje te zetten. Het café serveerde ouderwets goede, stevige maaltijden, maar een oorlogsheld als Dylan verdiende zo nu en dan een gerecht voor de fijnproever.

'We moeten een barbecue of zo voor hem organiseren,' opperde Mary Ella.

Charlotte schudde snel haar hoofd. 'Dat zou hij vreselijk vinden. Hij is heel... anders dan de Dylan die jullie je waarschijnlijk allemaal herinneren. Hij zal amper een woord tegen ons zeggen.'

Charlotte kwam uit een even groot gezin als Alex, alleen was zij het enige meisje in een huis vol jongens, terwijl Alex vier zussen en maar één broer had, Claires echtgenoot, Riley.

'Ik moet maar weer eens terug naar de boekwinkel,' zei Maura. 'Jack heeft Henry vanmiddag meegenomen naar kantoor en die zal intussen wel aan een dutje toe zijn.'

'Wie? Jack of Henry?' vroeg Mary Ella.

'Allebei. Zeker weten.'

Maura's geadopteerde zoontje was zo ongeveer het schattigste tien maanden oude kindje dat Alex kende, maar hij begon nu al een boefje te worden.

'Ik moet er ook vandoor,' zei Claire. 'We hebben Hannah de leiding gegeven over String Fever zolang wij weg waren. Ze is zo'n softie dat ze zomaar eens de helft van mijn winkelvoorraad kan weggeven.'

Alex moest een grijns onderdrukken om de ironie

dat Claire iemand anders als softie bestempelde, terwijl ze zelf bekendstond om haar onwaarschijnlijke gulheid.

'Ik vind je pand echt het einde, Alex,' zei ze.

'Idem dito,' zei Maura, die haar een zoen op haar wang gaf. Alex kon bijna wel huilen om het geluk dat van het gezicht van haar zus afstraalde, terwijl ze had gedacht dat Maura nooit meer ergens plezier in zou kunnen hebben.

'We komen allemaal op de openingsavond. Probeer ons maar eens weg te houden,' voegde Katherine eraan toe.

Nadat haar vriendinnen hun spullen bij elkaar hadden gescharreld, keek Alex hen na, terwijl ze de heuvel weer af liepen naar het centrum.

Haar moeder vertrok als laatste. Mary Ella omhelsde haar stevig, hulde haar in de vertrouwde geur van bloemen en wasverzachter. 'Dit is echt beeldschoon, lieverd. Het is zo fijn je zo gelukkig te zien.'

Ze maakte zich los uit haar moeders omhelzing. 'Hoe bedoel je? Ik ben altijd gelukkig.'

'Is dat zo?'

Vandaag was ze niet in de stemming voor haar moeders bezorgdheid. 'Ja. Ik straal van geluk. Ik geef zowat licht in het donker. Waarom ook niet?'

Irritatie schitterde in Mary Ella's groene ogen, die ze had doorgegeven aan al haar kinderen. 'Het restaurant wordt grandioos. Alleen... hoop ik dat het alles is waar je van droomt.'

'Dat gaat het worden,' zei ze op ferme toon.

'Je weet dat ik me zorgen om je maak.'

'Omdat ik niet gelukkig getrouwd ben, bedoel je, zoals alle anderen, en er aan de lopende band kleinkinderen voor je uitpers.' Ze had een luchtige toon willen aanslaan, maar kreeg de stellige indruk dat ze in plaats daarvan kregelig en verongelijkt klonk.

Mary Ella verstijfde. 'Dat bedoel ik helemaal niet.'

Ze had nu geen zin in zo'n soort gesprek met haar moeder, niet na hun gezellige boekenclubbijeenkomst. Ze hield zielsveel van Mary Ella en bewonderde haar enorm om de manier, waarop ze de brokstukken van haar leven had opgepakt en was doorgegaan zoveel jaar geleden, maar wat sommige onderwerpen betrof, leed haar moeder soms beslist aan tunnelvisie.

'Weet je het zeker? Lila en ik zijn de laatst overgeblevenen, nu Riley en Maura de sprong hebben gewaagd, en Lila zit te ver weg in Californië om je met haar te bemoeien.'

'Ben ik een bemoeial?' vroeg Mary Ella, haar toon mild maar haar ogen fonkelend.

Dat was niet eerlijk tegenover haar moeder, wist ze. 'Nee,' gaf ze toe. 'Maar ik weet dat je graag zou zien dat ik een vaste relatie had, net als de rest.'

'Alleen als dat is, wat je wilt. Het maakt me niet uit als je nooit trouwt, Alex. Ik ben de afgelopen twintig jaar als single door het leven gegaan en ik ging ervan uit dat ik dat zou blijven. Ik had absoluut niet verwacht dat Harry Lange mijn leven binnen zou komen stormen.'

Ze was blij dat Harry Mary Ella gelukkig maakte, om redenen die ze nog steeds niet goed begreep, maar dat betekende niet dat ze haar moeders liefdesleven wilde bespreken.

'Je hoeft je om mij geen zorgen te maken, mam. Ik heb bijna alles wat ik wil.'

'Bijna?'

Ze gebaarde naar de lege, weergalmende ruimte. 'Ik moet er alleen nog voor zorgen dat Brazen inslaat in het plaatselijke horecawereldje, bij wijze van spreken dan.'

Mary Ella leek niet overtuigd, maar ze zei niets en stak haar armen in de mouwen van het jasje dat ze tijdens de picknick uit had getrokken. 'Ik vind het gewoon vervelend om te zien dat je zo... rusteloos bent.'

Met die omschrijving sloeg haar moeder de spijker pijnlijk op de kop. Ze kon zich nergens op concentreren, ze was als een dolle nieuwe recepten aan het uitproberen, ze sliep niet goed. Ze hield zichzelf graag voor dat haar zorgen voortkwamen uit de stress voor de restaurantopening, maar ze had een diepgewortelde angst dat er iets anders aan ten grondslag lag.

Sinds ze was teruggekeerd naar de VS, was ze lang naar iets op zoek geweest. Ze had zichzelf ervan overtuigd dat het uitsluitend hooggespannen verwachtingen waren van deze periode in haar leven, nu ze eindelijk aan het roer stond van haar eigen restaurant, maar wat als Brazen die leegte binnen in haar ook niet kon vullen?

'Ik ben uitermate tevreden met mijn leven. Alles loopt precies zoals ik het wil.'

Mary Ella stapte naar voren om haar lippen op Alex' wang te drukken. 'Als dat echt zo is, zal ik proberen op te houden me zorgen te maken.'

'Ik geloof dat je langer zou overleven zonder water en zuurstof dan zonder je druk te maken over een van je kinderen.'

Dat ontlokte haar moeder een glimlach, wat ook precies de bedoeling was. 'Dan is het maar goed dat ik er zoveel heb om de liefde tussen te verdelen, nietwaar? Stel je voor dat je enig kind was.'

'Dat kan mijn verstand niet behappen.'

Haar moeders lach schalde nog na toen ze de deur uit liep, de stralende aprilmiddag in.

Ze deed de deur achter Mary Ella dicht en draaide hem op slot, waarna ze terugliep naar de kale ruimte waar binnenkort – hoopte ze – haar droomkeuken zou verrijzen.

Hoewel de keuken niet aan de straatkant lag, zodat de

gasten de mooiste uitzichten kregen, had Jack in het ontwerp voor deze ruimte wel een paar strategisch geplaatste ramen opgenomen die een prachtig uitzicht boden op een aantal van de oudere huizen in Hope's Crossing die tegen de heuvel gebouwd waren, en de bergen erachter.

Dit was van haar. Ze was er nu al weg van.

Al die jaren van plannen, werken, dromen, en over een paar weken zou die droom werkelijkheid worden. Sinds ze was teruggekeerd uit Europa, had ze jarenlang als souschef in andere restaurants gewerkt. Ze had in het verleden kansen gekregen om als chef-kok aan de slag te gaan, maar in geen van de gevallen had het helemaal goed gevoeld. Of ze had zichzelf wijsgemaakt dat ze er niet klaar voor was, of ze vond de restauranteigenaars niet sympathiek genoeg om zo nauw met hen samen te werken, of ze was er domweg bang voor geweest.

Toen Brodie Thorne haar had benaderd met zijn plannen voor deze oude brandweerkazerne, had ze intuïtief aangevoeld dat dit het juiste moment was. Ze kende Brodie haar hele leven al en ze vertrouwde hem volkomen, als gewiekste zakenman met een hele lijst succesvolle restaurants op zijn naam en, nog belangrijker, als mens.

De sterren stonden gunstig en ze kon geen smoesjes meer ophangen.

Ze sloot haar ogen even en stelde zich voor dat het hier vol gasten zat, ze midden in een glanzende keuken orders stond uit te delen aan haar eigen souschef, heerlijke gerechten rook die op het fornuis stonden te pruttelen, het klinken van glazen en gezellig geroezemoes hoorde.

En een salvo van krachttermen, dat bij de achteringang vandaan kwam.

Ze sperde haar ogen open op het moment dat de woorden haar vage fantasie binnen drongen en die in één klap lieten vervliegen.

Er was een man, hier in haar restaurant. Een boze man, zo te horen. Serieus? Iemand dacht werkelijk in haar restaurant te kunnen inbreken op klaarlichte dag, waarschijnlijk in de hoop achtergelaten gereedschap te kunnen stelen?

Dat dacht ik niet, eikel, mompelde ze in zichzelf. Ze griste het dichtstbijzijnde wapen dat voorhanden was van de grond, een stuk hout met ongeveer de lengte van haar romp, en sloop de hoek om.

Een hal liep van de eetzaal naar de toiletten en een ruimte, waarvan ze een aparte zaal wilde maken voor privéfeesten. Met bonkend hart gluurde ze om het hoekje, stuk hout in de aanslag. De middagzon scheen door de ramen naar binnen en ze kreeg niet meer dan een paar vluchtige indrukken van lengte en spiermassa, kort donker haar en een onmiskenbaar bedreigende uitstraling.

De man had al een elektrische zaag in de ene hand en

aan de andere bungelde een gereedschapsriem. Vuile dief. Om de dooie dood niet dat ze haar restaurant door hem liet leegroven, ook al waren de spullen van de aannemer die verantwoordelijk was voor deze zenuwslopende vertragingen.

Ze was te kwaad om te bedenken of het nou wel zo verstandig was het op te nemen tegen een boom van een vent die bovendien gewapend was met elektrisch gereedschap. Dit was haar restaurant, en ze had er verdomme te hard voor gewerkt om een of andere klaploper het idee te geven dat hij hier naar binnen kon stiefelen om de boel te plunderen.

Het stuk hout stevig beetgrijpend in plotseling klamme handen, stapte ze naar voren. 'Waag het niet.'

Met een ruk draaide hij zich om, nog ruiger en angstaanjagender dan ze in eerste instantie had gedacht. Hij liep er ook opvallend verzorgd bij voor iemand die niet veel goeds in de zin had.

'Wat niet?' grauwde hij, zijn stem even nors als zijn trekken.

'Je hebt het verkeerde adres gekozen om te beroven, makker. Toevallig is mijn broer hoofd van de politie.'

Hij boog zijn hoofd opzij, één wenkbrauw opgetrokken. 'O ja?'

'Neem het maar van me aan. Leg het gereedschap neer en maak dat je hier wegkomt voordat ik hem bel.'

'Geloof me, dat wil je echt niet.'

Haar woede werd nog een graadje heftiger bij zijn toon. Als souschef had ze heel wat jaren in de keuken gestaan met humeurige, arrogante mannetjes die meenden haar te kunnen intimideren met bluffen en brullen. Dat was ze beu, nog zo'n reden dat ze niet kon wachten om haar eigen restaurant te openen.

Ze weigerde te erkennen dat hij daar groot gelijk in had. Ze wilde Riley absoluut niet bellen om haar hierbij te hulp te schieten. In het algemeen had ze altijd geprobeerd haar eigen boontjes te doppen, haar familie niet bij haar problemen te betrekken.

Maar dat ging ze hém niet aan zijn neus hangen. In plaats daarvan pakte ze de plank over – die intussen loeizwaar begon te worden – en viste haar mobiel uit haar zak. In dit geval zou ze alle noodzakelijke middelen inzetten. Zelfs als dat betekende dat ze haar broer te hulp moest roepen. Ze scrolde door haar contacten tot ze Rileys nummer had gevonden, maar liet haar duim boven de naam zweven.

'Je hebt drie tellen om 'm te smeren,' zei ze, zich ervan bewust dat ze gevaarlijk neigde naar een personage uit een spaghettiwestern.

Dat vond hij blijkbaar ook. 'Je zult je een ongelooflijke oen voelen als je nu de cavalerie laat aanrukken. Ik doe niets verkeerds.'

Ze snoof. 'Gek, hè, dat is precies wat ik uit de mond van een crimineel verwacht te horen.'

'Ik ben geen crimineel.'

'Ook dat voelde ik op mijn klompen aan komen.'

Hij stootte een ruw lachje uit dat door haar heen leek te knetteren. Gewoon zenuwen, hield ze zich voor. Om ze in bedwang te houden greep ze de plank nog steviger beet en staarde hem strak aan.

Hij leek een beetje te oud om op dievenpad te gaan, ongeveer van haar leeftijd of iets ouder, maar hij had wel een tatoeage op zijn biceps, die onder de korte mouw uitkwam van een afgedragen T-shirt dat elke harde spierbundel accentueerde. Al met al was hij eigenlijk een heel lekker ding, voor een crimineel, ook al leek hij zich allesbehalve bedreigd te voelen door een vrouw met een eind hout en een mobiel in haar handen.

'Mag ik vragen wie je bent en wat je hier doet?' had hij zowaar de brutaliteit om te zeggen.

Haar mond viel open. 'Dat gaat je niks aan! Jij bent degene die zich op verboden terrein begeeft.'

'Echt? Zou je denken? Waarom heb ik deze dan?' Hij stak een hand in de zak van zijn jeans en haalde er een sleutel uit die verdacht veel leek op het exemplaar, waarmee ze ruim een uur geleden de deur had geopend voor haar boekenclub.

'Denk je dat ik zo stom ben om daar in te trappen?

Dat kan net zo goed een sleutel zijn van de opslagloods, waar je je slachtoffers verbergt in vaten vol zuur.'

Hij knipperde een paar keer met zijn ogen, maar het geamuseerde lachje verdween niet van zijn gezicht. 'Wauw. Iets te veel horrorfilms gezien, zeker?'

Oké, misschien was het een tikje overdreven om hem voor seriemoordenaar uit te maken, maar ze was niet van plan nu terug te krabbelen. 'Het punt is dat ik niet weet wie je bent of waarom je inbreekt in mijn restaurant.'

'Jouw restaurant? Mis. Dit is Brodie Thornes restaurant.'

De plank gleed een eindje naar beneden in haar hand, waarop ze hem uiteindelijk met het ene uiteinde op de grond zette en zich ongemakkelijk afvroeg of ze hier misschien een piepklein vergissinkje had begaan.

'Oké, formeel gezien wel, ja.' Het restaurant was van Brodie, als je naging dat hij degene was die alle risico's liep en alle rekeningen betaalde. 'Maar ik ben zijn chef-kok.'

Het halfslachtige lachje van de man sloeg om in een brede grijns, die haar kriebels in haar maag bezorgde. O, hemel.

'Er lijkt hier sprake van een klein misverstand. Jij moet Alexandra McKnight zijn.'

Met samengeknepen ogen keek ze hem aan. 'Misschien.'

'Brodie heeft me over je verteld, maar om een of andere reden dacht ik dat je ouder was.'

Ze trok een gezicht. Dit jaar werd ze zevenendertig, wat soms stokoud voelde. 'Oké, dan hebben we nu dus vastgesteld wie ik ben. En wie ben jij dan wel?'

'O, sorry.' Afkomstig uit dat ongepolijste, vervaarlijk ogende gezicht, overrompelde de charme van zijn vriendelijke glimlach haar. 'Ik ben Sam Delgado. Ik kom je keuken installeren en afmaken.'

Toen zijn woorden eindelijk tot haar trage brein doordrongen, wilde ze haar handen voor haar gezicht slaan. Ze was een halve gare die eigenlijk niet los hoorde rond te lopen. Deze man had opdracht gekregen haar keuken te bouwen in een krankzinnig kort tijdsbestek, en het eerste wat zij deed om hem welkom te heten bij het project, was hem beschuldigen van diefstal van gereedschap dat waarschijnlijk van hemzelf was. Als ze wilde dat deze keuken de ideale werkomstandigheden bood, moest ze nauw samenwerken met de aannemer, die Brodie had uitgekozen. Hoe moest ze dat nu nog voor elkaar krijgen, met dit rampzalige begin?

Ze zette de plank tegen de muur en keek hem aan met wat ze hoopte dat een verontschuldigende blik was. 'Oeps.'

Tot haar opluchting leek hij niet boos, ook al was een lichte irritatie volkomen op haar plaats geweest. 'Ben je nu niet blij dat je de politie niet hebt gebeld?'

'Het was een begrijpelijke vergissing. Je moet toegeven, je bent een gevaarlijk ogend type, Sam Delgado. Het zal de inkt wel zijn.'

'Ik ben een doetje als je me beter leert kennen.'

'Dat betwijfel ik.'

'Wacht maar af.'

Ze wist heel goed dat die woorden niet zo'n tinteling in haar lijf teweeg hoorden te brengen.

Hij deed in elk geval niet moeilijk over het feit dat ze hem bijna met een plank op zijn hoofd had geslagen. Daarvoor moest ze hem punten geven. 'Ik verwachtte je komend weekend pas. Brodie zei dat je niet eerder kon beginnen.'

'Ik heb een aantal andere projecten in Denver eerder dan gepland afgerond en kon daarom een paar dagen eerder weg. Het leek me een goed plan om hier vast heen te gaan en de situatie een beetje te verkennen voordat mijn mannen morgen arriveren.'

De manier waarop hij sprak, het korte kapsel en wat ze in de gauwigheid had opgevangen van zijn tatoeage – die wel iets militairs had, zag ze nu – herinnerden haar eraan dat Brodie had gezegd dat de man bij de Special Forces had gezeten, net als Charlottes broer, Dylan.

Het leek haar veilig genoeg om dichterbij te komen. 'Nou, welkom in Hope's Crossing, Sam Delgado. Ik beloof je, niet iedereen hier zal je met een eind hout begroeten.'

Hij rook lekker, viel haar op. Naar wind en zon en uiterst sexy manspersoon. Ze was echt een halve gare dat het haar überhaupt opviel.

'Ik neem je niet kwalijk dat je op je hoede bent. Elke vrouw zou een tikje achterdochtig worden bij de ontdekking dat een volslagen onbekende haar ruimte binnen dringt. Geeft niks.' Hij legde de elektrische zaag op de grond en de riem erbij. 'Ik heb van Brodie begrepen dat je precies weet wat je met je keuken wilt. Eigenlijk ben ik blij dat je hier bent, dan kunnen we je ideeën doornemen. Praat me maar even bij, als je wilt.'

'Nu?'

Hij haalde zijn schouders op. 'Welja. Waarom niet?'

Ze kon verschillende redenen bedenken, te beginnen met haar hartslag, die nog steeds niet helemaal was gedaald tot het normale ritme. 'Eh... goed, dan. Kom verder naar waar de keuken hoort te komen, dan kunnen we daar praten.'

'Laat me de tekeningen even pakken,' zei hij, wijzend naar de achterdeur.

Eenmaal terug, rolde hij de tekeningen uit, waarop ze de volgende paar minuten nauwkeurig beschreef wat ze in de keuken wilde en wat zij en Brodie al hadden bedacht qua inrichting. Tot haar onuitsprekelijke genoegen had Sam een aantal suggesties, waardoor de werkstroom en de routing daadwerkelijk werden verbeterd.

'Weet je zeker dat dit je gaat lukken met slechts één maand tot de geplande openingsdatum?' vroeg ze.

'Het wordt bikkelen, daar ga ik niet over liegen, maar mijn mannen kunnen deze uitdaging aan. Ik had de klus niet aangenomen als ik er niet van overtuigd was dat we het aankunnen.'

'Een man met zelfvertrouwen, dat kan ik wel waarderen,' zei ze. Het was niet het enige wat ze wel kon waarderen aan Sam Delgado, maar ze droeg zichzelf op het hoofd koel te houden. Voor hetzelfde geld had hij inderdaad een opslagloods vol afgehakte hoofden.

Aan de andere kant vertrouwde Brodie hem en dat telde zwaar bij haar. Hij zou Sam niet bij het project betrokken hebben zonder hem grondig door te lichten. Zelfs als Brodie haar deze ongelooflijke kans om haar eigen restaurant te beginnen niet had gegeven, dan was hij nog altijd de echtgenoot en zoon van twee van haar beste vriendinnen.

Wat was er mis met een beetje onschuldig flirten? Wat heet, Sam Delgado kon zomaar eens de remedie zijn voor de rusteloosheid waar haar moeder het over had. Ze had in geen maanden een date gehad, niet sinds Oliver, de uiterst grappige Zwitserse skileraar die halverwege het seizoen was teruggekeerd naar de Alpen.

Eigenlijk was Sam helemaal haar type – groot, knap en slechts voor een paar weken hier. Zodra het werk voor het restaurant erop zat, zou hij weer vertrekken uit Hope's Crossing. Waarom zou ze niet gezellig wat vrije tijd met hem doorbrengen, nu hij er toch was? Zolang hij maar tijd genoeg overhield om het project af te ronden.

'Lijkt me allemaal wel helder,' zei Sam, terwijl hij de tekeningen weer oprolde die hij uit zijn pick-up had gehaald. 'Aangezien alle apparatuur en planken en werkbladen er al zijn, is het alleen een kwestie van alles op de juiste plek installeren. Dan moet je je opening half mei kunnen halen.'

'Daar ga ik je aan houden, Mr. Delgado.'

'Zodra mijn ploeg er morgen is, kunnen we aan de slag.'

'Hoe groot is die ploeg?'

'Drie man, en ikzelf. We werken al heel lang samen.'

'Heeft iedereen een slaapplek?'

'Brodie heeft een hotel aan de rand van de stad geboekt. Niks bijzonders, maar goed genoeg voor ons.'

'Mooi. Mooi zo.' Ze glimlachte. 'Nou, als je iets nodig hebt, moet je het me maar laten weten.'

'Zal ik doen.'

Het was nu of nooit, dacht ze, en ze trok de stoute schoenen aan. 'Ik zie trouwens geen ring. Is er een Mrs. Delgado?'

Er waren mannen zat die hun trouwring niet droegen, ofwel uit praktische overwegingen, ofwel uit moedwillige misleiding. Wanneer ze geïnteresseerd was in een man, zorgde ze altijd dat ze dat puntje voor de zekerheid even controleerde.

Sommige lesjes bleven een vrouw bij.

Sam Delgado knipperde met zijn ogen, duidelijk een tikje verbaasd over de vraag. Als ze hem niet zo nauwlettend had gadegeslagen, speurend naar een teken van bedrog, had ze de tegenstrijdige emoties in zijn blik misschien wel gemist.

'Die is er inderdaad, ja. De vrouw van mijn broer.'

'Maar je hebt er zelf geen?' drong ze aan.

'Op het moment niet.'

Zijn behoedzame reactie kwam niet bepaald bemoedigend over. Hij kon verloofd zijn – nog zo'n gevoelig puntje voor haar vanwege de familiegeschiedenis – maar ze had die treurige blik in zijn ogen niet gemist en had het gevoel dat hij de waarheid sprak.

'Verwacht je dat daar in de nabije toekomst verandering in komt?'

'Niet dat ik weet, nee. Waarom ben je zo nieuwsgierig?'

Ze haalde haar schouders op. 'Persoonlijke regel. Ik date niet met mannen die getrouwd, verloofd of in een vaste relatie verwikkeld zijn.'

Een van zijn mondhoeken krulde omhoog. 'Ik had niet door dat we een date aan het plannen waren.'

'Aan het plannen? Nee. Maar als de gelegenheid zich voordoet, wil ik graag vooraf weten dat beide partijen... nergens in verwikkeld zijn. Ik heb een bloedhekel aan jagers. En mannen die op zich laten jagen, zijn nog erger.'

Secondelang staarde hij haar aan, alsof hij niet goed wist hoe hij hierop moest reageren. 'Zo, je hebt er geen moeite mee om te zeggen waar het op staat, hè, Ms. McKnight?'

'Zeg alsjeblieft Alex. Zeker als je nagaat dat we ergens in de nabije toekomst misschien een date gaan plannen.'

Hij lachte hoofdschuddend. 'Dan moet je wel het volgende van me weten. Noem me ouderwets, maar ik zit graag achter het stuur bij dit soort dingen.'

Ze schonk hem een zwoele glimlach over haar schouder. 'Och, domme, dómme man. Je mag bij de meeste vrouwen dan dénken dat je achter het stuur zit, maar dat is alleen maar omdat wij hebben besloten de sleutels uit handen te geven.'

Hij grinnikte, die diepe, sexy lach die weer huiveringen over haar rug liet lopen. 'Ik weet niet met wat voor eik–, eh... eitjes je normaal gesproken datet, Alex McKnight, maar ik ben een oud-commando. Weet je wat ons motto is? Commando's gaan voorop. En dan bedoelen we niet alleen in vijandelijk gebied.'

Zo'n aantrekkelijke man had ze in tijden niet meegemaakt. In het algemeen ging ze op een date niet verder dan zoenen met de man in kwestie, maar Sam Delgado had iets wat haar deed vermoeden dat hij wel eens het type kon zijn, waardoor ze in de verleiding zou komen van gedachten te veranderen.

'Dat zal ik onthouden. Ik zie je nog wel, dan.' Ze glimlachte en stak haar hand op, streek een losgeraakte lok haar achter haar oor toen ze de picknickmand oppakte, en stevende vervolgens op de deur af.

'Wacht eens even,' riep hij. 'Je kunt niet zomaar weglopen. We zaten midden in een gesprek.'

Noemde hij dat zo? Ze glimlachte. 'Ik dacht dat we klaar waren.'

'Hoe laat pik ik je morgenavond op?'

O, een man die het initiatief nam, daar viel ze dus écht op.

'Ik werk morgenavond tot negen uur.'

'Perfect. Ik ben hier waarschijnlijk tot laat bezig en kan dan wel een beetje ontspanning gebruiken voordat ik naar het hotel ga.'

'Speel je pool, commando Delgado?'

'Ik heb in mijn tijd wel eens een krijtje over een keu gehaald, ja.'

'Te gek. Zullen we dan afspreken in The Speckled Lizard? Die zit in Front Street, twee straten ten westen van het centrale blok in Main Street. Het is een van de weinige cafés die laat open blijft op donderdagavond tijdens het laagseizoen.'

'Dan zie ik je daar. Morgen, tweeëntwintighonderd, Speckled Lizard. Afgesproken.'

Met een glimlach liep ze de deur uit, tintelend bij het spannende vooruitzicht.

Al met al was ze heel blij dat ze hem geen oplawaai met een eind hout had verkocht.

Hoofdstuk 2

Sam keek Brodies chef-kok na, die de heuvel af liep met een zwaaiende picknickmand aan haar arm en blonde krullen die onder het lopen achter haar aan dansten. Zijn hartslag was nog steeds gejaagd, en hij wist niet precies wat hem nu overkomen was daarnet. Hij had het gevoel alsof hij het afgelopen halfuur in een draaiende cementmolen had gezeten. Deze stoot adrenaline en opwinding en léven die door zijn aderen bruiste, was onbekend, niet in kaart gebracht terrein.

Toen hij deze oude brandweerkazerne binnen was gekomen, had hij zeker niet verwacht een vrouw tegen het lijf te lopen zoals zij: bijdehand, grappig, boordevol energie. Wat maakte haar zo bijzonder? Ze was mooi, ja, met die grote groene ogen en die lange blonde krullen, maar hij kende zat mooie vrouwen.

Ondanks het feit dat hij keer op keer benadrukte dat het nergens voor nodig was, probeerde Nicky's vrouw, Cheri, hem telkens weer te koppelen aan een of andere vriendin van haar. Voor een niet-werkende moeder leek zijn schoonzus abnormaal veel knappe vrouwen te kennen, het gros via haar vroegere baan als pr-manager.

Hoewel hij sommigen van de vrouwen die Cheri voor hem had opgetrommeld, best aantrekkelijk vond, had hij bij geen van hen die vonk gevoeld, waar hij het nu nog warm van had, ook al was Alex McKnight inmiddels een zijstraat in geslagen en uit het zicht verdwenen.

Hij zou op zijn tellen moeten passen. De situatie zou weleens tot allerlei onverkwikkelijke toestanden kunnen leiden. De komende maand zou hij nauw met haar moeten samenwerken aan het Brazen-project. Ze was tenslotte de chef-kok. Dat niet alleen, hij wist uit gesprekken met Brodie dat Alex goede vriendinnen was met Brodies vrouw, Evie. Zijn hele leven hing van het succes van dit project af, dat hij de klus binnen het budget en op tijd af kreeg en zulk goed werk leverde dat Brodie hem vaker aannam en hem aanbeval bij zijn vrienden en kennissen in de buurt van Hope's Crossing.

Sam kon zich niet veroorloven er een zooitje van te maken.

Hij tuurde naar het tafereel beneden, het goed onderhouden, schilderachtige centrum met zijn brede straten en fraaie historische gebouwen, de rijen ouderwetse houten huizen, gemengd met chaletachtige bungalows uit de hogere prijsklasse. Op sommige plekken bloeide al kleurrijke lentebloesem, en de bomen langs de straat zaten vol nieuwe, lichtgroene knoppen. Hij kon zich voorstellen dat het hier 's zomers spectaculair was, met die ongerepte, ongenaakbare bergen die op de achtergrond verrezen.

Hij ademde de berglucht diep in. De lucht leek hier frisser, hoewel hij wist dat het waarschijnlijk kwam door alle pijn- en sparrenbomen, die hun citrusachtige geur verspreidden.

Dit was de nieuwe start die hij wilde, die hij nodig had, en hij mocht de kans om hier een leven op te bouwen niet verknallen.

Een stel kinderen kwam de heuvel af fietsen, zoefde met uitgestoken benen langs hem op het moment dat ze de zwaartekracht zijn werk lieten doen, gierend van de lach.

Aan de overkant was een oudere dame met spierwit haar bloemen aan het verzorgen in een bak die aan de balustrade van de veranda hing, en een eindje verderop stonden een paar mensen te praten naast een brievenbus.

Het zag er rustig uit, gezellig. Perfect.

Een paar weken geleden was hij vanuit Denver hierheen gekomen om de boel te verkennen. Zodra hij de gemeentegrens was gepasseerd, had hij de spanning uit zijn schouders voelen wegtrekken, de scherpe kantjes van zijn zorgen vervagen.

Hij was niet zo naïef te denken dat problemen hem hier bespaard zouden blijven. Op het eerste gezicht mocht Hope's Crossing er dan uitzien als iets uit een Norman Rockwell-plaatje, de realiteit was nooit zo ideaal. Per slot van rekening had hij Brodie leren kennen in het Denver kinderziekenhuis, waar hij destijds een kantoorruimte aan het verbouwen was in dezelfde periode dat Brodies tienerdochter daar als patiënte was opgenomen, na een afschuwelijk ongeluk dat haar hier in Hope's Crossing was overkomen.

In kleine plaatsjes gebeurden evengoed nare dingen als in grote steden als Denver. Ook hier liepen huwelijken stuk, experimenteerden jongeren met alcohol en drugs, kregen mensen kanker en overleden eraan.

Hij trok een grimas bij die gedachte en draaide zich om om het restaurant weer binnen te gaan, toen zijn mobiel overging. Na een snelle blik op de naam op het schermpje verdween zijn frons.

'Nee maar, hallo,' nam hij op. 'Als het mijn lievelingszoon niet is.'

'En tevens enige zoon,' zei Ethan wijsneuzerig.

Sam glimlachte bij het beeld van zijn bijna zevenjarige zoontje met zijn donkere krullen en de knalblauwe ogen die hij van zijn moeder had. 'Dat kan best wezen. Maar zelfs als je vijf broers en zussen had gehad, dan was je waarschijnlijk nog steeds mijn lievelingszoon.'

'Dat is een hypothetisch geval. Dat kunnen we immers niet echt zeker weten?'

'Hypothetisch' was blijkbaar het woord van de week. Vorige week was het 'catalogus' en de week daarvoor 'vroegwijs'. Uitgesproken met dat vertederende, jonge stemmetje dat nog steeds lichtjes brabbelend klonk, moest Sam altijd grijnzen om de dure woorden. De liefde voor zijn superintelligente zoontje was een zoete pijn in zijn borst. 'Hoe gaat het daar bij oom Nick en tante Cheri?'

Ethans zucht was diep en dramatisch. 'Het gaat wel. Ik moest vandaag met barbiepoppen spelen met Amanda. Ik was Malibu Ken en zij Hula Barbie, en ze zouden samen op stap gaan. Ik vond dat ze naar het strand moesten gaan, dus hebben we ze door de stoepgoot voor het huis laten surfen. Hoe moest ik nou weten dat Malibu Ken door het rooster van het riool paste?'

'Dat zal je nichtje wel leuk hebben gevonden.'

'Ik moest van tante Cheri een vol halfuur op mijn kamer blijven. Ik snap niet waarom ik straf kreeg, terwijl het gewoon een inschattingsfout was.'

'Het leven is niet eerlijk, hè?'

'Zelden, is mijn ervaring,' zei Ethan sip.

Zijn zoontje was nog een paar weken zes, maar gedroeg zich meestal alsof hij zesendertig was.

'Wanneer mag ik weer naar Hope's Crossing, pap?'

Hij trok een gezicht, hoewel niemand behalve de dame met haar bloemen aan de overkant het kon zien.

Hij miste zijn zoontje nu al. 'Zodra het kan, neem ik je hier mee naartoe, dat beloof ik.'

'Ik wil voor altijd met jou in ons eigen huis wonen, waar ik niet met barbies hoef te spelen of een kamer hoef te delen met iemand die nog steeds naar Barney kijkt.'

'Dat wil ik ook het allerliefst. Ik ben ermee bezig, echt waar. Binnenkort, goed? Zes weken. Jij moet eerst het schooljaar afmaken, en ik moet een geschikt huis voor ons vinden.'

'Zes weken lijkt een eeuwigheid.'

'Weet ik. Voor mij ook. Maar tot die tijd zijn we elk weekend samen en voor je het weet, zit het schooljaar erop en mag je hierheen komen voor de zomervakantie, wanneer oom Nick en tante Cheri naar België gaan. Dan heb je volgend najaar een heel nieuwe school en nieuwe vriendjes.'

'Ik wil niet naar een andere school,' zei Ethan met dat koppige ondertoontje in zijn stem.

'Ik weet dat je dat niet wilt, jongen. Maar Hope's Crossing is te ver om elke dag naar St. Augustine's te rijden. Als we hier gaan wonen, moeten we hier ook een school zoeken. Maak je geen zorgen. Ik heb gehoord dat die hier te gek is. Je zult het zelf zien.'

Afgezien van de twee uur rijden, was het voor Ethan nu ideaal. Hij ging naar een zeer elitaire particuliere school en hij voelde zich als een vis in het water op St.

Augustine's, waar ze iemand met zijn IQ met open armen ontvingen en zijn ontwikkeling de afgelopen twee jaar zo veel mogelijk hadden gestimuleerd. Maar of ze nu verhuisden of niet, daar kon hij niet langer op blijven. Onder andere omdat Sams ex-schoonouders erop hadden gestaan het forse schoolgeld te betalen, en die bron een jaar geleden was opgedroogd. Inmiddels konden ze Sam wel schieten. En hoewel ze beweerden contact met Ethan te willen houden, kon hij dat niet toestaan, niet wanneer ze zijn zoons hoofd volstopten met leugens en laster.

Het was allemaal zo'n puinhoop. Toen de vader van zijn overleden vrouw was gearresteerd, hielden de betalingen van het schoolgeld op. Sam had voldoende bij elkaar weten te schrapen om Ethan dit jaar nog op St. Augustine's te laten zitten, maar zoveel kon hij niet blijven betalen, tenzij hij Kelli's hele levensverzekering erdoor wilde jagen voordat Ethan zelfs maar de middelbareschoolleeftijd had bereikt.

'Je moest sowieso naar een andere school, jongen. Dat weet je. Je kunt niet op St. Augustine's blijven. De scholen hier in Hope's Crossing moeten uitstekend zijn. We hebben straks de hele zomer om je voor te bereiden op de tweede klas.'

'Ik mis je,' zei Ethan met een klein stemmetje.

'Och, mannetje. Ik mis jou ook. Nog maar een paar

weekjes, dan wordt alles beter. Echt waar.'

'Oké, dan.'

'Hou vol en wees lief voor oom Nick en tante Cheri. Ik bel je elke avond om te kijken of je je huiswerk al af hebt, en volgend weekend kom ik naar huis, goed?'

Na nog wat bemoedigende woorden hing hij op. Starend naar het pittoreske plaatsje beneden, vond hij dat hij wel wat van de hoop uit de naam ervan kon gebruiken. Hij hoopte oprecht dat hij de juiste stap nam. Hij moest de kost verdienen en dat begon in Denver steeds moeilijker te worden. Zijn reputatie in de bouwwereld in Denver had deuken opgelopen.

Door J.T.'s vrienden werd hij beschouwd als een verrader omdat hij een boekje open had gedaan over zijn eigen schoonvader en daarmee de reeks gebeurtenissen in gang had gezet die hadden geleid tot J.T.'s veroordeling. Sam wist nog altijd niet wat hij anders had kunnen doen dan naar de autoriteiten in Denver stappen met zijn vermoedens over zijn schoonvader. Tenslotte had hij J.T. eerst de kans gegeven een en ander recht te zetten, toen hij had ontdekt dat Tanner and Sons Construction onverantwoord besnoeide op de uitgaven – en inferieure geïmporteerde materialen gebruikte – maar wel het volle pond in rekening bracht voor overheidsopdrachten.

Door de integere aannemers werd Sam afgeschilderd met hetzelfde in modder gedoopte penseel als zijn schoonvader omdat hij de afgelopen drie jaar J.T.'s tweede man was geweest en had horen te weten wat zich onder zijn neus afspeelde in het bedrijf. Ze leken geen rekening te houden met een ploeterende man die zijn vrouw had gesteund in haar strijd tegen kanker en er vervolgens kapot van was toen ze de strijd verloor.

Hope's Crossing bood de kans een nieuwe start te maken, weg van al die narigheid. Dankzij Brodie en een aantal kennissen van hem had hij de komende maanden werk. Hij twijfelde er niet aan dat hij de klussen binnen kon blijven halen, zolang hij zich maar concentreerde op dit project.

Reden te meer dus om het losjes en vriendschappelijk te houden met Alex McKnight. Hij kon de afleiding en de complicaties van een vrouw zoals zij momenteel niet gebruiken. Hij zou morgenavond naar die afspraak gaan voor een potje pool en een gezellig babbeltje, maar daar zou hij het bij laten.

Zijn toekomst – en, nog belangrijker, die van zijn zoon – hing ervan af.

Hoofdstuk 3

De volgende avond, donderdag, glipte Alex na haar dienst het personeelstoilet in om snel haar witte jas en zwarte broek te verruilen voor jeans en een getailleerd zachtgroen shirt. Ze deed een stoere ketting van gedreven zilver om die ze een paar maanden terug had gemaakt, met bijpassende armband en oorbellen.

Tot haar eigen ontzetting was ze vóór haar diensturen al in de weer geweest om te bedenken wat ze aan zou trekken voor haar uitje met Sam. Afgekeurde kledingsetjes lagen nog steeds her en der verspreid in haar slaapkamer.

Ze wilde precies de juiste toon treffen voor de manier waarop de avond volgens haar zou moeten verlopen. Vriendschappelijk en gezellig, maar vooral ongedwongen. Niet meer van dat hijgerige geflirt van gisteren. Ze kon niet ontkennen dat ze Sam woest aantrekkelijk vond. Hij was groot, knap, stoer, maar hij bouwde ook haar droomkeuken. Ze kon zich niet veroorloven er een zooitje van te maken.

Eerder die dag was ze bij Brazen langsgegaan om te kijken hoe de zaken ervoor stonden en was stomverbaasd geweest over hoever hij en zijn ploeg in slechts één ochtend waren opgeschoten. Ze hadden al een hele rij onderkasten geïnstalleerd en ook de volgende zat er al bijna in.

Een nors type, genaamd Joe – die haar niet meer dan een fractie van een seconde had aangekeken toen ze tegen hem sprak, en die slechts drie of vier woorden per keer zei – vertelde haar dat Sam naar de bouwmarkt was om wat materiaal te halen.

Ze probeerde zichzelf wijs te maken dat ze absoluut niet teleurgesteld was dat ze hem misliep, maar zag in dat ze zichzelf daarmee voor de gek hield. Het was wel degelijk een teleurstelling geweest, een fikse domper, en toen had ze dan ook besloten dat ze er nog eens goed over moest nadenken of ze iets met hem wilde beginnen. Een man die voor elkaar kreeg dat ze zich gedroeg als een bakvis die vijf keer per dag langs het huis van haar grote vlam reed, betekende moeilijkheden.

De deur ging open en Lucy Martineau, de chef desserts, kwam binnen. 'Je ziet er te gek uit. Spannende date?'

'Nee. Geen date,' verzekerde ze haar vriendin vlug. 'Ik heb gewoon met iemand afgesproken in de Lizard om wat te drinken en een potje pool te spelen.'

'Iemand die ik ken?' vroeg Lucy. 'Stomme vraag. Natuurlijk niet. Laat me raden. Is hij hier voor zaken of plezier?'

Met de mascararoller in de hand onderbrak ze het bijwerken van haar make-up lang genoeg om een gezicht in de spiegel te trekken naar Lucy, die haar handen stond te wassen bij de andere wasbak. 'Heel grappig.'

'Welke van de twee is het? Je weet dat je nooit langer dan een paar weken met iemand datet, Alex.'

'Niet waar,' protesteerde ze.

'O nee?'

'Met die muzikant ging ik bijna een maandlang uit, totdat zijn schnabbel in het hotel afliep.'

'Hem was ik even vergeten.'

Alex ook, maar dat ging ze Lucy niet aan haar neus hangen. 'Het geeft minder gedoe om met iemand te daten die sowieso weer weggaat. Dan weten we allebei van meet af aan waar we aan toe zijn en gaat niemand onrealistische verwachtingen koesteren. Het is eerlijker, in alle opzichten.'

'Als jij het zegt.' Lucy keek bedenkelijk, maar ja, ze was dan ook al tien jaar getrouwd. 'Maar wie is het nou?'

Daar wilde ze eigenlijk geen antwoord op geven, maar aangezien ze vast samen zouden worden gezien in The Speckled Lizard, zag ze geen reden om te liegen. 'De aannemer die de verbouwing van Brazen afmaakt. Onze relatie is strikt zakelijk. Ik vond dat ik hem een beetje wegwijs moest maken, zodat hij zich hier welkom voelt, zoiets. Ik ga ervan uit dat als hij het naar zijn zin heeft tijdens zijn verblijf in Hope's Crossing, hij zijn uiterste best zal doen te zorgen dat mijn keuken tiptop wordt.'

Lucy bleef sceptisch kijken. Dat kon Alex haar niet echt kwalijk nemen, want ook in haar oren klonk het allemaal als je reinste bullshit.

'Nou, veel plezier dan.'

'Dat is het plan.' Zelfs als het inhield dat ze het plagerige geflirt van gisteren achterwege moest laten, bedacht ze met een zucht.

Tot haar verbazing vond ze al snel een parkeerplaats vlak bij The Speckled Lizard. Dit was een populaire tent van december tot maart, stampvol skiërs en boarders op zoek naar een plek om te relaxen na een heftige dag op de pistes. In de bar werden royale glazen geschonken en in de weekenden was er meestal livemuziek. Tijdens de zomermaanden was het er niet zo razend druk, maar liep het nog altijd goed met zowel toeristen als vaste klanten. Bij warm weer bakten ze een schandalig lekkere hamburger op de barbecue op de binnenplaats en het was altijd een leuke plek om met vrienden af te spreken.

Zoals veel zaken in Hope's Crossing was ook deze in het voor- en naseizoen – van april tot begin juni en van september tot medio november – het domein van de plaatselijke bevolking.

Ze was aan de vroege kant en zag geen spoor van Sam

Delgado, van de brede schouders en warme donkere ogen. Ze stak een hand op naar Mike van de motorzaak in het centrum, die bij Cathy en Jonah Kent zat, allebei verpleegkundige. Omdat ze er een hekel aan had om in haar eentje aan de bar te zitten, stond ze op het punt te vragen of ze erbij mocht komen zitten terwijl ze wachtte, toen iemand recht op haar af kwam lopen.

'Hé, Alex.'

Inwendig huiverde ze. 'Hoi, Corey.'

Hij had een tumbler met zo te zien whisky in zijn hand en een wazige blik die erop wees dat het niet zijn eerste van die avond was. Dat kon ook niet missen.

'Je ziet er fantastisch uit,' zei hij, half struikelend over zijn woorden terwijl hij een arm om haar schouder drapeerde.

Haar inwendige huivering sloeg om in een letterlijke, maar dat leek Corey Johnson te ontgaan. Zoals gewoonlijk. De drie dates die ze twintig jaar geleden op de middelbare school hadden gehad, gaven Corey kennelijk het idee dat hij met zijn handen aan haar mocht zitten als hij daar zin in had.

'Pat, geef de dame een drankje. Ik trakteer.' Glunderend keek hij haar aan, alsof hij haar een enorme eer bewees, waarop ze nog iets verder ineenkromp.

Hoe ging ze dit aanpakken? Met kordaat optreden had ze gewoonlijk geen moeite, maar ze moest toegeven dat ze een beetje te doen had met Corey. Ongeveer een halfjaar geleden was hij zijn baan als hypotheekadviseur kwijtgeraakt vanwege de economische crisis en had sindsdien nog geen andere kunnen vinden. Hoewel hij wat had bij gebeund om de eindjes aan elkaar te knopen en het gezin zelfs een paar bezoekjes had gehad van de Angel of Hope – de mysterieuze weldoener die goede daden verrichtte in het stadje – had zijn vrouw uiteindelijk genoeg van hun rit naar Nergenshuizen en was met de kinderen vertrokken naar Grand Junction om bij haar moeder in te trekken.

Het liep dus allemaal niet zo lekker voor die goeie, ouwe Corey, maar dat betekende niet dat zij bereid was als troostprijs te fungeren. Hij was nog steeds getrouwd. Al was hij dat niet, dan was ze op de middelbare school al niet geïnteresseerd geweest in iets anders dan een handjevol afspraakjes en nu was ze nog minder geïnteresseerd.

'Dat hoeft niet, Pat. Ik hou het vanavond bij mineraalwater,' zei ze tegen de barkeeper, die bij haar in de straat woonde.

'O, kom op.' Corey boog zo dicht naar haar toe dat de alcoholwalm in zijn adem haar neusholtes verschroeide. 'Je hebt iets sterkers dan dat nodig na een zware werkdag.'

'Nee, echt. Mineraalwater is prima.'

'Er valt met jou geen lol meer te beleven, Al. Vroeger was je zo gezellig.'

'Ik ben nog steeds gezellig. Ik heb er alleen nooit drank voor nodig gehad.' Ze dwong zichzelf tot een glimlach, wat achteraf gezien een slecht idee was. Corey vatte dat op als aanmoediging.

'Wat zeg je ervan als jij en ik eens even naar buiten stappen om te kijken hoe gezellig we het met elkaar kunnen hebben?'

Ieuw. Serieus? Ze probeerde zich los te wurmen, maar Corey had de tweede prijs gewonnen bij het kampioenschap worstelen in zijn gewichtsklasse in hun laatste schooljaar en had nog altijd een verdomd goeie halve nelson in huis.

'Juist, dat charmante aanbod moet ik laten schieten,' zei ze op ferme toon.

'Kom op nou. We kunnen het bij zoenen houden, als je wilt.'

Bij de gedachte alleen al was ze blij dat ze sinds lunchtijd niets meer had gegeten. 'Nee, dank je. Laat me los, Core.'

In plaats daarvan greep hij haar nog steviger beet en bracht zijn hoofd naar haar oor om er een vunzig voorstel in te fluisteren. Ze besloot dat Corey haar medelijden had verspeeld en hoopte met heel haar hart dat zijn vrouw de gift van de Angel of Hope aan het gezin tot op de laatste cent had meegenomen, toen ze het zinkende schip had verlaten.

'Laat los. Nu,' zei ze fel, maar Corey negeerde haar.

Niemand anders in het café leek te hebben gemerkt dat ze zich in een vervelende situatie bevond, waarschijnlijk omdat ze ervan uitgingen dat het een gezellig babbeltje van oude vrienden was. Ze stond net te bedenken of hij een fikse elleboogstoot in zijn bierbuik überhaupt zou voelen of dat ze hem een keihard knietje moest geven waar het gegarandeerd pijn zou doen, toen een andere stem tussenbeide kwam.

'De dame zei nee, geloof ik.'

Haar blik schoot opzij en ze wist dat ze niet zo blij hoorde te zijn om Sam Delgado naast hen te zien staan in al zijn stoere, ongepolijste ex-commando-glorie. Ze was de situatie volkomen meester en hoefde niet gered te worden, maar toch was het heel erg aardig van Sam om te hulp te schieten.

Corey sloeg zijn roodomrande ogen op in Sams richting. 'Bemoei je met je eigen zaken, klojo,' lalde hij.

Sam vertrok geen spier. Ze had zijn gezichtsuitdrukking haast aangezien voor verontschuldigend, als ze niet een glimp had opgevangen van de staalharde blik in die donkere ogen.

'Feitelijk zijn het mijn zaken. Ms. McKnight is namelijk mijn date.'

Iets in Sams toon, zijn gespierde postuur of zijn verraderlijk nonchalante houding leek door te dringen tot Coreys benevelde brein. Het was fascinerend om zijn branie te zien wegsijpelen als bier uit een gebarsten flesje. Hij haalde zijn arm weg. 'Sorry,' mompelde hij. 'Ik bedoelde er niks mee. Alex en ik zijn oude vrienden, toch, Al?'

Ze zei niets, maar Corey leek ook geen behoefte aan een antwoord te hebben – of misschien was hij blij dat ze er geen gaf.

'Ik spreek je nog wel,' mompelde hij en maakte dat hij wegkwam met zijn drankje.

Niet een erg veelbelovend begin van hun avondje uit. Hoe moest ze nu een vrolijke, ontspannen toon aanslaan, nadat hij haar uit de grijpgrage handen had gered van een dronken en irritante oud-klasgenoot?

'Sorry dat ik te laat ben,' zei Sam. Hij gaf verder geen uitleg, en ze had het merkwaardige gevoel dat hij ergens mee zat.

'Geen probleem. Je bent er nu. Daar gaat het om.' Oeps. Dat kwam er flirteriger uit dan ze had bedoeld. Blijkbaar was het een gewoonte die je niet zo makkelijk afleerde.

Hij nam het interieur van The Speckled Lizard in zich op, met zijn hoge plafond van tinnen staalplaten, de lange glanzende bar en de donkere, bewerkte houten panelen. ‘Is de keuken nog open? Ik heb geen tijd gehad om te eten.’

De zorgzame vrouw in haar wilde hem mee naar huis nemen en iets lekkers voor hem koken, maar zo’n soort aanbod zou vrijwel zeker verkeerd worden opgevat.

Zelf had ze ook trek, besefte ze ineens. Een van de ironieën van het leven, dat ze de hele avond voor anderen stond te koken en soms de tijd niet nam om zelf te eten. Ze wierp een blik op de klok. ‘De grill hier blijft nog tien minuten open. Maar ik ken de kok toevallig, en ik wed dat we haar wel kunnen overhalen hem iets langer warm te houden. Ze hebben echt uitstekende hamburgers. Je kunt kiezen uit beef, bizon of beefalo.’

‘Beefalo? Is dat zoiets als een jackalope?’

Ze schoot in de lach. ‘Niet echt. Mix van beef en bizon. Het is nog verdraaid lekker ook.’

‘Ik denk dat ik het maar bij beef hou, als je het niet erg vindt.’

‘Geef me een paar minuutjes, dan ga ik het voor je regelen.’ Ze liep door naar de keuken, stak in het voorbijgaan een hand op naar Pat en trof de heetgebakerde Francesca Beltran in het kleine keukentje, honderddertig kilo schoon aan de haak.

‘Hé, Frankie.’

‘Wat doe je in mijn keuken, meissie?’ Ze was zo rond dat de enige rimpels rond haar ogen zaten.

Alex grijnsde. 'Ik heb een vriend die honger heeft. Ik weet dat je op het punt staat er een eind aan te breien. Mag ik nog snel even een schort aanschieten en een paar hamburgers voor ons op het vuur gooien?'

Francesca kneep haar koolzwarte ogen halfdicht. 'Ik wilde de grill net gaan schoonmaken.'

'Hij heeft echt heel erg honger, Frank. Toe nou. Alsjeblieft? Hij heeft de hele dag hard gewerkt aan mijn keuken in het nieuwe restaurant. Als ik hier niet voor hem mag koken, moet ik hem mee naar huis nemen om hem te eten te geven, en wie weet waar dat op uitloopt? Dat kan ik niet doen. Je weet dat ik een net meisje ben.'

Frankies diepe uitbundige lach was aanstekelijk als altijd.

'Ja, ja. Oké. Als je maar opschiet.'

Ze gaf de vrouw een zoen op haar wang, bond een schort over haar kleren, waste haar handen en ging aan de slag.

Tien minuten later was het resultaat twee perfect gebakken hamburgers, precies goed gekruid, en de broodjes geroosterd. Frankie was zo aardig om ze voor haar door de moestuin te halen – een van haar favoriete uitdrukkingen uit het vakjargon voor het toevoegen van extraatjes – en deed er zelfs wat knapperige, huisgemaakte friet bij, waar The Speckled Lizard bekend om stond.

Ze droeg de borden naar binnen en zag Sam zitten in een rustig nisje, een geopend flesje lokaal gebrouwen bier voor zijn neus.

'Sorry dat je moest wachten. Ik moest de kok eerst even paaien. Ze kan nogal territoriaal doen over haar grill.'

'Heb jij dit klaargemaakt?'

Ze wist dat ze niet zo in haar nopjes hoorde te zijn over de verbaasde, en ja, opgetogen blik in zijn ogen. 'Frankie is hartstikke goed, begrijp me niet verkeerd, maar ik heb zo mijn eigen voorkeuren als het om hamburgers gaat.'

'Het was echt niet mijn bedoeling om je aan het werk te zetten.'

Ze schoof op het bankje tegenover hem en pakte haar servet op. 'Ik had ook trek, zoals je kunt zien. Hoe dan ook, ik vind het leuk om mensen te eten te geven. Het is nogal een dingetje voor me.'

Als relatief zelfbewuste vrouw had ze geen maandenlange psychotherapie nodig om de reden bloot te leggen. Toen ze nog een meisje was, had ze al dolgraag voor het hele gezin gekookt, maar vooral voor haar vader. Als jongste dochter was ze het spreekwoordelijke oogappeltje van haar vader geweest. Aanvankelijk had hun speciale band zich versterkt onder het genot van kaastosti's en pannenkoekjes en naarmate ze ouder werd, had ze haar repertoire uitgebreid en nieuwe dingen uitgeprobeerd, wat steevast juichende kritieken van haar vader had opgeleverd. Ze had lang geleden al uitgevogeld dat ze zich geroepen voelde mensen te eten te geven in de ijdele hoop dat ze daardoor genoeg van haar zouden houden om deze keer te blijven.

Niet dat ze wilde dat Sam Delgado ergens bleef. Soms was een maaltijd gewoon een maaltijd, nietwaar?

Hij nam een hap van de hamburger, waarop een uitdrukking van pure gelukzaligheid over dat ongepolijste gezicht trok. 'Ik geloof echt dat dit wel eens het allerlekkerste kan zijn, wat ik ooit heb geproefd.'

Ze lachte en zette alle gedachten aan haar jeugd van zich af. 'Ach, arme ziel. Als dat zo is, dan heb je nog heel wat van me te leren.'

De hamburger was lekker, moest ze toegeven; het broodje precies goed geroosterd, de smaken van vlees en goede saus perfect op elkaar afgestemd.

Hij nam nog een paar happen, richtte al zijn aandacht op het eten. Dat stoorde haar niet. Ze hield wel van mannen die konden genieten van lekker eten.

Uiteindelijk legde hij de tweede helft van de hamburger neer, alsof hij het genot wilde rekken, en veegde zijn mond af. 'Zo, vertel eens, Alexandra, wat doe je in Hope's Crossing behalve overheerlijke hamburgers klaarmaken?'

Er waren maar heel weinig mensen die haar nog Alexandra noemden. Op school hadden alle leraren haar officiële naam gebruikt, net als het hoofd van de school, bij wie ze maar al te vaak op het matje had moeten komen. Naderhand had ook Marco haar volledige naam gebruikt, tijdens de periode dat ze samen waren. Met zijn zware accent had haar naam exotisch en extravagant geklonken. Voor alle anderen, van haar familie tot haar brede vriendenkring en de mannen met wie ze uitging, was ze zolang ze zich kon herinneren gewoon Alex, hoewel haar moeder soms nog wel eens haar toevlucht nam tot Alexandra Renee wanneer ze boos op haar was. De manier waarop Sam haar naam uitsprak, beviel haar wel, dus besloot ze hem niet te corrigeren.

Koken was wat ze deed, wie ze was, dus het duurde even voordat ze had bedacht hoe ze hem moest antwoorden. 'Ik hou van langlaufen en snowboarden,' zei ze uiteindelijk. 'Ik heb een paar maanden geleden mijn eerste huis gekocht en dat ben ik aan het opknappen zoals ik het graag wil hebben. Niet zo grootschalig als jij het doet, natuurlijk, alleen een nieuw verfje, meubels, dat soort dingen.'

'En 's zomers?'

Wilde hij dat echt allemaal van haar weten of was hij gewoon beleefd, legde hij de basis voor wat hij hoopte dat uiteindelijk op een verleidingspoging zou uitlopen?

Het was altijd moeilijk in te schatten op een eerste date. Niet dat dit een date was, prentte ze zichzelf in.

'Dan ga ik wandelen. Mountainbiken. Tuinieren. Bij familie en vrienden langs.'

'Dus je familie woont in de buurt?'

'Bijna allemaal, ja. Ik kom uit een tamelijk groot gezin. Zes kinderen. Mijn moeder en vier van ons wonen nog steeds hier in Hope's Crossing. Twee zussen van me wonen in een andere staat, een in Californië en een in Utah.'

'Wauw. Zes kinderen. Echt? Dat moet een gekkenhuis zijn geweest. Ik kan me niet eens voorstellen zo'n grote familie te hebben.'

'Het heeft zo zijn plus- en minpunten. Meer plus dan min, overigens. Wij McKnights zijn allemaal vrij close. Wonderlijk genoeg kunnen we allemaal goed met elkaar overweg. Op Riley na, de enige broer. Hij kan soms nog steeds een klier zijn. Het helpt niet dat hij tegenwoordig een klier met een politiepenning is.'

'Juist. Je zei al dat hij hoofd van de politie was.'

Het duurde even voordat haar te binnen schoot dat ze had gedreigd haar broer te bellen, toen ze dacht dat Sam in haar restaurant aan het inbreken was. Haar wangen begonnen te gloeien, en ze hoopte dat ze toch niet zat te blozen. Ze bloosde nooit.

'En jij?' vroeg ze om te voorkomen dat hij zich zou

herinneren hoe idioot ze zich had aangesteld. 'Kom jij uit een groot gezin?'

'Eén broer, meer niet. Hij woont in Denver met vrouw en kinderen. Dat is waar mijn z...' Zijn stem haperde. 'Mijn spullen staan. Ik ben op zoek naar een andere woning.'

Ze had de stellige indruk dat hij iets anders had willen zeggen. Maar wat? Ze hield er een zerotolerancebeleid op na als het om bedriegerij ging.

'En hoelang ben je al weg bij de commando's?'

'Drie jaar.'

Dát was nog eens een uitvoerig antwoord, zeg. Duidde zijn kortaangebonden toon op een gevoelig punt?

'Wat deed je bij de commando's?'

Hij nam nog een hap van zijn hamburger en een slok bier voordat hij antwoord gaf. 'O, het gebruikelijke. Erin vliegen, types uitschakelen, gewoon herrie trappen.' Hij sprak op dezelfde kortaangebonden toon, maar ze zag een spiertje bij zijn mondhoek trillen alsof hij zijn best deed een grijns te onderdrukken.

Ze vond Sam Delgado echt heel erg leuk. Jammer dan.

'Herrie trappen, hm. Dan zal het bouwen van mijn keuken wel behoorlijk saai zijn voor iemand zoals jij, lijkt me zo.'

'Niet echt. Je zou ervan opkijken hoeveel voldoening

het geeft om die roestvrijstalen werkbladen precies zo te plaatsen als de klant, in dit geval jij, voor ogen had.'

Geen spoortje sarcasme of ironie te bekennen. Hij was bloedserieus, realiseerde ze zich. Ze had enorm veel respect voor een man die plezier had in zijn werk.

'Waarom ben je weggegaan bij de commando's?' vroeg ze door. De wegen die mensen bewandelden in hun leven om op een bepaald moment op een bepaald punt te komen, was iets wat haar mateloos fascineerde.

'Ik had destijds weinig keus.' Weer die afgemeten toon.

'Gewetensbezwaren of eervol ontslag?'

Hij lachte wrang. 'Heeft iemand je wel eens verteld dat je behoorlijk brutaal bent?'

'Dat zegt mijn hele familie.' Thuis was ze altijd het brutale bijdehandje geweest. Aangezien ze niet het idee had dat ze qua uiterlijk of intelligentie met haar vier oudere zussen kon wedijveren, had ze haar eigen manier gevonden zich te onderscheiden. Nadat haar vader was vertrokken, was dat een van de methodes geweest om met het verdriet om te gaan.

'Dus, waarom ben je er nou weggegaan? Aan je tatoeage te zien, was je een loyale militair. Het lijkt mij dat iemand die zoveel om een bepaalde tak van het leger geeft dat hij een blijvend aandenken eraan op zijn lijf laat zetten, er zo lang mogelijk bij wil blijven.'

Hij zuchtte. 'Je laat niet los, hè?'

'Wil je dat ik dat doe?'

Hij keek haar langdurig aan en leek zijn woorden even zorgvuldig te kiezen als zij haar keuze maakte uit het aanbod verse vis van haar leveranciers. 'Ik ging weg bij de commando's nadat bij mijn vrouw een vergevorderd stadium van borstkanker was geconstateerd.'

En dát was het probleem van een grote mond hebben. Soms ontgingen je belangrijke signalen en voelde je je een hork. Ze herinnerde zich dat hij had gezegd dat de enige Mrs. Delgado de vrouw van zijn broer was. Ze geloofde hem, dus óf zijn vrouw was genezen en van hem gescheiden óf ze had de strijd verloren. Alex vreesde dat het het laatste was.

'Neem me niet kwalijk.'

Hij stond op van tafel, lange vingers losjes om de hals van zijn biertje geslagen. 'Dat was heerlijk. Laat we een potje pool spelen.'

Het was duidelijk dat hij niet over zijn overleden vrouw wilde praten. Flirten met een playboy die evenmin geïnteresseerd was in iets langdurigs als zij, was één ding. Het was een heel ander verhaal wanneer de man een rouwende weduwnaar was wiens verdriet zo rauw was dat hij er niet eens over kon praten.

Ze griste haar mineraalwater mee van tafel en liep achter hem aan naar een onbezette pooltafel. De Lizard had vier biljarttafels, waarvan er momenteel twee bezet waren. Om bij de tafel te komen, waar Sam inmiddels de biljartballen klaarlegde, moest ze langs een groepje studentikoze jongens – mountainbikers, gokte ze.

In het groepje bevond zich één vrouw, gehuld in loeistrakke jeans en een wit haltertopje dat volkomen ongeschikt was voor een lenteavond in de Rocky Mountains. Ze lachte plotseling, te hard en te gemaakt, en stompte een van de jonge gasten speels tegen zijn schouder.

Pas toen Alex vlak bij Sams tafel was, wierp ze een vluchtige blik op de vrouw vanuit een hoek waarin ze haar gezicht kon zien, en struikelde bijna door de schok van herkenning. Van alle inwoners die ze flirtend en half teut had verwacht te zien in The Speckled Lizard, was Genevieve Beaumont wel de allerlaatste. Zelfs nog na Katherine Thorne.

'Hé, Genevieve.'

De jongere vrouw keek op en haar ogen verwijdden zich. 'Alex.' Ze snoof zichtbaar en richtte haar aandacht weer op haar speeltjes.

Bitch.

Ergens had ze medelijden met Gen Beaumont, die het het afgelopen jaar emotioneel nogal voor haar kiezen had gehad. Ook zou ze ruiterlijk bekennen dat ze beslist respect had voor tenminste een van Gens beslissingen, namelijk om haar verloving te verbreken toen ze er een jaar geleden achter kwam dat haar verloofde Alex' nichtje Sage had bezwangerd. Maar Gen had de woede op haar verloofde omgezet in een regelrechte afkeer van alles wat McKnight heette, alsof de hele familie verantwoordelijk was voor 's mans keuze om met een kwetsbare jonge vrouw de koffer in te duiken.

Met Sage ging het inmiddels goed, ze studeerde hard om architect te worden net als haar vader, Jack, maar Alex had enorm met haar te doen om wat ze had doorstaan met haar ongeplande zwangerschap. Ze was van plan geweest haar baby af te staan voor adoptie, maar uiteindelijk hadden Maura en Jack de baby geadopteerd en voedden Henry op alsof het hun eigen zoon was in plaats van hun kleinzoon. Zo op het oog zag het er misschien uit alsof het voor alle betrokkenen allemaal op zijn pootjes terecht was gekomen. Het mooie plaatje leek de wirwar van pijnlijke emoties maar wat vaak te verbloemen.

Ze zette haar familiedrama's, alle gedachten aan Genevieve Beaumont en de flarden oud zeer van zich af en pakte een keu uit het rek aan de wand.

'Wil jij beginnen?' vroeg Sam haar.

'Ja, hoor. Ik moet je wel waarschuwen: ik heb al heel lang niet gespeeld. Ik vrees dat ik je niet echt partij kan geven.'

'Maakt niet uit. Mijn techniek is ook niet meer wat hij geweest is.'

Een uur en drie potjes later had hij er twee van de drie gewonnen, maar het was kantje boord.

'Niet echt partij kan geven,' zei hij snuivend. 'Ik heb niet meer zo hard hoeven werken voor een overwinning sinds de basisopleiding, toen ik het moest opnemen tegen een gast die erop kickte rekruten in de pan te hakken.'

Ze glimlachte. 'Wij hadden vroeger thuis een pooltafel in de kelder. Mijn vader, broer en ik speelden altijd om luciferhoutjes. Bij de laatste telling was Riley me volgens mij zo'n achthonderdduizend schuldig. Een dezer dagen moet ik maar eens gaan incasseren.'

'Waarom heb ik het gevoel dat ik net ben beduveld?'

'Je hebt toch gewonnen?' zei ze grijnzend.

'Net aan.'

'Ik loog niet toen ik zei dat ik al een tijd niet had gespeeld. Maar het zal wel net zo zijn als met zoveel dingen. Zodra je die eerste paar stoten maakt, komt het allemaal weer terug.'

Hij schraapte zijn keel, en ze kon een lach niet onderdrukken bij de plotseling glazige blik in zijn ogen. Dacht hij, net als zij, aan iets heel anders? 'Wil je het volmaken tot vijf potjes?'

Een daverend lachsalvo uit Genevieves groepje trok hun aandacht. Terwijl zij en Sam aan het spelen waren, hadden een paar anderen zich bij Gens kliekje aangesloten. Bij een van de andere pooltafels waren twee ruig ogende types in een verhitte discussie verwikkeld over een bepaalde manoeuvre. Vlakbij danste een stelletje op een uptempo countrynummer uit de jukebox.

Soms werkte het luidruchtige uitgaanspubliek in The Speckled Lizard haar op de zenuwen, met name na een lange dag in het restaurant. Het enige probleem was dat tijdens het laagseizoen het nachtleven in Hope's Crossing in feite op zijn gat lag, afgezien van een paar fastfoodketens die dag en nacht openbleven.

Ze kon natuurlijk elk moment opstappen, maar dat wilde ze zichzelf niet aandoen. Ze vond Sam leuk. De manier waarop hij bewoog, hoe hij rook, hoe hij pool speelde. Het was lang geleden dat ze iemand had ontmoet die haar zo intrigeerde.

'Heb je zin om een eindje te wandelen?' vroeg ze impulsief.

Knipperend staarde hij haar aan, keu in de hand. 'Nu? Het is na elven. Het hele centrum is uitgestorven, mocht het je niet zijn opgevallen.'

'Waarom niet? Het is een mooie avond. Deze min of meer zachte lenteavonden zijn vrij uitzonderlijk hier in de bergen.' Zeg geen nee, dacht ze. Het idee vanavond alleen naar huis te moeten gaan, vond ze deprimerender dan eigenlijk hoorde. Niet dat ze van plan was Sam ermee naartoe te nemen, maar ze wilde beslist nog wat meer tijd met hem doorbrengen. Dit was een aardig compromis. 'Het hoeft niet, hoor,' voegde ze eraan toe. 'Ik dacht alleen dat je het misschien leuk zou vinden om een snelle rondleiding onder leiding van een deskundige gids door Hope's Crossing te krijgen, als nieuwkomer en zo.'

Hij leunde met een heup tegen de rand van de pooltafel, al die slanke ex-commandospierbundels appetijtelijk in het zicht.

Misschien was hem uitnodigen voor een wandeling niet het meest briljante idee dat ze ooit had gehad, wanneer ze zichzelf er telkens weer aan moest herinneren dat hij de aannemer voor het restaurant was en ze zich niet kon veroorloven er een zooitje van te maken nu haar droom binnen handbereik lag.

'Een wandeling zou best... interessant kunnen zijn.'

'Te gek. Laten we gaan.' Ze negeerde de kriebels in haar maag toen ze hun keuen terugzetten in het rek en hun rekening aan de bar betaalden.

Hij hielp haar in haar jas, trok vervolgens zijn eigen jack aan – een zacht, dun leren jack dat beelden bij haar opriep van motoren en foute mannen – en toen liepen ze naar buiten de zoetgeurende lenteavond tegemoet.

Hoofdstuk 4

De avond was vrij warm voor medio april dankzij een zuidelijk briesje dat vochtig en aards rook. Het zou haar niet verbazen als het in Hope's Crossing nog vóór zonsopgang regende, zo'n aangenaam en verfrissend buitje dat snel overtrok en waardoor alles er weer fris en fleurig bijstond, één grote kleurenpracht.

Ze vond het heerlijk om een wandeling te maken op zulk soort avonden, wanneer de rest van de wereld zich leek te hebben teruggetrokken voor de donkere uren, maar zij alleen was met het geritsel van een briesje door de nieuwe blaadjes.

Behalve dan dat ze deze keer niet alleen was. Ze werd vergezeld door een grote, stoer ogende man die geheimen had waarvan ze zich geen voorstelling kon maken.

'Laten we naar de brandweerkazerne lopen, dan wijs ik je onderweg op de bezienswaardigheden van Main Street.'

'Jij bent de gids.' Er flitste een scheve grijns over zijn gezicht, sexy op het roekeloze af, waarbij ze haar hormonen tot kalmte moest dwingen.

Ze sloeg een bewust nonchalante toon aan, haar beste

vertelstem. Als het restaurant niets werd, kon ze misschien altijd nog aan de slag bij het toeristenbureau. 'Dit weet je waarschijnlijk al, maar Hope's Crossing was vroeger een wild en ruig mijnstadje, met meer bordelen en kroegen dan huizen.'

'Dat heb ik gehoord, ja. Vind je het niet raar dat het stadje met die achtergrond toch een zoetsappige, poëtische naam als Hope's Crossing kreeg in plaats van, o, zeg maar wat, iets in de trant van Hell's Armpit.'

Ze schoot in de lach. 'Hoewel beide namen natuurlijk even aansprekend zijn, gok ik dat Hope's Crossing toch iets meer toeristen trekt dan een aanduiding met "smerigste gat". Maar wat weet ik ervan?'

Zijn glimlach lichtte op in het donker en ze moest alweer zo'n tinteling de kop indrukken.

'Mijn vriendin Claire weet veel meer van de geschiedenis, maar naar ik heb begrepen, noemden de mijnwerkers het plaatsje aanvankelijk Silver Strike, naar de eerste mijn die iets opleverde wat de moeite waard was. Een van de eigenaren van de mijn, Silas Van Duran, werd verliefd op de enige onderwijzeres in het stadje, een vrouw die Hope Goodwin heette. Toen het tijd werd het stadje een officiële naam te geven, stond hij erop dat het Hope's Crossing werd. Aangezien hij het geld had, neem ik aan dat hij ook de macht had om zijn zin door te drijven.'

'Een tikje melig, vind je niet? De meeste vrouwen die

ik ken, zouden liever een aandeel in de zilvermijn hebben dan het nogal dubieuze privilege dat er een plaatsje naar hen vernoemd wordt.'

'Wat cynisch. Je bent dus niet romantisch aangelegd. Goed om te weten.'

'Hé, ik kan best romantisch zijn als ik in de stemming ben.'

'Je weet dat er een verschil is tussen romantisch en hitsig, hè?'

Hij lachte, waarop er een warm gevoel door haar heen stroomde. Hij had een heel sexy lach, laag en diep, met net dat vleugje verbazing erin, alsof hij het niet al te vaak deed. Ze wilde het hem opnieuw laten doen.

'Dat heb ik gehoord, ja,' zei hij. 'Bedankt voor het geheugensteuntje. Hoewel het een het ander niet uitsluit, is mijn ervaring.'

Ze moest nu echt het hoofd koel houden. Ze ademde diep in en dwong zichzelf de rol van gids weer op te pikken terwijl ze langs haar favoriete boetiekje liepen. Toen ze bij String Fever kwamen, bleef ze voor de verlichte etalage staan, waarin kant-en-klare artikelen lagen en een fonkelende verzameling losse kralen. 'O, zo te zien heeft Claire een nieuwe lijn handbeschilderde kralen in het assortiment. Dat had ze me niet verteld. De vrouw is inslecht. Ik heb mijn halve salaris erdoor gejaagd bij String Fever.'

Hij tuurde naar de ketting die haar aandacht had getrokken en vervolgens weer naar haar. 'Om een of andere reden had ik je niet voor een artistiekeling gehouden.'

'Kralenwerk is een kunstvorm en ik ben er tamelijk goed in. Dit heb ik ook zelf gemaakt.' Ze trok de zilveren ketting onder haar jas vandaan.

Het was duidelijk dat hij ooit getrouwd was geweest, want hij was verstandig genoeg om hem braaf te bewonderen. 'Mooi.'

'Weet ik,' zei ze zelfingenomen. 'En het is niet eens mijn beste werk. Claire, de eigenaresse, is mijn beste vriendin sinds de eerste klas van de lagere school. Inmiddels is ze zelfs met mijn broer getrouwd. Over een paar maanden krijgen ze een baby.' Waarom moest ze dat laatste er nou zo nodig bij vertellen? Ze wist het zelf niet goed. Haar eigen gevoelens over het feit dat Riley en Claire hun DNA combineerden om een nieuw leven op de wereld te zetten, waren een evengrote warboel als haar sieradenkistje.

Ze had grotendeels geaccepteerd dat haar beste vriendin en de man die ze nog altijd als haar klierige, kleine broertje beschouwde, helemaal hoteldebotel van elkaar waren. Ze zou dit nooit aan een van beiden vertellen, maar ze vond het zelfs wel iets schattigs hebben dat ze hun ogen niet van elkaar leken te kunnen afhouden in een menigte, dat ze elkaar aanraakten zodra ze de kans kregen, dat het geluk hen leek te omhullen als een grote, donzige wolk.

Desondanks vond ze het soms nog steeds bizar.

Dan was er de kwestie van de ophanden zijnde bevalling, iets waarover ze dolblij was voor hen, maar wat ook een brandend verlangen in haar losmaakte naar… iets. Als je daar haar moeders relatie met Harry Lange nog bij optelde, dan was ze binnenkort waarschijnlijk rijp voor wat diepgravende therapeutische sessies.

Daar wilde ze allemaal niet over praten. Wat ze wel wilde, was deze grote, sexy bouwvakker zoenen. Heel jammer dat het allemaal zo gecompliceerd lag.

'Dit is het Center of Hope Café, een toptentje om te ontbijten en lunchen. Eigenlijk is alles hier lekker. Wat je ook neemt, het is goed. Ik weet niet over welke magische krachten Dermot Caine beschikt, maar hij maakt ook niet te versmaden kalkoenwraps.'

'Lijkt me een slechte strategie om de concurrentie zo aan te prijzen.'

Ze snoof. 'We zijn geen concurrenten. Appels en peren. Wil je haute cuisine, dan kom je naar mijn restaurant. Wil je een lekkere gezonde hap, dan is Dermot je man.'

'O ja?'

'Van de Franse toast alleen springen je al de tranen van geluk in de ogen.'

Hij lachte, ging ervan uit dat ze schromelijk overdreef. Dwaze man. Nadat hij het had geproefd, zou hij inzien dat ze de waarheid sprak.

'Om de hoek zit de snoepwinkel van Dermots dochter Charlotte. Sugar Rush. Beste zaak hier voor karamels met een smaakje. Bramen, amandelen, cashewnoten. Ze maakt het allemaal. En zij is ook een goede vriendin van me.'

'Ben je met iedereen hier bevriend?'

Ze haalde haar schouders op. 'Eigenlijk wel. Wat kan ik zeggen? Het is een gemoedelijk plaatsje. Zullen we hier oversteken?'

Hij keek naar het zebrapad, vijftig meter verderop. 'Iemand die zich niet aan de regels houdt. Dat mag ik wel in een vrouw.'

'Het is bijna middernacht,' zei ze. 'Er is nu bijna geen kip op straat. Volgens mij is het veilig genoeg, tenzij er een paar verdwaalde elanden door het centrum trekken. Het nachtleven in Hope's Crossing stelt niet zoveel voor in deze tijd van het jaar, vrees ik.'

'Geen probleem wat mij betreft. Ik ben hier niet om aan de boemel te gaan.'

Hoewel er geen verkeer was, greep hij haar elleboog toen ze de straat overstaken. Dat vond ze zo hartverwarmend dat ze de neiging kreeg zich in de kracht van zijn stevige hand te koesteren, dwars door de lagen van haar jas en shirt heen. Het was maar vijftien passen naar de overkant en bepaald geen kwestie van tussen de spits door laveren, maar toch vond ze dat galante gebaar fijn.

'Dit is de winkel van mijn zus,' zei ze, aan de overkant aangekomen. 'Dog-Eared Books & Brew is met afstand de beste zaak voor goeie koffie.'

'Dat zal ik onthouden.'

Aan de andere kant van de straat wees ze hem op diverse oude panden en vertelde over de inspanningen die waren geleverd om het historische karakter van het plaatsje in stand te houden.

Hope's Crossing was altijd zo vredig 's avonds laat wanneer de meeste inwoners al op één oor lagen. In plaats van helemaal naar boven te lopen naar het restaurant, de enige plek in het stadje waarvan ze zeker wist dat hij er al was geweest, sloeg ze Glacier Lily Drive in, met de bedoeling in een cirkel terug te lopen naar The Speckled Lizard. Ze hadden net een paar meter afgelegd, toen iets groots en donkers uit het steegje achter de stoffenwinkel op hen af kwam draven.

Alex deinsde achteruit en slaakte tegelijkertijd een gilletje, haar gedachten bij de elanden waarover ze even daarvoor nog een geintje had gemaakt. Ze was doodsbang voor elanden sinds ze op een haar na door eentje was aangevallen, die ze per ongeluk had verrast tijdens het mountainbiken in de bergen een paar jaar geleden.

Ze schaamde zich dood toen ze in de gaten kreeg dat het dreigende gevaarte maar een loslopende hond was die er blijkbaar tussenuit was gepiept en aan het zwerven geslagen.

‘Sorry. Sorry, hoor. Ik schrok me een ongeluk.’

Hij lachte niet, wat meer was dan de meeste mannen die ze kende, zouden hebben opgebracht.

‘Ik schrok ook. Wij ex-commando’s proberen ons alleen iets mannelijker te gedragen en ons meisjesachtige gegil stilletjes te houden.’

‘We moeten eigenlijk uitzoeken waar hij thuishoort. Kom eens hier, jongen.’

In het kleine lichtcirkeltje van de nagemaakte antieke straatlantaarn leek de hond een chocoladebruine labrador. Hij had een gerafelde halsband om, maar geen naamplaatje. ‘Ach, gut. Waar kom je vandaan?’

De hond likte haar hand, enthousiast kwispelend. Hij rook naar natte hond, een scherpe, penetrante geur.

‘Ik ben niet bepaald een hondenkenner, maar dit lijkt me een rashond,’ zei Sam.

Daar moest ze hem gelijk in geven. Hij had een mooie gestroomlijnde bouw en prachtige lichtbruine ogen die glanzend oplichtten in zijn donkere kop in het schijnsel van de lantaarn. ‘Ik kan me niet voorstellen dat het een zwerfhond is, ook al ziet die halsband er behoorlijk aftands uit.’

‘Hoe denk je vanavond zijn huis nog te vinden?’

‘Goeie vraag, zeker zonder naamplaatje. Ik probeer te bedenken of ik iemand ken met een chocoladebruine labrador. Er schiet me niemand te binnen. Hij komt me ook niet bekend voor.’

‘Het bestaat niet dat je alle honden hier kent.’

‘Niet allemaal, nee,’ gaf ze toe. ‘Maar ik weet zeker dat ik me een knappe vent als deze zou herinneren.’

Opnieuw likte de hond haar hand, waarop ze hem tussen zijn oren krabbelde. Ze was dol op honden. Claire en Rileys vertederend narrige basset, Chester, vond ze een van de allerleukste schepsels op aarde. Als haar leven niet zo chaotisch was, zou ze absoluut zelf een hond nemen.

‘Suggesties?’ vroeg Sam. ‘Is er een dierenasiel waar we hem voorlopig even naartoe kunnen brengen?’

‘Jawel, maar daar zit het meestal bomvol.’ Ze overwoog wat haar te doen stond en kon slechts één mogelijkheid bedenken. ‘Het ziet ernaar uit dat ik vannacht gezelschap heb.’

‘Je gaat hem echt mee naar huis nemen? Wat als hij hondsdolheid heeft?’

‘Dat heeft hij niet. Kijk dan hoe lief hij is. Ik kan hem niet zomaar op straat laten zwerven. Straks wordt hij nog aangereden door een auto of aangevallen door een poema. Ik kan het asiel morgenochtend bellen om te vragen of ze een melding binnen hebben gekregen van een vermiste viervoeter die aan zijn beschrijving voldoet.'

'Wat als ze die niet hebben?'

'Ik ken vrij veel mensen,' zei ze bescheiden. 'Ik kan het nieuws verspreiden via het politiebureau en zelfs een paar aanplakbiljetten ophangen in de boekwinkel en Claires zaak. De eigenaar zal via het geruchtencircuit wel horen dat ik een chocoladebruine labrador heb gevonden. Langer dan een dag of twee zal het niet duren. We maken er wel wat gezelligs van, niet dan, maatje?'

De hond blafte en likte haar hand voor de derde keer, bijna alsof hij het begreep.

'Doe je riem af,' droeg ze Sam op.

Hij wierp een schuine blik op haar. 'Ik geloof dat dit de allereerste keer is dat me een oneerbaar voorstel wordt gedaan op de openbare weg.'

Ze schoot in de lach. 'Dat je het hardop hebt gehoord, dan. Ik ben ervan overtuigd dat zat vrouwen je een oneerbaar voorstel hebben wíllen doen, openbare weg of niet. Maar even serieus, ik heb een riem nodig en ik heb er zelf geen om. Dus heb ik de jouwe nodig. Maak je geen zorgen, je krijgt hem weer terug.'

'Dit is de interessantste avond die ik in lange tijd heb beleefd.'

'Dan kom je niet vaak buiten de deur, zeker?'

Ze probeerde niet te staren toen hij zijn riem losmaakte en uit de lussen trok. Op het moment dat hij hem aan haar gaf, raakten zijn vingers de hare met een warmte die als een schok voelde in de koele nachttemperatuur. Met één hand haalde ze de riem door de halsband van de hond en trok het uiteinde door de gesp. 'Ziezo. Nu maar hopen dat hij niet uit mijn vingers glipt, maar jij gaat nergens heen, hè, jongen?'

De hond kwispelde, zijn achterste stevig op de stoep geplant.

'Slim.' Sam keek geamuseerd toe.

'Dat kan ik best zijn. Je broek gaat nu niet op je enkels zakken, wel?'

'Ik denk dat het me wel lukt om dat gênante tafereeltje te voorkomen in de vijf minuten die het duurt om jou naar je auto te brengen.'

O, wat vond ze Sam leuk. Het was echt een wrede grap van het lot dat de sterren zo ongunstig voor hen stonden.

Ze wandelden verder door de stille straatjes in een kameraadschappelijk stilzwijgen, slechts onderbroken door het gesnuffel van de hond, die elke barst in de stoep onderzocht, de manden met bloeiende voorjaarsbloemen voor de winkeletalages, elke lantaarnpaal, elke wegwijzer en brandkraan.

'Hoe heet je? Hm?'

De hond reageerde met een oenige blik.

'Ik denk dat ik je voor vanavond maar gewoon Dude noem.'

'O, alsjeblieft,' protesteerde Sam. 'Laat de arme ziel een beetje in zijn waarde, zeg.'

'Oké, oké.'

Ze liet ideeën de revue passeren terwijl ze opnieuw overstaken en terugliepen naar The Speckled Lizard. De perfecte naam schoot haar te binnen toen ze bijna bij de bar waren. 'Ik heb het. Ik denk dat ik hem Leo noem. Hij heeft precies dezelfde kleur als mijn favoriete Belgische Leonidas-bonbons.'

'Tuurlijk, joh. Daar had ik zelf ook voor gekozen.'

In het donker kon ze niet zien of Sam met zijn ogen rolde, maar zijn droge toon drukte hetzelfde gevoel uit.

Lachend kneep ze in zijn arm. Wat een heerlijke avond. Wandelen door de stille straatjes van Hope's Crossing op een mooie aprilavond die de geur van het voorjaar in zich droeg met een woest aantrekkelijke man aan haar zij – en een schat van een hond. Welke vrouw zou er geen vlinders van in haar buik krijgen?

Te snel waren ze bij haar bescheiden SUV, en opende ze de achterdeur. 'Toe maar, Leo. Spring er maar in.'

De hond aarzelde geen moment, sprong op de achterbank alsof hij al jaren niets anders had gedaan. Haar bekleding zou waarschijnlijk nog weken blijven stinken.

Het eerste wat er op het programma stond voor Leo, was een bad, ook al liep het tegen middernacht. Daar zouden ze allebei beter van slapen.

Ze trok het uiteinde van de riem weer door de gesp en gaf hem terug aan Sam. 'Bedankt voor het lenen. En voor de avond. Ik vond het echt heel leuk.' Dat had ze vaak genoeg gezegd op een date, maar het nooit zo oprecht gemeend als op dat moment.

'Ik ook.' In zijn stem klonk iets van verbazing door, alsof hij niet had verwacht een leuke avond te hebben. 'Wat mij betreft voor herhaling vatbaar. Binnenkort.'

Oké, dit was dus het ongemakkelijke gedeelte van de avond. Ze kon hem niet aanmoedigen, niet met al die complicaties, maar ze vond hem veel te leuk om hem botweg af te poeieren. 'Goed, hoor,' zei ze uiteindelijk. 'Ik heb het momenteel vrij druk met de voorbereidingen voor het nieuwe restaurant en het netjes afronden van dingen in mijn huidige baan, maar goed. Het was gezellig.'

'Je bent een intrigerende vrouw, Alexandra McKnight. Die kom ik niet al te vaak tegen.'

Ze probeerde iets luchtigs te bedenken om terug te zeggen, maar voordat ze haar grijze cellen aan het werk kon zetten, stapte hij naar voren, boog zijn hoofd en kuste haar.

Het begon als een vluchtige aanraking van zijn mond

op de hare, een eenvoudige 'bedankt voor de leuke avond' soort kus. Daar had ze het bij moeten laten, maar hij rook zo lekker, naar zon en warm mannenlijf, en hij kuste met precies de juiste druk, niet te zacht, niet te hard, en ze was niet meer gekust sinds... mensenheugenis.

Ze bewoog haar mond lichtjes onder de zijne, gewoon een klein voorproefje, zich vaag bewust van haar handen die om zijn harde, smalle middel gleden. Hij maakte een geluid dat diep uit zijn keel kwam en tot in haar vezels leek te resoneren, één hand in haar haren begraven, de andere op haar onderrug, en verdiepte de kus. Het ene moment was de kus nog licht en luchtig, onschuldig bijna, het volgende een explosie van hitte en vuur, begeleid door het bonzen van haar hart.

Hij kon dingen bouwen, hij was aardig voor zwerfhonden en hij kon ook nog eens fantastisch zoenen. Ehm. Ja. Ze wilde die prachtige brede schouders beetgrijpen, hem in haar auto duwen en mee naar huis nemen...

Er drukte iets kouds tegen haar rug – de zijkant van haar auto, besefte ze, zich er vaag van bewust dat hij haar met al die spierbundels klem had gezet tegen haar SUV en haar kuste alsof zijn volgende missie ervan afhing. Ze snakte maar adem, met het gevoel alsof ze zojuist van de top van een berg was gesprongen en in een glijvlucht het heelal in zweefde.

De werkelijkheid drong zich op in de gedaante van een zwerfhond, die zijn kop uit de deur aan de bestuurderskant stak, waar zij stonden, en nieuwsgierig snuffelde. Bij die neus die tegen haar aan duwde, realiseerde Alex zich dat ze innig verstrengeld was met een man die ze pas een paar uur kende, terwijl er een hitte door haar heen raasde te vergelijken met de gasbrander die ze gebruikte om het suikerlaagje op de crème brûlée te karamelliseren.

'Wauw. Oké. Tjeetje. Wauw.' Hortend ademde ze in, en toen nog een keer. Een beetje ongedwongen, vrijblijvend flirten was dus niet echt gelukt. Ze kon zich niet heugen ooit zo snel in vuur en vlam te hebben gestaan, zelfs niet met...

Uit gewoonte zette ze de gedachte aan het verleden uit haar hoofd, aan dat meisje van lang geleden dat haar hart zo onbevangen en zo naïef had gegeven.

'Nou, inderdaad. Wauw. Precies wat ik dacht.'

Ze leunde met een heup tegen de deur van haar auto, vocht tegen de impuls om weer in zijn armen te stappen en hier nog een paar uur met hem te staan zoenen. Had ze zichzelf niet de hele avond zitten inprenten waarom deze verwikkeling met hem geen goed plan was, hoe verleidelijk ook?

Kennelijk was ze een vrouw met weinig ruggengraat.

'Ik moet er maar eens vandoor. Het is al laat en het wordt denk ik tijd om Leo in te stoppen.'

'En ik moet morgen voor dag en dauw op de bouwplaats zijn. Je hebt me nog geen concreet antwoord gegeven. Wanneer denk je dat we dit nog eens kunnen doen?'

Wat dacht je van nu meteen? En over vijf minuten nog een keer? En tien minuten daarna weer?

'Daar heb ik geen antwoord op gegeven, hè?'

Zichzelf verachtend om haar lafheid, schonk ze hem een vluchtig glimlachje en schoof achter het stuur, waarna ze snel de deur dichttrok. Voordat hij kon protesteren of zij iets heel doms kon doen, zoals nog een afspraakje met hem maken, gooide ze de auto in de versnelling en stoof ervandoor, hem net zo verbouwereerd op de stoep achterlatend als zij zich voelde.

Nog nagloeiend van opwinding keek Sam haar na, terwijl ze wegreed in haar kleine, sportieve SUV, die waarschijnlijk goed van pas kwam tijdens de koude winters in de bergen. Hij had niet meer in de zin gehad dan een snelle, beleefde kus, maar toen had ze haar mond onder de zijne bewogen en had de begeerte als een niet te stuiten vloedgolf door zijn aderen gebruist, die elke kans om zich vast te klampen aan zijn gezond verstand of zelfbeheersing wegvaagde.

Alexandra McKnight, met haar blonde krullen en die ongelooflijk groene ogen en die verrukkelijke, grote mond, was een gevaarlijke vrouw. Hij zou niet weten wanneer hij zo had gelachen op een avond of dit bruisende gevoel van opwinding en plezier had meegemaakt.

Hij schudde zijn hoofd. Dit was níét waarvoor hij naar Hope's Crossing was gekomen. Een relatie was wel het laatste waar hij mee bezig zou moeten zijn nu hij overwoog zijn zoon uit zijn vertrouwde omgeving weg te rukken en een bedrijf te beginnen in een nieuwe plaats, ver weg van zijn hele netwerk van opvang en hulp. De timing had niet slechter gekund. Momenteel had hij meer dan voldoende op zijn bordje met het nieuwe leven dat hij hier wilde opbouwen.

De vonkenregen die zij samen ontketenden, was heftig genoeg om het hele stadje plat te branden. Chemie was echter niet alles, hield hij zich voor. Het probleem was dat hij haar ook nog eens echt leuk vond. Ze was grappig, maar niet ten koste van andere mensen. Ze moest wel een warme vrouw met een groot hart zijn om een verdwaalde hond mee naar huis te nemen.

Met een zucht liep hij naar zijn pick-up. Hij moest dit voorzichtig aanpakken, want ze kende blijkbaar haast iedereen hier. Uit de korte rondleiding die ze hem had gegeven, was duidelijk gebleken dat elke winkel in het stadje op een of andere manier een lijntje met haar had. Zussen, beste vriendinnen, buren. Iedereen hier was onderling verbonden.

Hij had zo'n donkerbruin vermoeden dat als hij iets begon met de uiterst aantrekkelijke Alexandra McKnight en het liep mis, hij automatisch de gebeten hond zou zijn, terecht of niet. Hij was een buitenstaander en in een klein stadje als Hope's Crossing hadden mensen van oudsher de gewoonte de huifkarren in een kring om een van hun eigen mensen op te stellen.

Hij wilde hier een leven opbouwen, een bedrijf beginnen. Hoe wou hij dat doen als hij de helft van de inwoners al tegen zich in het harnas wist te jagen voordat hij zelfs maar de kans had om zich hier te settelen?

Het zou verstandiger zijn om het langzaamaan te doen, besloot hij. Een stapje terug doen, zijn hoofd gebruiken. Hij ging zijn uiterste best doen om Alexandra tevreden te houden met het werk dat hij voor haar uitvoerde en vermijden dat het tot meer intieme avondjes kwam die hem eraan herinnerden hoe ontzettend lang hij al alleen was.

Hoofdstuk 5

'Je mag met me mee, maar alleen als je je gedraagt,' zei Alex aan het begin van de volgende middag op strenge toon tegen Leo.

De hond keek haar aan met iets wat verdraaid veel weg had van een grijns en ging bij de voordeur zitten, braaf wachtend tot ze hem had aangelijnd met de reserveriem die ze in huis had voor wanneer ze op Chester paste.

Ze klikte hem vast, hield de riem stevig beet terwijl ze een zware koelbox oppakte, en ging de deur uit.

'Ik meen het,' benadrukte ze, met de koelbox de treden van haar garage af lopend naar de openstaande achterklep van haar auto. 'Caroline is dol op haar bloemen. Het maakt haar heel verdrietig dat ze die niet meer zo goed kan verzorgen als ze zou willen. Ik wil niet hebben dat jij die paar plantjes uitgraaft die ze nog overheeft, begrepen?'

De hond liet een beschaafde blaf horen, zo snugger als wat, wat haar een glimlach ontlokte. Hij was goed gezelschap, deze onverwachte logé. Braaf en laconiek had hij de wasbeurt ondergaan die ze hem gisteravond had gegeven, zonder haar zelfs maar drijfnat te maken. Hij had Chesters overgebleven hondenvoer keurig opgegeten en was daarna de tuin in gestiefeld om een grote boodschap te doen, voordat hij terugkwam en verbazingwekkend geduldig bij de deur had zitten wachten om weer binnen gelaten te worden.

In een hoekje van de bijkeuken had ze met een paar oude dekens een slaapplek voor hem gemaakt, en hij had de hele nacht geen kik gegeven totdat ze 's ochtends een kijkje bij hem nam. Ze mocht willen dat al haar logés zo makkelijk waren.

Leo nestelde zich op de achterbank en liet zijn tong uit zijn bek hangen, door het dolle heen toen ze het raampje naar beneden draaide.

Op het moment dat ze bij haar huis wegreden, zag ze in de achteruitkijkspiegel het hout glanzen in de middagzon. Met twee dakkapellen met puntdak en een brede veranda aan de voorkant, die uitzicht bood op de bergen, zag het huis er knus en beeldschoon uit, hoewel ze zelf voornamelijk al het werk zag dat ze er nog aan moest doen.

Na jaren te zijn verwaarloosd, eerst als vakantiewoning met grotendeels afwezige eigenaars en daarna in de gedwongen verkoop, omdat de eigenaars de hypotheek niet meer betaalden, was het huis nu een doorlopend project. De bloembakken onder het bovenste raam en langs de balustrade van de veranda, die over de volle breedte van het huis liep, waren nog leeg en de tuin was een woestenij. Stapje voor stapje nam ze hen onderhanden, vastbesloten om tegen het einde van de zomer het huis en de tuin weer te laten stralen.

Het huis was liefdewerk, net als het restaurant. Ze was weg van deze plek, als klein meisje al. Ze wist nog dat ze vroeger over dit weggetje fietste naar een vriendinnetje dat in een huis op de naastgelegen kavel woonde.

Alle huizen in dit gebied waren prachtig, voornamelijk gebouwd van boomstammen, steen en cederhout, om op te gaan in de bergachtige omgeving en van elkaar gescheiden door hoge pijnbomen, sparren en espen. De serene sfeer die hier hing, had ze altijd heerlijk gevonden, wanneer ze langs velden vol wilde bloemen reed en dat ritmisch kabbelende beekje omzoomd door wilde bramen- en bessenstruiken waar deze buurt zijn naam aan te danken had.

Dit huisje in het bijzonder had haar echter altijd getrokken. Misschien lag het aan de decoratieve luiken of het met krullen versierde lijstwerk tegen de gevels waardoor het huis op haar altijd was overgekomen alsof het betoverd was, als iets uit een sprookje. Ze herinnerde zich dat ze Claire van jongs af had verteld dat ze op een dag hier zou wonen. Uiteraard had ze destijds gedroomd van een man en een huis vol kinderen, precies zoals het grote gezin waarin ze was opgegroeid.

Vreemd toch, hoe iemands levenspad soms in volslagen onverwachte richting kon afdwalen. Hier was ze dan, zonder de man en zonder de schare kinderen, maar in het huis dat ze altijd had gewild.

De hond blafte op de achterbank toen ze de weg opdraaide, en nu keek ze in de achteruitkijkspiegel naar hem. 'Rustig maar. Ik heb zo'n voorgevoel dat je hier wel terugkomt.'

Die ochtend had ze als eerste het asiel en de twee dierenartspraktijken gebeld, maar dat had niets opgeleverd. Geen van haar bronnen had iets gehoord over een vermiste chocoladebruine labrador. Dus had ze een foto van Leo genomen met haar mobiel, die op haar computer gezet en vervolgens haar beperkte grafische talent ingezet om een flyer te fabrieken. Die was behoorlijk artistiek geworden, al zei ze het zelf, en ze had onmiddellijk een kopie gemaild naar diverse middenstanders in Hope's Crossing, onder wie Claire van String Fever en Maura van Books & Brew.

Ze moest de eigenaar van de hond vinden voordat ze te gehecht raakte aan de ontegenzeglijke gezelligheid om een ander levend wezen in huis te hebben. Hij was het ideale gezelschap gebleken toen ze vanochtend als een dolle aan het koken was geslagen, leek zich niet te storen aan haar non-stop, vrij zinloze gebabbel en had zelfs geholpen de keuken op te ruimen door de eetbare dingen op te schrokken die ze per ongeluk op de grond liet vallen tijdens het hakken en snijden en wokken van veel te veel eten.

Oké, ja, ze was een beetje doorgeslagen. Dat wilde ze ruiterlijk bekennen aan zichzelf en aan zich eventueel binnen gehoorsafstand bevindende viervoeters. Ze was wakker geworden na een nacht waarin ze amper een oog dicht had gedaan, stuiterend van rusteloze energie. Natuurlijk was ze de keuken in gedoken om er iets van kwijt te raken door te doen waar ze het best in was: koken.

In die vlaag van rusteloosheid had ze lentesoepjes en ovenschotels gemaakt, pasta- en kipgerechten. De marathonkooksessie had een paar heel aardige resultaten opgeleverd, en ze kon niet wachten om de buit te verdelen.

Ze wist precies wat deze tomeloze energie had opgewekt. Die kus. Tijdens die paar korte uurtjes slaap had ze gedroomd over samenvallende ademhalingen, sterke warme armen om haar heen en ze was wakker geworden tussen verfomfaaide lakens en met deze ziedende, kolkende aandrang om íéts met haar dag te doen.

Sam Delgado kon weergaloos zoenen.

Dat had ze kunnen weten, te oordelen naar de voorbereidende werkzaamheden die ze hem in Brazen had zien doen. Een man die zoveel aandacht aan details besteedde, zoveel liefde en zorg, op het ene vlak in zijn leven, zou hoogstwaarschijnlijk dezelfde concentratie en focus aan de dag leggen op andere vlakken. Als hij haar kuste, had ze het gevoel dat niets anders ter wereld er voor hem toe deed, behalve dat moment en haar mond en ervoor zorgen dat ze allebei kregen waar ze behoefte aan hadden.

Ze blies hard uit terwijl ze van Currant Creek Valley Road afsloeg richting het oude gedeelte van het stadje. Als het alleen maar een kus was geweest, zou ze niet zo'n licht gespannen gevoel hebben, ongeveer zoals ze als kind wel eens had, wanneer ze op het punt stond een piste af te skiën die eigenlijk iets te hoog gegrepen was.

Ze vond hem echt leuk, ook afgezien van die kus. Zo'n opwindende avond had ze niet meer gehad sinds... tja, ze zou niet weten sinds wanneer. Sam was boeiend gezelschap; slim en sexy, met een fijnzinnig, droog soort humor. De hele ochtend had ze zich moeten bedwingen om niet even snel de heuvel op te sjezen naar de oude brandweerkazerne met een of ander flauw smoesje, alleen om hem weer te zien.

Ze stelde zich voor hoe hij nu met haar keuken bezig was, bezweet en zijn spieren gespannen, die tatoeage meebewegend terwijl hij een angstaanjagend stuk elektrisch gereedschap hanteerde. Haar tenen tintelden alsof ze een trede had gemist bij het naar beneden stormen voor het ontbijt, alsof ze op het randje van de hoge duikplank stond, klaar om een duik in onbekende wateren te nemen, maar ze deed haar best om die puur fysieke reactie te negeren.

Ze peinsde er niet over naar Brazen te gaan, hoe verleidelijk het beeld – of de man – ook was. In plaats daarvan had ze de hele ochtend als een gek staan koken met een komische hond aan haar zij, wat haar ruim dertig maaltijden had opgeleverd. Dat was absoluut een veel nuttiger resultaat dan wanneer ze naar het restaurant was getogen, smachtend naar iets wat ze niet kon krijgen en niet zou moeten willen.

De eerste stop van de dag was bij een bescheiden, nette villa om de hoek bij het huis waarin ze was opgegroeid. Ze reed de oprit op, waar een breed uitwaaierende, laaghangende tak van de Japanse esdoorn over het dak van haar auto schraapte. Ze prentte in haar hoofd Riley te vragen of hij zijn kettingzaag mee kon nemen om een aantal van de bomen te snoeien. Het snoeiwerk had in maart al gedaan moeten worden, maar Carolines gezondheid was maandenlang zwak geweest, waardoor een hoop dingen van het prioriteitenlijstje waren verdwenen.

Hoewel het groeiseizoen in Hope's Crossing nu pas begon, zag de tuin die Caroline altijd met zoveel liefde en zorg had onderhouden er nu al verwilderd en overwoekerd uit. Dat zou haar vriendin een doorn in het oog zijn. Waarschijnlijk kromp ze ineen wanneer ze uit het raam keek en de vaste planten zag die in de herfst niet goed waren teruggesnoeid, de kale plekken waar ze geen bollen had geplant.

Ze moest Claire vragen om Carolines tuin op de lijst te zetten voor de Hope's Crossing Giving Hope Day, waarop de inwoners bij elkaar kwamen om hun buurtgenoten met allerlei klusjes te helpen. Het evenement was echter pas over een paar weken. Misschien kon ze haar moeder, Evie en Claire vóór die tijd aan hun jasje trekken en een werkfeestje op touw zetten om de wat dringender zaken aan te pakken.

In de tussentijd had ze een paar bezorgadresjes af te gaan. Ze opende de achterklep van de auto en haalde de eerste tien maaltijden die ze had bereid, eruit. Leo wurmde zijn bruine neus tussen de stoelen door om haar met grote, nieuwsgierige ogen gade te slaan.

'Wil je mee?'

Hij bewoog zowaar zijn kop, alsof hij instemmend knikte, maar ze wist dat geen enkele hond zo slim kon zijn. Haar moeder zou het vast onbeleefd vinden om een wildvreemde hond bij iemand anders mee naar binnen te nemen, maar ze wist toevallig dat Caroline van honden hield. Haar eigen beagle-bastaardje was een jaar of vier geleden naar de hondenhemel gegaan, maar Alex had levendige herinneringen aan Caroline die in een overall en met flaphoed in de tuin werkte onder het toeziend oog van haar hond.

Kanker kon een gemene rotziekte zijn. In Carolines geval had de chemotherapie nare bijwerkingen op de chemische processen in haar hersenen gehad en geleid tot een reeks beroertes, waardoor ze zich met beide handen aan haar laatste restje onafhankelijkheid vastklampte.

Ze belde aan en wachtte minutenlang. Uiteindelijk, nadat ze nog een keer had geklopt, probeerde ze de deurknop. Die draaide onder haar hand, dus duwde ze de deur open. ‘Caroline? Ik ben het, Alex. Ben je thuis?’

Even later hoorde ze schuifel-schuifel-bonk, en kwam Carolines rollator in zicht.

‘Ik ben hier. Hallo, liefje.’ Carolines stem klonk gruizig, alsof ze sprak met een mondvol van die gladde, glanzende kiezeltjes op de bodem van haar goudvissenvijver. ‘Sorry, ik was... in de bijkeuken... een was van de wasmachine naar de droger aan het overhevelen.’

Elke keer dat Alex op bezoek kwam, leek Carolines ooit zo sterke lijf een beetje verder te zijn gekrompen. Ze woog slechts een kilootje of vijftig, haar polsen zo dun dat een kind ze waarschijnlijk met duim en wijsvinger kon omvatten.

'Ik zei toch dat ik vanochtend langs zou komen. Waarom heb je niet gewacht en mij laten helpen?'

Ondanks het feit dat ze zich alleen met een rollator kon voortbewegen, weinig energie had en constant tegen de pijn vocht, vond Caroline het vreselijk om iemand tot last te zijn.

'Ik ben al blij... dat je op bezoek komt. Je hoeft verder niets voor me te doen.'

Leo koos dat moment om de kamer in te lopen, snuffelend aan de poten van een van de Queen Anne-leunstoelen waar Caroline zo gek op was.

De linkerhelft van Carolines gezicht vertrok tot een glimlach, terwijl de rechterhelft onbeweeglijk bleef. 'Een hond? Ik wist niet... dat je een hond had.'

'Heb ik ook niet. Niet officieel, in elk geval. Ik vond hem gisteravond loslopend in het centrum. Ik hou hem alleen gezelschap totdat we zijn baasje hebben gevonden.'

'Je bent een knapperd. Ja, dat ben je.' Leo bleef roerend gewillig staan, terwijl Caroline hem met een knokige hand over zijn kop aaide.

Heel eventjes kwam het dwaze idee bij haar op om Leo bij haar vriendin achter te laten, maar dat werd al gauw overstemd door de harde werkelijkheid. Dat zou niets worden. Caroline kon amper voor zichzelf zorgen, hoe hard ze haar best ook deed. Momenteel kon ze de zorg voor een ander levend wezen er niet bij hebben, hoewel Alex ervan overtuigd was dat het met de dag beter met haar ging. Maar als Caroline zo enthousiast op hem reageerde, kon ze in elk geval met de hond bij haar langsgaan zolang hij bij haar logeerde.

'Je bent braaf, hoor. Hoe heet je?' prevelde Caroline.

'Ik noem hem Leo. Dat lijkt hij wel best te vinden.'

'Waarom ook niet? Het is een mooie naam. Ik had ooit een vrijer... die Leo heette. Hij trouwde uiteindelijk met het jongere zusje van mijn beste vriendin en verhuisde naar... Grand Junction.'

Alex kuste haar vriendin op haar perkamentachtige wang. 'Dombo. Hij wist niet wat hij in handen had.'

'O, jawel hoor.' Haar scheve glimlachje was schalks. 'Ik dumpte hem... lang voor die tijd. Brak daarbij zijn hart.'

'Dat geloof ik graag, dat van hem en nog tientallen anderen.'

'Niet zoveel... maar wel een paar.' Het kon komen doordat haar mond slechts gedeeltelijk kon bewegen, maar haar uitdrukking leek ineens melancholisch, treurig bijna.

Dat kon Alex niet laten gebeuren. 'Ik heb een paar maaltijden voor je meegenomen, voor in de vriezer,' zei ze, snel van onderwerp veranderend. 'De instructies zitten erbij, zoals gewoonlijk, en het zijn allemaal eenpersoonsporties. Je hoeft ze alleen maar eerst te ontdooien, in de koelkast of de magnetron, en dan op te warmen en op te eten.'

'Dat moet je... niet meer doen.'

'Als ik het niet doe, doet mijn moeder het, en we weten allebei dat ik veel beter kan koken.'

Strikt genomen, was dat niet helemaal waar, want Mary Ella kon prima uit de voeten in de keuken, maar Caroline moest er toch om lachen, precies wat Alex had gehoopt. De spijtige en verdrietige schaduw was verdwenen.

'Trouwens, jij bent zo goed als een oma voor me, weet je,' zei Alex. 'Mijn vaders ouders overleden allebei voordat ik werd geboren, en mijn moeders moeder was een sikkeneurige ouwe zeur die vond dat wij McKnightskinderen een stelletje hooligans waren, stuk voor stuk.'

'Waren jullie dat niet?' vroeg Caroline met weer dat schalkse lachje.

'Eigenlijk wel.'

Desondanks had Caroline Alex en haar broer en zussen altijd met open armen bij haar thuis ontvangen. Haar vroegste herinnering aan de vrouw ging terug naar haar kleuterschoolleeftijd, toen ze door Carolines tuinhek was geglipt om een bosje bloemen voor haar moeder te plukken. Als ze zich het goed herinnerde, had ze op haar kop gekregen van Mary Ella om het een of ander –

dat was niets nieuws – en dacht ze het met de bloemen weer een beetje goed te kunnen maken.

Zoals de meeste kinderen had ze geen flauw benul gehad van abstracte zaken als eigendom en was lukraak aan het plukken geslagen, totdat Caroline haar uiteindelijk in de smiezen had gekregen en naar buiten was gekomen om een einde te maken aan haar strooptocht.

De bijzonderheden van die eerste ontmoeting waren grotendeels vervaagd, maar ze kon zich nog herinneren hoe aardig Caroline was geweest toen ze de geplette bloemen uit Alex' hand had gepakt, er geduldig de wortels af had geknipt die ze mee had gerukt, en er een tamelijk mooi boeketje van had gemaakt. Sindsdien kon ze bij Alex niet meer stuk, afgezien van die koppige hang naar onafhankelijkheid.

Toen Alex gekwetst en gebroken en vol geheimen was teruggekeerd naar Hope's Crossing, had ze het niet aangekund om weer thuis te gaan wonen en met al die vragen geconfronteerd te worden. In plaats daarvan had ze Carolines nu leegstaande souterrain voor een prikje gehuurd. Caroline had geen vragen gesteld, ze had alleen geborgenheid en niet-aflatende liefdevolle zorg geboden, en die prachtige, weelderige tuin die een bron van rust en troost was geweest – en van verse snijbloemen en een ogenschijnlijk onuitputtelijke aanvoer van versgebakken bananen-notenbrood.

In de daaropvolgende weken en maanden had Alex de tijd en ruimte gevonden om de brokstukken van haar leven op te rapen en te lijmen – en ze zou nooit voldoende kunnen terugdoen voor Caroline in ruil voor die plek om te helen die ze haar had geboden. Wat stelden een paar armzalige maaltijden voor vergeleken daarbij?

'Je hoeft niets voor me te doen,' herhaalde Caroline. 'Ik kan... best voor mezelf zorgen. Het duurt allemaal wat langer... maar het lukt nog steeds.'

'Dat weet ik. Bekijk het eens zo. Als je je niet druk hoeft te maken over wat je 's avonds nu weer klaar moet maken, heb je meer tijd om te lezen.'

'Daar heb je... een punt.'

Caroline was lid van de boekenclub Books and Bites, hoewel ze al heel lang niet meer op een van hun bijeenkomsten was geweest. Wel las ze nog steeds alle opgegeven boeken en stuurde dan een zorgvuldig getypte e-mail met haar analytische inzichten naar Maura of Mary Ella.

'Heb je al geluncht? Ik heb verse druiven en meloen meegenomen, wat groentechips en de ingrediënten voor sandwiches met kipsalade.'

'O, dat klinkt heerlijk. Is het lekker genoeg... om op de patio te eten, denk je?'

Het abnormaal warme weer van de dag ervoor was verjaagd door een regenbui in de ochtend, maar het was nog steeds vrij aangenaam buiten. 'Ja, hoor,' antwoordde ze. 'Ik zal even een trui voor je pakken.'

Ze hielp Caroline in een vest en een deken voor alle zekerheid, en installeerde haar op het bistrosetje dat uitzicht bood op de vijver en de waterval, die nu stil was gevallen.

'Ik blijf bij je tot je hebt gegeten, daarna moet ik er weer vandoor, ben ik bang. Ik moet nog een paar tussenstops maken voordat ik naar het restaurant ga voor mijn avonddienst.'

Ze had geen honger na een hele ochtend proeven van de recepten die ze uitprobeerde, maar wist toch een halve sandwich naar binnen te werken en een paar chips, met name die van paarse aardappelen, altijd al een favoriet. Tot haar grote voldoening at Caroline haar hele bord leeg, op een paar korstjes van het ciabattabrood na.

'Dat was... verrukkelijk,' zei Caroline veertig minuten later, toen ze weer opstapte. 'O, ik wou dat je wat langer kon blijven.'

Alex glimlachte en gaf haar vriendin een zoen op haar wang. 'Ik kom binnenkort weer. Dat weet je toch.'

'Je bent zo... lief voor me,' zei Caroline met een warm lachje. 'Ik zou niet weten... wat ik moest eten als ik jouw heerlijke maaltijden niet kreeg.'

Alex ook niet. Enigszins gebukt onder zorgen nam ze

afscheid, plukte Leo van een zonnig plekje in de tuin en liep terug naar haar auto. Ze had geen idee hoeveel tijd – of puf – ze nog zou hebben als het restaurant eenmaal was geopend, voor dit soort spontane kooksessies om de vriezers vol te gooien van een aantal ouderen voor wie ze een zwak had.

Dan zou ze er gewoon tijd voor moeten maken, hoe zwaar ook. Mensen rekenden op haar, en ze kon hen niet laten zitten.

Haar tweede tussenstop was korter. Twee straten bij Caroline vandaan parkeerde ze bij een klein houten huis, ingeklemd tussen twee gerenoveerde panden met vier appartementen. Wally Hicks was vroeger hun postbode en zijn vrouw, Donna, had haar en Claire jarenlang lesgegeven op de zondagsschool. Donna had het beginstadium van alzheimer en was slechtziend, terwijl Wally hardhorend was en een zwak hart had. Met vereende krachten slaagden ze er zo goed en zo kwaad als het ging in om voor elkaar te zorgen en ze waren altijd zo blij wanneer Alex hun een paar maaltijden kwam brengen, plus een lekker hapje voor hun humeurige bulldog, Clyde.

De derde tussenstop was de kortste – en voor deze liet ze Leo zeker in de auto.

Frances Redmond woonde naast Claire en Riley en moest niets van honden hebben. Of van de meeste mensen, wat dat aanging.

Claire probeerde Frances op alle mogelijke manieren te helpen, maar de oudere dame was er niet happig op om andere mensen binnen te laten. Keer op keer zei ze dat ze niet wilde dat Alex steeds langskwam, maar die hield stug vol, deels uit schuldgevoel omdat ze als meisje een paar streken met de vrouw had uitgehaald, deels omdat elke keer dat ze langskwam, Frances een doos vol lege bakjes aan haar teruggaf, waaruit bleek dat ze de maaltijden opat. Dat hoopte Alex althans. Voor hetzelfde geld kieperde Frances de hele zwik in de vuilnisbak en zette de bakjes in de vaatwasser, maar ze verbeeldde zich graag dat ze een beetje goeddeed.

'Als je dan per se al dat eten wilt brengen, ook al heb ik je al honderd keer gezegd dat het niet hoeft, waarom kun je dan al die liflafjes niet achterwege laten? Wat is er mis met eenvoudige, ouderwets stevige kost?'

Blijkbaar werd rozemarijn tegenwoordig als een liflafje beschouwd. Alex slaakte een zucht. 'Helemaal niets, Mrs. Redmond. U heeft gelijk, ik ben dol op eenvoudige dingen. Ik verzeker u dat ik alleen wat kruiden door een paar gerechten heb gedaan. Niets exotisch, ik zweer het.'

'Geen zongedroogde tomaten zoals de vorige keer?'

'Nee. U gaf aan dat u van gewone, verse tomaten hield, dus heb ik die gebruikt.'

'Je hebt zeker weer wat van die dijonmosterd in deze kipsalade gedaan.'

Alex schudde haar hoofd. ‘Gewone gele, precies zoals u besteld had.’

‘Mooi zo.’

Geen ‘dank je wel’, geen ‘wat aardig van je’. Alex vroeg zich af waarom ze de moeite nog nam. Er waren anderen die haar inzet meer zouden waarderen, maar ja, ze deed dit niet om met dank overladen te worden. Het gaf haar een goed gevoel om anderen te helpen, ongeacht hun reactie. Op dat vlak hadden haar moeder en Claire het goede voorbeeld gegeven. Bovendien had ze altijd een beetje te doen met Mrs. Redmond. Ze had een zwaar leven gehad. Ze had een paar kinderen verloren en haar man was jong overleden.

Sommige mensen – haar zus Maura, bijvoorbeeld – gingen op een moedige en positieve manier om met hun verdriet en weigerden hun leven te laten bepalen door pijn en verlies. Anderen, zoals Mrs. Redmond, werden boos en verbitterd, reageerden hun zielenpijn af op de mensen om hen heen en hielden iedereen die een helpende hand wilde reiken, op afstand.

Haar eigen levensinstelling lag ergens in het midden, meende Alex. Ze begreep Frances Redmonds neiging wel om zich op te sluiten met haar verdriet en te voorkomen dat iemand anders er nog een schepje bovenop deed. Misschien kon ze haar kribbigheid daarom bekijken met een geïrriteerd soort medeleven.

'Tot de volgende keer. Fijne week nog.'

'Het gaat de hele week regenen,' mopperde Frances.

'Dan komt die soep die ik heb gemaakt, zeker van pas, denkt u niet?' Grijnzend liep ze terug naar haar auto.

Vlak voordat ze die bereikte, remde een jongetje dat op een blauwe mountainbike langs het huis reed, toen hij haar in het oog kreeg. 'Hoi, tante Alex!'

Haar hart veerde op bij de kreet. Claires zoontje had haar altijd al tante Alex genoemd, zelfs nog voordat zijn moeder met haar broer trouwde en hun relatie officieel maakte. 'Hé, Owen. Hoe is het met mijn grote gabbertje?'

De tienjarige schonk haar een grijns die nog eens heel wat harten zou breken, zo stelde ze zich voor. 'Goed, hoor. Wat doe je hier?'

'Ik moest even wat afgeven. Waarom zit je niet op school?'

'We waren vroeg uit vandaag, want de leraren hebben een studiedag of zo, dus we hadden maar een halve dag les. Riley komt vroeg thuis en we gaan vissen. Mace en mama gaan straks winkelen.'

Haar vrijbuiterende, ooit zo ruige broer had zijn leven drastisch gewijzigd en was een fantastische stiefvader geworden voor Claires twee kinderen, Owen en zijn zusje, Macy, uit haar eerste huwelijk. Ze had nooit verwacht dat hij er zo goed in zou zijn, maar hij had zich soepeltjes aangepast aan Claires ingewikkelde leven. Ze deelden de voogdij met Claires ex en zijn vrouw. Tot dusver leken ze het allemaal prima te hebben geregeld.

'Wauw. Wat stoer van jullie,' zei ze tegen Owen. 'Als jullie forel vangen, breng ze dan maar naar het restaurant, dan maak ik ze voor jullie klaar.' Ze opende de deur van haar auto en werd begroet door een vriendelijk, 'waar zat je nou?' soort blaf.

Met een ruk draaide Owen zijn hoofd om. 'Je hebt een hond! Ik wist niet dat je een hond had!'

'Hij is niet van mij,' zei ze. 'Ik vond hem gisteravond zwervend over straat. Ik ben nu op zoek naar zijn baasje.'

'Wat een toffe hond. Heb je hem echt zomaar gevonden? Weet je hoe hij heet?'

'Ik noem hem Leo. Het is een lang verhaal.'

Dat leek hij kalm en laconiek als altijd te accepteren. 'Gaaf. Hé, mam,' riep hij opeens. 'Alex is hier.'

Feitelijk was ze niet dáár, maar bij de buren. En ze had eigenlijk geen tijd om langs te gaan, maar ze kon het ook niet maken om plompverloren weg te rijden nu ze Claire om het huis aan zag komen lopen.

Ze zag er stralend zwanger en tamelijk snoezig uit in een wijd denim overhemd dat waarschijnlijk van Riley was, de mouwen opgerold tot aan haar ellebogen, en met een paar rubberen kaplaarzen met een printje van groene kikkers. ‘Hé! Heb je aangebeld? Sorry, dat heb ik niet gehoord. Ik was in de achtertuin. Over een paar maanden kan ik niet meer bukken, dus ik vond dat ik nu maar vast zo veel mogelijk moest doen.’

‘En daarna zul je het te druk hebben om de tuin bij te houden. Of iets anders, wat dat aangaat.’

‘Weet ik. Maar is het niet geweldig?’ Stralend legde ze een hand op haar dikker wordende buik.

Alex werd overvallen door een fel, wrang soort verdriet. Ze dwong zichzelf het weg te stoppen. ‘Ongelooflijk. Ik zie Ri nog steeds niet helemaal voor me met een pasgeboren baby’tje, maar ik denk dat hij een fantastische ouder zal zijn. Van jou weet ik het. Je hebt al twee van de leukste kinderen ter wereld opgevoed.’ Ze woelde door Owens met geblondeerde plukjes doorschoten haar, waarmee hij tot afgrijzen van zijn moeder de vorige keer was thuisgekomen na een weekend bij zijn vader en stiefmoeder.

‘Ik was eigenlijk net klaar. Heb je tijd voor een kop thee?’

‘Beter van niet. Ik moet als een haas door naar het restaurant. Deze keer kwam ik eigenlijk ook niet voor jou. Ik heb Frances een paar maaltijden gebracht.’

Claire, die normaal gesproken de vriendelijkheid en goedheid in eigen persoon was, trok een zuur gezicht. ‘Ik hoop dat ze flauw en smakeloos zijn.’

‘Ik heb mijn best gedaan, maar soms speelt mijn genialiteit toch op. Waarom ben je nijdig op Frances?’

‘Niet zozeer nijdig, maar soms word ik gek van haar. Vorige week is Riley twee uur bij haar thuis bezig geweest om een kapotte douchekop te vervangen, omdat ze te gierig was om een monteur te betalen. En wat denk je? De dag erop presteert ze het om me te zeggen dat de straal uit de nieuwe haar niet aanstaat en dat ze precies dezelfde douchekop wil als ze eerst had. Grr!’

‘Wat heb je gedaan?’

‘Ik heb vier bouwmarkten afgelopen totdat ik de juiste had gevonden.’

‘Uiteraard,’ zei Alex, een grijns onderdrukkend.

‘Ze is een eenzame oude vrouw en we horen medelijden met haar te hebben, maar ze maakt het niet altijd even gemakkelijk.’

Claire had de nodige ervaring met moeilijke vrouwen, gezien het feit dat haar moeder de lightversie van Frances Redmond was.

‘Zeg, ik heb een gerucht over je opgevangen,’ zei Claire, van onderwerp veranderend.

‘Dat Brazen als beste nieuwe restaurant in Colorado zal worden bestempeld, Food Channel daarop in zal haken en mij vragen om een nieuw programma over de regionale keuken te presenteren, ik een reeks kookboeken op de markt ga brengen en ga rentenieren op een tropisch eiland, waar ik de rest van mijn leven in wijde flodderjurken rondloop en mai tais drink?'

Claire schoot in de lach. 'Nee, dat gerucht moet ik even hebben gemist. Maar dit is even smakelijk. Ik kwam Frankie Beltran vanochtend tegen in de supermarkt en zij vroeg wie die sexy man was met wie je gisteravond in de Liz was. Ik moest bekennen dat ik geen flauw benul had, wat tamelijk sneu is als je nagaat dat we eergisteren nog samen hebben geluncht met de boekenclub en je met geen woord hebt gerept over welke man dan ook, sexy of niet.'

Ja, nog maar twee dagen geleden was Sam Delgado voor haar niets meer dan een naam en de oorzaak van nog verder uitstel van de opening van Brazen.

'Eh... weet je nog dat Brodie een aannemer had ingeschakeld om het restaurant af te maken?'

Claire zette grote ogen op. 'Serieus?'

Er was absoluut geen enkele reden om zich opgelaten te voelen. Het was nooit de bedoeling geweest dat haar vriendelijk bedoelde uitnodiging uit zou draaien op die zinderende kus die ze maar niet uit haar hoofd kon zetten. Althans, dat bleef ze zichzelf maar wijsmaken. 'Vanwaar die kouwe drukte? Hij kwam langs bij het restaurant, nadat jullie allemaal waren vertrokken. Het leek me een aardig gebaar om hem een beetje wegwijs te maken, hier welkom te heten, zoiets. We spraken af in de

Lizard voor een potje pool en daarna hebben we een wandelingetje gemaakt, zodat ik de bezienswaardigheden kon laten zien van ons kleine paradijsje. Ik deed gewoon mijn burgerplicht.'

'En daarbij was het natuurlijk leuk meegenomen dat hij, in Frankies woorden, heter was dan een zevenklapper.'

Dat, en meer. 'Al had hij eruitgezien als een trol, dan had ik er nog voor willen zorgen dat hij zich thuis voelde in Hope's Crossing. Hij is met mijn keuken bezig.'

Het klonk als een slap excuus, zelfs in haar eigen oren, maar Claire knipperde niet eens met haar ogen. Een van de dingen die Alex het prettigst aan Claire vond, was haar uitzonderlijke gave om mensen in hun eigen illusies te laten geloven in plaats van ze er fijntjes op te wijzen.

'Was het gezellig?' vroeg ze slechts.

Gezellig? Dat was een understatement. Ze dacht aan zijn mond, stevig en doortastend, die harde, meedogenloze spierbundels tegen haar lijf. Ze zuchtte, hoopte meteen dat het geluid niet zo smachtend overkwam op Claire als op haarzelf. 'Ik had hem bijna verslagen met pool. Ik won één potje, maar we speelden twee uit drie.'

'Wauw! Hij heeft je twee keer verslagen? Indrukwekkend. Dan moet hij wel steengoed zijn, want je wint meestal van Riley en hij is de beste biljarter die ik ken.'

'Sam is vrij goed, ja.'

'Een appetijtelijke, pool spelende aannemer. Die zien we niet elke dag in Hope's Crossing. Hoe heeft Brodie hem gevonden?'

'Ik weet er het fijne niet van, maar ik heb begrepen dat Sam aan een klus werkte in het ziekenhuis toen Taryn daar lag. Ze raakten aan de praat en hielden contact. Hij heeft een aantal andere klussen voor Brodie gedaan. Voor zover ik kan zien, levert hij goed werk. En snel ook.'

'Dus je had een leuke avond?'

Weer zo'n understatement. 'Ja, hoor. Hij was bij me toen ik onze Leo hier vond, is het niet, jongen?'

Leo stond neus-aan-neus met Chester, maar onderbrak zijn gesnuffel lang genoeg om vrolijk naar haar op te kijken, bijna alsof hij zijn naam herkende. Blijkbaar vond hij het niet erg om als afleidingsmanoeuvre te fungeren.

Claire doorzag haar poging om van onderwerp te veranderen waarschijnlijk wel, maar leek zich er ook niet aan te storen. 'Evie heeft de poster opgehangen die je ons e-mailde en wijst iedereen die binnenkomt erop. Tot nu toe heeft ze nog niets gehoord over iemand die een chocoladebruine labrador mist.'

'Blijf zoeken. Hij is te mooi om niet van iemand, ergens, te zijn.'

'Hebben we het nu over Leo of Sam Delgado?'

Afleidingsmanoeuvres werkten kennelijk maar tot op zekere hoogte als het om je beste vriendin ging, die haar beter kende dan wie dan ook. Maar zelfs Claire kende niet al haar geheimen.

'Ha, ha. Hij is trouwens weduwnaar. Geloof me, ik heb ernaar gevraagd. Zijn vrouw is een paar jaar geleden overleden aan kanker.'

'Och, arme man.'

'Hij zat vroeger ook bij de commando's, net als Dylan Caine. Hij heeft ontslag genomen bij het leger nadat zijn vrouw de diagnose had gekregen.'

'Dat is bewonderenswaardig. Niet veel mannen zouden hun carrière opgeven om voor hun zieke vrouw te zorgen. En, vind je hem leuk?'

Veel meer dan goed voor haar was. En hoe meer ze over hem praatte – en aan hem dacht – hoe leuker ze hem vond. Geïrriteerd over haar eigen gedrag en gefrustreerd over de situatie, klonk haar stem scherper dan de bedoeling was. 'Bij mijn weten zitten we niet meer op de middelbare school. Ik ben het stadium ontgroeid waarin ik jou briefjes toespeelde over de leuke jongen die bij maatschappijleer bij me in de klas zat.'

Claire knipperde even verbaasd met haar ogen, maar meteen daarop werd haar blik scherp en kon Alex zichzelf wel een schop onder haar kont geven. Ze mocht dan lief en aardig zijn, maar Claire was niet op haar achterhoofd gevallen. Als Alex kattig en overgevoelig reageerde alleen al bij het noemen van Sam Delgado, zou Claire onmiddellijk in de smiezen hebben dat er meer tussen hen smeulde dan oppervlakkige vriendschap.

Snel probeerde ze het goed te maken. 'Sorry. Dat was onaardig. Ik mis onze middelbareschooltijd.'

'Het leven lijkt inderdaad een stuk gemakkelijker op je twaalfde.'

In sommige opzichten, niet in alle. Claires vader was vermoord in een hartstochtelijke driehoeksverhouding toen ze zo jong waren, en zelfs haar eigen vader had destijds al met één voet buiten gestaan, hoewel ze er allemaal blind voor waren geweest.

Impulsief omhelsde ze Claire, zwangere buik, tuinhandschoenen en al. Ze hield zielsveel van al haar vier zussen, maar Claire was haar hartsvriendin voor het leven. En in hun geval betekende 'voor het leven' ook echt iets.

'Sam is een aardige vent, maar dat is alles. Hij is mijn keuken aan het installeren en ik ga echt niets doen om dat in de soep te laten lopen.'

Claire drukte haar wang tegen de hare. 'Zoals zijn hart breken, bedoel je?'

Of hem dichtbij genoeg laten komen om dat van haar te breken.

'Iets dergelijks.'

Even later maakte ze zich los. 'Ik moet er echt vandoor. Jammer dat ik niet kan blijven, maar mijn dienst begint zo en ik heb mijn keuken thuis in een gigantische bende achtergelaten. Kom, Leo. Jij en Chester kunnen een andere keer ravotten.'

Ze liet de hond weer op de achterbank springen, omhelsde Claire nog een keer, wierp Owen een kushandje toe – die inmiddels druk in de weer was om vislijnen te ontwarren op de oprit – en reed toen weg.

Dit was het belangrijkste deel van haar leven, dacht ze op de terugweg naar Currant Creek Valley. Haar familie, haar vrienden, de mensen in het stadje om wie ze gaf. Ze was dolgelukkig met haar leven en had verder niets nodig – zeker geen man met peilloze donkere ogen en een goddelijke mond.

Hoofdstuk 6

Krap een week na die zinderende kus was Sam tot de onvermijdelijke conclusie gekomen dat Alexandra hem ontliep. Ze leek een feilloos instinct te hebben om een kijkje te komen nemen hoever ze waren opgeschoten in het restaurant nét wanneer hij even weg was om te gaan lunchen of iets te halen bij de bouwmarkt aan de rand van het stadje.

Zijn mannen leken haar allemaal graag te mogen, zelfs Stille Joe, en gaven aan hem door dat ze hun had verteld hoe geweldig ze haar keuken vond worden. Voor hem had ze alleen een snel gekrabbeld briefje achtergelaten de tweede keer dat hij haar was misgelopen, waarop stond:

Ziet er goed uit, Sam. Je bent geniaal met een hamer.

Hij had zijn toevlucht kunnen nemen tot een ritje naar het restaurant, waar ze momenteel werkte, bij het Silver Strike Resort, bij wijze van excuus om haar weer te zien, maar elke keer dat hij op het punt had gestaan een tafeltje te reserveren, had hij besloten het toch maar niet te doen.

Nadat ze die ene avond zomaar was weggereden zonder hem een antwoord te geven, toen hij op de man af had gevraagd of ze nog eens met hem uit wilde, had hij natuurlijk op zijn klompen kunnen aanvoelen dat dát haar antwoord was.

Kennelijk had ze er zo haar redenen voor om hem te ontlopen. Als ze het zo wilde, wat kon hij daar dan aan doen? Hij was niet een of andere enge stalker. Wanneer een vrouw duidelijk liet merken dat ze niet geïnteresseerd was, dan was voor hem de kous af.

Wat niet betekende dat hij er blij mee moest zijn, zeker niet na die kus die hem compleet van zijn sokken had geblazen.

De grauwe, druilerige ochtend weerspiegelde zijn humeur, toen hij halverwege de ochtend de boekwinkel annex koffiebar van haar zus binnenstapte voor een cafeïneshot voor zijn ploeg.

Hij had net de bestellingen opgedreund van het omslachtige lijstje van zijn mannen – wie had gedacht dat Stille Joe café au lait, extra schuimig, lekker vond? – toen een soort oerinstinct in hem ontwaakte. Waarschijnlijk hetzelfde zesde zintuig dat hem had gered in zoveel gevaarlijke situaties tijdens zijn uitzendingen.

Hij draaide zich om, en daar stond ze, een paar plekken achter hem in de rij voor de koffiebar, te praten met een oudere vrouw met dezelfde groene ogen achter een trendy brilletje.

Eigenlijk hoorde hij niet zo blij te zijn om haar te zien, wist hij, maar het warme gevoel dat plotseling door hem heen stroomde als de zon die buiten tussen de wolken doorbrak, viel niet te negeren. Hij keek gewoon graag naar haar, zo simpel was het. Al dat lange, golvende, blonde haar, die sprekende groene ogen, de mooie welving van haar mond. Alexandra McKnight was een verduveld aantrekkelijk totaalpakketje.

Alsof ze de intensiteit van zijn gedachten voelde, onderbrak ze haar gesprek met de vrouw en verplaatste haar aandacht naar hem. Zodra ze hem in het oog kreeg, flitste er een stralende glinstering in die ogen op voordat ze ze neersloeg.

'Wauw. Iemand heeft heel erge dorst,' grapte Alexandra.

Hij hield het kartonnen houdertje met zes bekers omhoog. 'Ik haal een rondje koffie voor de hele ploeg. Iemand moet het doen.'

Het enige wat hij wilde, was daar blijven staan met de bekers koffie en naar haar staren. Nu hij haar na al die tijd weer zag, realiseerde hij zich ineens hoe vaak hij de afgelopen week eigenlijk aan haar had gedacht, de helft van de tijd zonder zich er echt bewust van te zijn. Gedachten aan haar hadden in zijn onderbewustzijn gebroeid sinds hij haar had zien wegrijden in een donkere straat in Hope's Crossing. Tijdens zijn werk aan het restaurant was hij zich er constant van bewust dat dit háár keuken was. Had ze liever handgrepen of knoppen? Zou dit of dat extra snufje haar opvallen, als ze in de keuken stond te koken? Hoe kon hij de ruimte optimaal voor haar inrichten?

De andere vrouw schraapte plotseling haar keel, waarop hij doorkreeg dat Alexandra hem op haar beurt stond aan te staren, haar glinsterende ogen gefixeerd op zijn mond. Ze moest aan die aardverschuivende kus staan te denken. En als die op haar ook zo'n impact had gehad, waarom ontliep ze hem dan in vredesnaam?

'O. Juist.' Ze keek weg, en hij zag een vleugje kleur naar haar fijne jukbeenderen stijgen. 'Mam, dit is Sam Delgado. Hij maakt het werk aan de restaurantkeuken af voor Brodie. Sam, dit is mijn moeder, Mary Ella McKnight.'

Hij glimlachte, balanceerde het houdertje in zijn linkerhand, zodat hij haar een hand kon geven. Ze had kastanjebruin haar terwijl dat van haar dochter blond was, maar ze hadden dezelfde fijne gelaatstrekken, dezelfde tengere bouw.

'Aangenaam, Mrs. McKnight.'

'Hallo, Sam. Alex vertelde me net hoe snel het werk in het restaurant opschiet. Ik hoop dat je het naar je zin hebt in Hope's Crossing.'

'Ik ben hier pas een week of zo, maar tot nu toe is iedereen heel aardig. Uw dochter heeft me laatst zelfs een rondleiding door het centrum gegeven.'

'Werkelijk?' Mary Ella wierp een verbaasde blik op Alexandra.

'Je kent me. Altijd paraat om bezoekers welkom te heten,' mompelde Alexandra.

Mary Ella's mond verstrakte, en hij voelde een soort spanning tussen hen die hij niet helemaal begreep. Hij moest eigenlijk maar eens gaan, maar hij voelde er niets voor te vertrekken nu ze hem niet kon ontlopen, hete koffie of niet.

'Toen ik binnenkwam, zag ik dat de poster voor Leonidas er nog steeds hangt,' zei hij. 'Het is dus nog niet gelukt om zijn eigenaar te vinden?'

Ze schudde haar hoofd. 'Voorlopig heb ik nog gezelschap.'

'Leonidas? Zo heet de hond die je onder je hoede hebt genomen?' vroeg haar moeder.

Waarschijnlijk hoorde hij zich niet te verkneukelen dat hij dit geheimpje met haar deelde, maar hij kon het niet helpen.

'Zo noem ik hem in elk geval,' antwoordde Alexandra. 'Herinner je je die Belgische bonbons nog die ik je vorig jaar voor Moederdag gaf?'

'Hoe zou ik die kunnen vergeten? Ik mocht er van mezelf maar eentje per week en heb er tot Labour Day mee gedaan. Dit moet wel een heel bijzondere hond zijn.'

'Best wel, ja. Ik heb alleen nog niet kunnen achterhalen waar hij thuishoort. Elke dag bel ik de twee dierenartspraktijken, het asiel, iedereen die ik maar kan bedenken. Volgens mij begin ik ze een beetje te irriteren. Tot nu toe heeft nog niemand melding gemaakt van een vermiste chocoladebruine labrador. Heel raar. Hij moet érgens vandaan zijn gekomen. Iemand heeft zo te zien goed voor hem gezorgd. Hij was mager maar niet uitgehongerd.'

Ethan had Sam opnieuw aan zijn hoofd gezeurd om een hond, toen hij hem gisteravond aan de telefoon had. Zijn zoon scheen te denken dat gezinsuitbreiding met een viervoeter een gegeven was, als ze eenmaal hun eigen huis betrokken na al die jaren van steeds maar weer verhuizen. Hij kon het niet over zijn hart verkrijgen het joch te vertellen dat ze het zo druk zouden hebben met het inrichten van een nieuw huis, dat een eventuele hond iets voor de verre toekomst was.

Die ochtend had hij in elk geval een eerste stap gezet om een huis te vinden. Hij had later die dag een afspraak met een makelaar, en Brodie Thorne had hem een tip gegeven over een paar huizen, waaronder een aan de rand van Hope's Crossing waar het een en ander aan moest gebeuren maar dat in de tussentijd wel bewoonbaar was. Het was ruim binnen zijn budget.

Hij wilde Alexandra net vragen of ze iets over de

buurt wist, maar zij begon te praten voordat hij de kans kreeg.

'Mijn keuken ziet er fantastisch uit.'

Haar enthousiasme deed hem goed, moest hij bekennen. 'Blij dat te horen. Misschien moet je eens langskomen als ik er ben, dan kan ik je het een en ander laten zien.'

'Goed. Dat kan ik wel doen,' zei ze langzaam. 'Ik ben een paar keer langs geweest, maar toen... ben ik je misgelopen.'

Die kleur werd een paar tintjes dieper, zag hij, en hij was niet de enige die het opmerkte. Haar moeder stond haar heel bevreemd aan te kijken. Hij wilde haar vragen waarom ze hem ontliep, maar kon dat moeilijk doen in het bijzijn van Mary Ella.

'Het zou prettig zijn om je inbreng iets directer te horen. Kunnen we een tijdstip prikken voor een...' Bijna had hij 'afspraakje' gezegd, maar hij wilde niet dat ze dacht dat hij bijbedoelingen had. '...werkoverleg?' maakte hij er snel van. 'Ik kan wel na je dienst in het restaurant, als het jou ook uitkomt. Er is zat te doen om me zo lang bezig te houden.'

'Je hebt morgen toch een vrije dag?' zei haar moeder, uiterst hulpvaardig.

Alexandra fronste kort, maar lang genoeg voor hem om door te hebben dat ze haar moeders opmerking lang niet zo kon waarderen als hij. 'Ja. Ja, klopt. Ik kan morgen in de loop van de dag wel even aanwaaien, denk ik.'

'Wij zijn er de hele dag. Kom maar langs wanneer het jou uitkomt.'

'Zal ik doen.' Na een ietwat ongemakkelijk moment, gebaarde ze naar de koffie. 'Je kunt maar beter gaan, tenzij je ploeg van koude koffie houdt.'

'Juist.' Hij was straal vergeten waarom hij eropuit was gegaan. 'Tot morgen, Alexandra. Mrs. McKnight, het was me een waar genoegen u te ontmoeten.'

Beide vrouwen glimlachten hem met uiteenlopende hartelijkheid toe – Mary Ella's glimlach leek warm en vriendelijk, terwijl die van Alexandra behoedzaam en stroef op hem overkwam.

Waarom, vroeg hij zich af terwijl hij de boekwinkel uit liep en terugkeerde naar zijn pick-up, die in een zijstraat geparkeerd stond. Ze hadden het prima met elkaar kunnen vinden, dus waarom wilde ze hem nu met alle geweld op afstand houden?

Ze had duidelijk spijt van die kus. Daar had zijn ego een knauw van kunnen oplopen als hij zich haar vurige reactie niet herinnerde, hoe haar mond had meegegeven onder de zijne en hoe ze zich aan hem had vastgeklampt, alsof ze hem nooit meer los wilde laten.

Die dingen herinnerde hij zich wel degelijk, wat haar reactie nadien des te onbegrijpelijker maakte.

De vrouw was een raadsel. Een mooi, grappig, ingewikkeld raadsel.

Een raadsel dat hij heel graag wilde ontrafelen.

Nadat Sam Books & Brew uit was gelopen, met medeneming van al die mannelijke kracht, begon de spanning die in Alex' schouders was getrokken zodra ze hem daar had zien staan, weg te vloeien. Ze ademde diep in, het schaamrood op haar kaken bij het besef dat ze tijdens het gesprek haar adem had ingehouden, nerveus en uit haar doen.

Verdorie nog aan toe! Wat dacht die man wel, om uitgerekend op dit moment haar leven binnen te vallen en haar hoofd en hormonen op hol te brengen, nu alles wat ze ooit had gewild, voor het grijpen lag.

'Ik ben heel blij dat je vanochtend koffie met me wilde gaan drinken,' zei Mary Ella. 'Ik weet dat je gisteravond tot laat hebt gewerkt.'

Ze richtte haar aandacht op haar moeder in plaats van op die zenuwachtige kriebels in haar maag. 'Ik ben dol op Maura's koffie.'

'Je zus heeft een goedlopende zaak, hè?'

De trots in Mary Ella's stem deed haar glimlachen. 'Inderdaad. Heel goed, en dan voedt ze ook nog eens de mooiste baby ter wereld op.'

'Onze Henry is niet echt meer een baby.' Haar moeders gezicht kreeg een zacht trekje, zoals altijd wanneer ze het over een van haar kinderen of kleinkinderen had. 'In juni wordt hij al één. Maura zei dat hij al probeert een paar stapjes te doen langs de meubels.'

'De tijd vliegt voorbij. Voor je het weet, laat hij zijn baard staan.'

Mary Ella trok een gezicht. 'Oké, voorlopig is hij nog even baby. Maar hoe ouder ik word, hoe sneller de tijd lijkt te gaan.'

Inmiddels waren ze aan de beurt en gaven hun bestelling op, waarna ze een plekje vonden in een van de zithoekjes die Maura in de winkel had ingericht om het haar klanten naar de zin te maken.

Ze babbelden over Maura en Jack en Sage, die haar derde jaar als student aan de Universiteit van Colorado in Boulder aan het afronden was, gingen vervolgens over op de ophanden zijnde blijde gebeurtenis van Riley en Claire.

In de loop van het gesprek werd Alex zich ervan bewust dat zij niet de enige was die deze ochtend wat uit haar doen was. Mary Ella – over het algemeen zo kalm als het Silver Creek Reservoir op een zomerochtend – leek niet stil te kunnen zitten in haar stoel, alsof ze haar draai niet kon vinden, en haar vingers trommelden ongeduldig op de beklede armleuning terwijl ze op hun bestelling wachtten.

Zodra die was gebracht, nam Mary Ella een slok van

haar thee en zette het kopje vervolgens zo plompverloren terug op het schoteltje dat de thee over de rand en op haar schoot klotste.

In Alex' binnenste stak een gevoel van bezorgdheid de kop op, even hardnekkig als het onkruid in Carolines tuin. Dit was niets voor haar moeder, die meestal de gracieuze kalmte in eigen persoon was. Er was iets aan de hand.

'Wat is er? Het lijkt of je vanochtend al tien koppen koffie op hebt.'

Mary Ella zette haar thee – kop én schotel – op het tafeltje tussen hen en streek een lok stijlvol kastanjebruin geverfd haar achter haar oor met vingers die licht trilden. 'Dit valt me zwaar. Zwaarder dan ik had gedacht.'

Dat hardnekkige stuk onkruid schoot omhoog tot een lange stekelige rank. Er was iets heel erg mis. Kanker, was het eerste wat haar te binnen schoot, misschien vanwege Caroline of omdat ze Sam net had gezien, die zijn jonge vrouw zo tragisch had verloren aan die duivelse ziekte, alhoewel ze dat nog niet echt bevestigd had gekregen.

'Wat is er aan de hand? Ben je ziek?' Wat zou ze moeten beginnen als ze haar moeder verloor? Mary Ella was in de zestig, ja, maar ze was gezonder dan de rest van de familie en wandelde nog elke ochtend zes kilometer en was drie keer per week met gewichten in de weer op de sportschool.

'Ik probeer met al mijn kinderen afzonderlijk te praten. Ik heb Lila en Rose al gebeld en gesproken. Gisteravond heb ik met Maura en Angie kunnen praten en ik ga bij Riley langs nadat ik met jou heb gesproken. Het wordt er niet makkelijker op, dat kan ik je wel zeggen.'

Paniek welde in haar op, duister en dreigend, en ze was bang dat ze zelf wel eens niet goed kon worden. 'Is het kanker? Als dat zo is, sta ik dag en nacht voor je klaar. Dat weet je. Ik breng je naar het ziekenhuis voor de chemo, ik maak alles voor je klaar wat je lekker lijkt en waarvan je denkt dat je het binnen kunt houden. Ik scheer zelfs mijn hoofd kaal wanneer je haar uitvalt.'

Mary Ella's ogen hadden zich steeds wijder opengesperd tijdens dit gloedvolle toespraakje, en als Alex zich niet vergiste, welden er plotseling tranen in op. Haar moeder stootte een geschokt lachje uit en pakte haar hand.

Die trillende vingers in de hare stelden haar bepaald niet gerust. 'Och, lieve schat. Ik heb geen kanker, maar als ik het wel had, zou ik jou absoluut aan mijn zij willen hebben. Je bent altijd zo'n schat van een dochter geweest. Ik had me geen lievere kinderen kunnen wensen. Jullie allemaal.'

Tijdens die wilde tienerjaren had ze haar moeder een tijdlang niet zo netjes behandeld, en die herinnering knaagde nog steeds aan haar.

‘Oké. Oké. Je hebt geen kanker.’ Opluchting verjoeg de paniek. ‘Waarvoor zijn we hier dan?’

‘Ik geneer me, nu helemaal, na dat omweggetje naar afschuwelijke mogelijkheden. Ik heb geen kanker, ik zweer het. Alles is in orde. Wat heet, het kon niet beter.’ Mary Ella slikte moeizaam. ‘Het punt is… ik weet niet goed hoe ik dit moet zeggen, maar… ik ga trouwen.’

Secondelang kon ze alleen maar staren terwijl de woorden langzaam tot haar brein doordrongen, onzeker hoe ze hierop moest reageren.

Het nieuws kwam niet helemaal onverwacht. Mary Ella had inmiddels een jaar een relatie, maar iets in theorie accepteren als het onvermijdelijke gevolg was van een geheel andere orde dan geconfronteerd worden met de keiharde realiteit ervan.

‘Weet Harry het al?’ grapte ze uiteindelijk.

Mary Ella trok een gezicht. ‘Heel geestig. Ja. Hij heeft me sinds de kerst al diverse keren gevraagd. Alleen… het duurde een hele tijd voordat ik vol overtuiging ja kon zeggen.’

Hun romance was voor iedereen in Hope’s Crossing een schok geweest, vooral omdat Mary Ella er de afgelopen twintig jaar geen geheim van had gemaakt dat ze de man verachtte. Ze had hem altijd inhalig en harteloos gevonden, iemand die zijn eigen zoon had verraden, zijn gezin had ingeruild voor een handjevol goudstukken.

Het afgelopen jaar was er echter iets tussen hen veranderd, rond de tijd dat Harry's zoon, Jackson, was teruggekeerd in Maura's leven, nadat hij erachter was gekomen dat ze samen een dochter hadden, Sage.

De spanning was van haar moeders gezicht af te lezen, en Alex wist dat Mary Ella zat te wachten op een andere reactie van haar dan een geintje. Ze wist alleen niet goed wat ze moest zeggen. Die gespannen en moeizame tienerjaren daargelaten, hield ze zielsveel van haar moeder en was ze er niet geheel en al zeker van dat Harry Lange goed genoeg voor haar was.

'Sta je... erachter?' vroeg Mary Ella uiteindelijk.

Weifelend schudde ze haar hoofd, een kneepje in haar moeders vingers gevend. 'Ik weet het niet, mam,' zei ze. 'Lijkt het je niet beter om te wachten op iemand die er financieel iets beter voorstaat en die beter voor je kan zorgen op je oude dag, zodat wij dat niet hoeven te doen?'

Mary Ella begon te lachen bij Alex' luchtige toon, waardoor de gespannen trek op haar gezicht iets verzachtte. 'Ik geef niets om zijn geld. Dat weet Harry. Ik hoop dat dat ook geldt voor mijn eigen kinderen.'

'Je weet dat ik alleen maar zit te plagen, mam. Maar als je mijn eigen moeder niet was, zou ik je ervan verdenken met hem te trouwen om de hand te leggen op zijn Sarah Colville-schilderijen.'

'Dat beschouw ik als een heel grote bonus. Ik ga trouwen met de man van wie ik hou, en op de koop toe krijg ik er een huis vol schilderijen bij van mijn favoriete kunstenaar.' Hoewel Mary Ella niet meer de indruk wekte dat ze elk moment tegen de muren op kon vliegen, stond er nog steeds een bezorgde frons op haar voorhoofd.

Alex zette de rest van haar tegenstrijdige gevoelens opzij en boog voorover om haar moeder te omhelzen. 'Ik ben blij voor je, mam,' zei ze, en dat meende ze oprecht. 'Ik mag in het begin dan niet al te gecharmeerd zijn geweest van Harry – je kunt niet verwachten schokgolven van dusdanig epische proporties los te laten op de hele goegemeente zonder een paar mensen een rolberoerte te bezorgen – maar ik begin aan hem te wennen.'

Mary Ella's lach was beverig van opluchting. 'Dank je wel, dat is fijn om te horen, lieverd. Je zussen zeiden ongeveer hetzelfde. Wel, op Lila en Rosa na dan, want die hebben het afgelopen jaar niet echt de kans gehad om hem te leren kennen zoals de rest van jullie. Zelfs zij zeiden dat ze op mijn mensenkennis vertrouwden. Ik hoop alleen dat Riley net zo begripvol zal zijn.'

Haar broer had de neiging om de vrouwen binnen zijn familie te veel in bescherming te nemen en probeerde vaak de baas over hen allemaal te spelen, maar hij en Harry hadden ook een merkwaardig vriendschappelijke band.

'Ik weet zeker dat hij blij voor je zal zijn,' zei ze. 'Zo niet, dan zorgt Claire er wel voor dat hij bijdraait. Maar goed, wanneer is de grote dag?'

'Wij vonden de feestdagen wel een bijzondere gelegenheid voor een bruiloft. Die van Claire en Riley was zo mooi een paar jaar geleden, al die zilverwitte sneeuwvlokjes. We willen geen groots spektakel, voornamelijk familie en goede vrienden, bij Harry thuis. Dat is 's winters het einde, met een loeiend haardvuur en die ramen die op de bergen uitkijken.'

'Ik doe natuurlijk het eten.'

'Geen sprake van,' reageerde Mary Ella onmiddellijk. 'Je mag het menu opstellen en de cateraars inhuren als je erop staat, maar ik wil dat je bij de rest van de familie zit, eerste rang, niet in je eentje verscholen in de keuken.'

Daar ging haar ontsnappingsplan. Ach, nou ja. 'Arme Maura. Eerst kreeg ze Harry cadeau als schoonvader en nu wordt hij ook nog eens haar stiefvader.'

'Ze vindt het enig, hoor. Zij en Jack allebei. We hebben het hun het eerst verteld. Ik hoop dat je dat niet erg vindt. Sage keek er natuurlijk weer helemaal niet van op.'

'Geen van ons, mam. We zien allemaal hoe gelukkig jij en Harry samen zijn. Hij is het afgelopen jaar heel erg veranderd. Een wonder, na al die jaren te zien dat er daadwerkelijk een hart schuilgaat onder al dat gebral.'

'Nog een goed, liefhebbend hart ook. En gezonder dan het in jaren is geweest.'

Ongeacht haar eigen twijfels over de relatie, hoopte ze dat die twee nog vele plezierige jaren tegemoet gingen. Haar moeder had meer dan genoeg verdriet gekend.

'Harry maakt je gelukkig. Dat is het belangrijkste. Je verdient een geweldig iemand in je leven.'

Mary Ella wierp haar een bezorgde blik toe. 'Jij ook, lieverd.'

'Mam. Begin nou niet weer.'

'Ik weet het. Ik weet het. Het is alleen... je bent al zoveel jaren alleen. Komt het nooit eens bij je op dat er misschien een geweldig iemand rondloopt die op zoek is naar jou?'

Pff. Schuif een vrouw een verlovingsring om haar vinger en ze vindt dat de rest van de wereld er ook eentje nodig heeft.

'Mam, kunnen we niet gewoon jouw heuglijke nieuws vieren?'

'Laat me even uitpraten. Vorige week kwam ik een ontzettend aardige, jonge advocaat tegen op het kantoor dat Harry's zaken in Denver behartigt. Hij is ongeveer een halfjaar geleden gescheiden. Geen kinderen. Hartstikke knap. Bruin haar, blauwe ogen. Hij weet zich te kleden en je ziet zo dat hij zichzelf goed verzorgt. Belangrijker nog, hij is grappig en charmant én aardig. We zijn met hem uit eten geweest, en de hele tijd speelde maar door mijn hoofd hoe perfect jullie tweeën bij elkaar zouden passen.'

'Ik ben niet in de markt voor aardige jonge advocaten, mam.'

Mary Ella leek totaal niet aangedaan. 'Oké. Dat kan. Een arts dan? Een van Harry's hartspecialisten is ook ongetrouwd. Hij lijkt als twee druppels water op dat slonzige Ierse type dat jij en Claire zo'n lekker ding vinden.'

Het duurde even voordat ze doorhad dat haar moeder Colin Farrell bedoelde. Slonzig Iers type, zeg dat. Hoewel ze moest toegeven geïntrigeerd te zijn door het idee van een arts die op Colin Farrell leek, baarde het haar ook zorgen dat haar bestand van mogelijke dates kennelijk was uitgebreid met al Harry's connecties, in elk geval wat haar moeder betrof.

'Het is heel aardig van je. Echt. Maar ik ben niet op zoek naar een advocaat of een arts. Ik ben heel tevreden met mijn leven. Ik heb net een huis gekocht, en het restaurant gaat over een paar weken open. Het leven lacht me toe.'

Mary Ella keek bedenkelijk. 'En die leuke bouwvakker dan? Die weet zo te zien wel weg met een stuk gereedschap.'

'Mam!'

'Wat? Wat heb ik gezegd?'

Ze schudde haar hoofd in een poging dat beeld uit haar veel te levendige fantasie te bannen. 'Ik meen het. Mijn leven is precies zoals ik het wil.'

Mary Ella viel stil. In gedachten verzonken nipte ze van haar thee, zette toen haar kopje terug en keek Alex strak aan, haar groene ogen een mengeling van ernst, bezorgdheid en die blijdschap die ze niet helemaal de kop kon indrukken.

'Niet alle mannen zijn zoals je vader, Alexandra. Dat weet je toch?'

Het onderwerp James McKnight kwam zelden of nooit ter sprake. Ze had echt geen trek om het er nu over te hebben. 'Denk je dat ik me niet aan een man wil binden vanwege papa?'

'Je was zo close met je vader.' Mary Ella leek haar woorden even zorgvuldig te kiezen als Alex groente en fruit op de boerenmarkt. 'Ik weet nog hoe enig je het vond om iets speciaals voor hem klaar te maken voor het ontbijt in de weekenden. Dan werd ik wakker en was jij al druk bezig in de keuken om iets bijzonders op tafel te kunnen zetten. Als hij dan terugkwam van zijn rondje hardlopen, tilde hij je in zijn armen op en noemde je zijn kleine prinsesje.'

Ze wilde niet terugdenken aan die weekenden. 'Hij had alles wat een man zich maar kan wensen. Maar toch liet hij ons allemaal in de steek.'

'Och, lieve schat. Je vader hield van jou en je broer en zussen. Het kan niet anders dan dat hij ook van mij hield. Alleen was er één kant van hem die zich nooit gelukkig voelde, wat ik of jullie ook deden. Ik betwijfel of hij wel in staat was om echt gelukkig te zijn. We trouwden zo jong, en ik denk dat hij ergens altijd nieuwsgierig bleef naar de wegen die hij daardoor niet had bewandeld en wat daar eventueel op hem te wachten lag.' Mary Ella raakte haar hand aan. 'Dat betekent niet dat hij niet van je hield, Alex. Van jullie allemaal. Ik weet dat het wel zo was. De tijd die hij met jullie doorbracht, behoorde tot de gelukkigste momenten in zijn leven.'

Wanneer ze zichzelf toestond over haar boosheid heen te stappen, miste ze die gelukkige momenten heel erg. Haar vader was slim en grappig geweest, nieuwsgierig naar alles om hem heen.

Wie weet, als ze niet had gezeten met de pijn van het in de steek gelaten zijn, was ze wellicht kritischer geweest bij de keuzes later in haar leven. Was ze niet zo wanhopig op zoek gegaan naar iemand die van haar hield, dat ze haar gezond verstand en intuïtie compleet had genegeerd.

'Ik ga je iets vertellen wat ik volgens mij nog nooit eerder heb uitgesproken,' zei Mary Ella. 'Ik geloof oprecht dat als je vader niet was omgekomen bij dat ongeluk op het opgravingsterrein, hij tot inkeer was gekomen en zich had gerealiseerd wat hij allemaal had opgegeven. Dan had hij ingezien hoe ontzettend veel zijn gezin voor hem betekende.'

'We zullen het nooit weten, hè?'

'Nee. En dat vind ik verdrietiger voor jullie dan ik kan zeggen.'

Alex schudde haar hoofd. 'Laten we hierover ophouden. Dit is een vrolijke dag. Je gaat trouwen!' Ze legde al het enthousiasme dat ze op kon brengen in haar stem, klonk zo monter als Rachael Ray aan een heliumballon. 'Ik ben zo blij voor jou en Harry. Zolang hij goed voor je is, wie kan het dan wat bommen dat hij bekendstaat als de grootste mopperkont van Hope's Crossing?'

Mary Ella schoot in de lach en liet zich tot Alex' enorme opluchting afleiden. Ze babbelden nog wat door over de bruiloftsplannen en het restaurant, en toen stapte Mary Ella op omdat ze met Claire en Riley had afgesproken in het Center of Hope Café om hun het nieuws te vertellen. Met al die thee die ze van de zenuwen al op had, betwijfelde Alex of Mary Ella nog ruimte over had voor een van Dermots gerechten, maar daarover hield ze wijselijk haar mond.

Nadat haar moeder was vertrokken, slenterde ze nog een poosje door de boekwinkel, kocht een paar culinaire tijdschriften en een kookboek om ideeën uit op te doen. Nadat ze die in haar auto op het kleine parkeerterrein achter Maura's winkel had gelegd, stak ze over en liep verder Main Street in naar de kleine omheinde tuin van String Fever, waar ze Leo had achtergelaten om met Chester te spelen tijdens de afspraak met haar moeder.

De twee honden lagen bij elkaar op een plekje waar het lentezonnetje door de grauwsluier was gebroken, terwijl zij in de boekwinkel was. Bij de aanblik van Leo's kop, rustend op Chesters spekkige achterpoot, moest ze glimlachen en werd een deel van haar rusteloosheid verdreven.

Ze liet hen lekker liggen en stak haar hoofd om de hoek van de winkel om de riem te pakken die ze in Claires kantoortje had achtergelaten. Evie stond achter de toonbank met een klant te praten, en een andere stond te wachten om haar aandacht te trekken. Ze stoorde haar nooit wanneer ze bezig was, dus stak ze de riem omhoog en zwaaide naar haar vriendin om haar te laten weten dat ze Leo meenam.

Tegen de tijd dat ze weer buiten kwam, zat Leo bij de achterdeur van de winkel op haar te wachten, kwispelend bij wijze van begroeting. Het was echt een schat van een hond. Ergens móést er iemand zijn die hem miste.

Buiten de omheinde tuin bleef ze even staan, de riem losjes in haar hand bungelend. Elk instinct tot zelfbehoud, waarover ze eventueel beschikte, spoorde haar aan de rest van de dag voor de veilige weg te kiezen – in haar auto te stappen en naar huis te gaan om aan haar toekomstige moestuintje te werken op de oever van de kreek.

De vorige dag had Caroline vanaf de patio aanwijzingen gegeven, terwijl Alex wat stekjes uit de tuin van haar vriendin opgroef. Caroline, de tuinexpert, had ook een aantal handige tips gegeven over wat het best zou groeien in het type grond dat zij had.

Alex had grootse plannen om kruiden te kweken die ze kon gebruiken in een aantal gerechten die ze in het restaurant wilde serveren, en kon niet wachten om ermee te beginnen.

Desondanks liep ze voor ze het wist de steile Main Street op richting Brazen. Ze zou er alleen maar eventjes binnenwippen, hield ze zich voor. Gewoon om hun allebei te bewijzen dat ze zich niet bang liet maken door hem.

Er hingen nog steeds wolken om de ruige bergtoppen, maar het weer leek op te klaren. Na de regenbui van die ochtend leek alles schoon en fris, de kleuren intenser en de lucht rook heerlijk naar ontluikend groen.

Ze zwaaide naar Prudence Clover, die de heuvel af kwam rijden op haar toerfiets met de grote rieten mand voorop, en daarna naar Darwin Leeds, die een kapotte lat van zijn tuinhek aan het vervangen was.

Zodra ze in de buurt van het restaurant kwam, maakte ze zichzelf wijs dat het kriebeltje in haar borst gewoon van vreugde was dat ze op zo'n mooie plek woonde, omringd door vrienden. Het had absoluut niets te maken met de opwinding om Sam twee keer op één dag te zien, uitsluitend met de opwinding om de oude vertrouwde brandweerkazerne weer tot leven gewekt te zien worden.

De pas geschilderde, brede rode deuren, waardoor ooit blus- en ladderwagens waren uitgerukt, glansden uitnodigend in het ochtendlicht met hun nieuwe ruiten. Ze kon niet wachten om ze open te gooien op zomerse dagen en van de betegelde binnenplaats een groot terras te maken, waar mensen konden zitten en uitkijken over het schilderachtige, bedrijvige stadje beneden. Het zou een prachtige plek zijn om 's zomers van de zon te genieten en 's avonds van de sterrenhemel.

Toen ze de zijdeur openduwde, streed een rauwe rockklassieker met het gegier van elektrisch gereedschap. De geur van zaagsel en houtlijm kwam haar tegemoet. Haar oog viel onmiddellijk op Sam. Hij stond met zijn rug naar haar toe een plank door een soort enorme zaagmachine te duwen die was aangesloten op een compressor. Hij had zwarte oorbeschermers op, waardoor het geluid van haar binnenkomst waarschijnlijk verloren ging. Van achteren accentueerde zijn T-shirt die brede schouders die afliepen naar smalle heupen, en de gespierde bicepsen die zich bij elke beweging spanden, compleet met die uiterst sexy tatoeage op zijn rechterarm.

De zenuwen kriebelden in haar maag, tintelend en fel, en ze greep de hondenriem steviger vast. Dit sloeg nergens op. Hij was gewoon een aantrekkelijke man met wie ze toevallig had gezoend. Vrij heftig.

De sterke impuls om rechtsomkeert te maken en de heuvel zo weer af te lopen negerend, dwong ze zichzelf om te wachten tot hij de zaagmachine uitschakelde, toen schraapte ze haar keel.

Hij draaide zich om, zijn bruine ogen en lange donkere wimpers vergroot door de veiligheidsbril. 'Alexandra! Hoi. Ik had niet verwacht je zo snel al weer te zien.' Hij legde de plank weg, trok al zijn beschermingsmiddelen af en liep naar haar toe. 'En Leo. Hé, jongen.'

Ze wist dat ze niet gecharmeerd hoorde te zijn van deze grote, stoer ogende bouwvakker die bukte om een verdwaalde hond te begroeten, maar er stroomde een verraderlijk warm gevoel door haar heen toen hij Leo over zijn kop en hals aaide.

'Het regende niet meer en hij moest er toch uit,' verklaarde ze snel. 'Ik probeer zo veel mogelijk met hem op de openbare weg te lopen, in de hoop dat er iemand langsrijdt die hem herkent.'

'En, lukt dat een beetje?'

Ze hield de riem omhoog. 'Hij is nog steeds bij mij in plaats van waar hij hoort.'

'Misschien hoort hij wel bij jou.'

Ze trok een gezicht. 'Hij moet ergens thuishoren. Ik weet zeker dat ze hem missen. Ik vind het niet erg om voorlopig even op hem te passen, maar als het restaurant eenmaal open is, heb ik geen tijd om goed voor hem te zorgen.' Dat hardop te zeggen deed haar meer dan het hoorde te doen. De hond begon nu al een plekje in haar hart te veroveren. Dat kon ze niet laten gebeuren. Dan zou het te veel verdriet doen wanneer ze hem terug moest brengen. 'Heb je tijd om een snel rondje te doen, zodat ik kan zien wat er is gedaan?' vroeg ze, vlug van onderwerp veranderend.

Hij propte de werkhandschoenen in zijn achterzak. 'Ja, hoor. Graag zelfs.'

Voelde hij de spanning tussen hen zinderen als stofdeeltjes in een straal zonlicht, vroeg ze zich af, terwijl hij haar rondleidde door de keuken.

Uiteindelijk kwamen ze weer terug op de plek waar ze waren begonnen. Alex plantte haar handen op haar heupen en keek om zich heen naar het totaalplaatje. Het was alles, waarvan ze had gedroomd en meer. Ze zag al helemaal voor zich hoe het er over een paar weken aan toe zou gaan, wanneer haar ploeg hier heen en weer draafde in plaats van de zijne, met de geur van heerlijke gerechten die op het vuur stonden in plaats van de penetrante lucht van bouwmaterialen.

'Ik ben diep onder de indruk. Je levert goed werk, Sam Delgado. Niet te geloven dat je dit allemaal voor elkaar hebt gekregen in een week tijd. Het is bijna af.' Daarover zou ze moeten staan stuiteren van enthousiasme, niet vechten tegen dit vaag deprimerende gevoel dat hij binnenkort uit haar leven zou verdwijnen.

'We lopen voor op het schema. Nog een paar dagen, dan moet het gepiept zijn en kunnen de schilders en behangers aan de slag. En over werk gesproken, ik was van plan een keer een hapje te gaan eten in het resort, zodat ik dat van jou kan beoordelen. Lijkt me niet meer dan redelijk, aangezien je dat van mij straks dagelijks ziet als je hier aan het werk bent.'

Ze zou aan hem denken. Wanneer ze achter dat glanzende werkblad stond, zou ze terugdenken aan de grote handen die het hadden gemaakt. Uiteindelijk zou hij gewoon een van de vele herinneringen uit haar dik dertigjarige leven worden.

Ook die gedachte hoorde haar niet plotseling verdrietig te maken.

'Ik zou denken dat de goddelijke hamburger die ik laatst voor je heb gemaakt, mijn waanzinnige kookkunsten meer dan voldoende had aangetoond.'

Hij haalde zijn schouders op. 'Dan nog. Ik vind een tweede ronde op zijn plaats, voor alle zekerheid.'

Had hij het over haar kookkunsten of die kus? Ze wist het niet zeker... en was er niet zeker van of ze het wel wilde weten.

Uit het niets drong de vurige wens zich op om een overheerlijke maaltijd voor hem te bereiden in haar eigen keuken thuis. Coquilles St. Jacques wellicht, goedgevulde schelpen in een saus van droge witte wijn met kleine cantharellen en gruyèrekaas.

De impuls verwarde haar. Ze kookte nooit privé voor iemand, behalve voor goede vrienden, en dat was Sam Delgado bij lange na niet. Ze slikte de uitnodiging in voordat het meer dan een wild idee kon worden. Haar knusse huisje aan Currant Creek was haar veilige haven. Het idee alleen al dat hij zich in haar privéruimte zou bevinden, gaf haar het gevoel alsof iemand een ijsklontje in haar kraag had gestopt.

Het restaurant was goed genoeg. Ze zou ervoor zorgen dat ze hem een maaltijd voorschotelde die hij nooit zou vergeten.

'Je weet dat ik daar slechts souschef ben?' vroeg ze. Formeel klopte dat, maar de chef-kok, Simon Petit, had nog twee andere restaurants, een in Denver en een in Aspen, dus had zij jarenlang het echte handwerk gedaan en ongeveer de helft van de gerechten op de menukaart bedacht. Zonder de eer daarvoor te krijgen, uiteraard.

'Goed genoeg voor mij. Moet ik reserveren?'

Eigenlijk moest ze ja zeggen en dat ze de komende weken volgeboekt zaten, maar dit was het laagseizoen, waarin hij op elke willekeurige avond zo naar binnen kon lopen. 'Dat regel ik wel. Wanneer wil je komen eten?'

'Vanavond rond een uurtje of halfnegen?'

Dat hield in dat ze hem drie keer op één dag zou zien. Daar ging haar poging om veilige afstand te bewaren. 'Prima,' loog ze glashard. 'Ik zal zorgen dat we dan een goed tafeltje voor je gedekt hebben.'

'Daar verheug ik me op.'

'Sorry dat ik je bij je werk heb gestoord. Ik moest je er maar weer eens verder mee laten gaan.'

'Dan zie ik je vanavond.'

Zijn woorden waren zo beleefd als wat, onschuldig zelfs, maar toch ging er een huivering door haar heen. De zenuwen buitelden door haar maag als uienringen in hete olie. Die reactie stug negerend, greep ze de hondenriem beet, wuifde vrolijk naar Sam en beende het pand uit.

Eenmaal buiten in het waterige zonnetje marcheerde ze met kordate pas de heuvel af. Pas toen ze zeker wist dat ze uit het zicht was, van Sam of een van zijn mannen, zocht ze een geschikte boomstam om tegenaan te leunen en legde een hand op haar maag.

Ze kreeg serieus vlinders in haar buik van die man. Bespottelijk op haar leeftijd en iets waar ze alleen maar last van had. Ze zou drastische maatregelen moeten treffen om ze uit te drijven, voordat ze zichzelf volslagen belachelijk maakte.

Hoofdstuk 7

Hij was in de hemel beland. De culinaire hemel.

Nadat hij de beste maaltijd van zijn leven had verorberd, leunde Sam achterover in zijn stoel en veegde met een uiterst voldaan gevoel zijn mond af met het servet. Het was allemaal even voortreffelijk geweest, van de tomatensoep met geroosterde venkel vooraf, tot de punt gelaagde chocolademoussetaart die hij net op had. Hij beschouwde zichzelf beslist niet als fijnproever, hoewel zijn vrouw haar best had gedaan zijn smaak te ontwikkelen, maar hij wist wel wat lekker was. En wat hij hier had gegeten, was om je vingers bij af te likken.

Hoewel het bedienend personeel attent en vriendelijk was, vond Sam het jammer dat hij niet de kans had gehad om Alexandra te zien. Wat had het voor zin om naar haar restaurant te komen als hij niet de kans kreeg haar te zeggen hoe heerlijk het allemaal had gesmaakt?

Hij stond op het punt de ober te vragen of hij een paar minuutjes van haar tijd kon aftroggelen, toen de keukendeuren openzwaaiden en ze de eetzaal in kwam lopen. Al dat weelderige blonde haar zat verstopt onder een hoge koksmuts – een toque, had hij ooit eens opgevangen toen Kelli naar het Food Network lag te kijken vanuit haar ziekenhuisbed – en ze droeg een wit jasje en een zwarte broek. Ze zag eruit als een kordate vakvrouw, maar nog even mooi als altijd.

Ineens leek de hele avond fleuriger. Een besef dat hij niet per se geruststellend vond.

'En?' Ze gebaarde naar zijn tafeltje.

'Ik weet niet of ik ooit nog uit deze stoel wil opstaan. Dat was super. Ik kan niet eens beschrijven hoe lekker het was.'

Ze plofte in de stoel tegenover hem, griste zijn wijnglas van tafel en nam zonder te vragen een slok. 'Probeer het eens.'

Had ze werkelijk bevestiging nodig? Dat kon hij zich haast niet voorstellen bij iemand die zulke verbluffende gerechten creëerde. 'Je beseft dat ik niet bepaald een culinair recensent ben, hè? In mijn jeugd was een emmer kippenvleugeltjes het summum voor ons. Ik ben maar een straatarm kind dat militair werd, die bouwvakker werd. Ik weet niet of mijn mening er nou echt zoveel toedoet.'

'Jawel.'

'Oké. Nou, ik kan niet zeggen welke gang ik het allerlekkerst vond. Die soep, waarin alle smaken perfect combineerden, de haasbiefstuk die letterlijk smolt op mijn tong of de geroosterde krieltjes met dat kruidenkorstje. Wat was dat?'

'O, van alles en nog wat. Rozemarijn, oregano, tijm en nog een paar geheime ingrediënten.'

Hij leunde achterover. 'Het was allemaal goddelijk. Elk gerecht. Maar dat wist je al, of niet soms?'

'Het is altijd fijn het van iemand anders te horen.' Haar grijns was breed en aanstekelijk, en hij wilde haar nog een keer kussen, hier en nu, in het volle zicht van al haar collega's en overige gasten.

'Hoe laat zit je dienst erop?' vroeg hij impulsief. Ja, de vorige keer dat hij had gevraagd of ze nog eens met hem uit wilde, had hij bot gevangen, maar hij kon het niet laten het nog een keer te proberen.

'Nu. Voor vanavond zit het er grotendeels op.'

Als hij verstandig was, zou hij haar bedanken voor een heerlijk etentje, naar zijn motel gaan en een beetje proberen te slapen na een lange dag, bij voorkeur zonder frustrerende dromen over haar. Maar soms leek de verstandige weg de laffe weg, en hij had zin om vanavond het avontuur te zoeken.

'Zin in een potje pool?'

Ze wilde ja zeggen. Hij wist niet hoe hij dat zo zeker wist, maar heel eventjes duidde iets in haar gezichtsuitdrukking erop dat ze ernstig in verleiding kwam, totdat een behoedzame trek als een donkere wolk over haar gezicht trok.

'Beter van niet. Ik heb Leo naar Claire en Riley gebracht en beloofd dat ik na mijn dienst langs zou komen om hem op te halen.' Ze zweeg even, alsof ze haar woorden afwoog. 'Ik was van plan een eindje met hem te gaan lopen zodat we allebei een beetje kunnen ontspannen. Je mag best mee, vooropgesteld dat je ons kunt bijhouden.'

Een lach borrelde omhoog. Dat hij hen kon bijhouden? Hij was gewend aan marsen van dertig kilometer dwars door de woestijn, in het holst van de nacht, met een bepakking van vijfendertig kilo op zijn rug, en zij zat hier doodleuk te suggereren dat ze hem eruit kon lopen.

Als hij niet uitkeek, zou hij als een blok kunnen vallen voor deze vrouw.

Vanavond had hij geen zin om heel goed uit te kijken.

'Dan moet ik me eerst uit dit nisje zien te wurmen. Na dat heerlijke etentje is dat gemakkelijker gezegd dan gedaan.'

'Heb je een jack bij je, soldaat? Ik wil namelijk het Woodrose Mountain-pad nemen. Daarboven heb je een mooi uitzicht op het stadje, maar in de bergen koelt het behoorlijk af na zonsondergang. Het pad begint boven aan Sweet Laurel Falls Road.'

Hij vond de poëtische straatnamen in Hope's Crossing vermakelijk. Glacier Lily Drive, Willowleaf Lane, Sweet Laurel Falls Road. Degene die de namen hier bedacht, moest een romantisch trekje hebben. 'Die kan ik wel opsnorren. Geef me een halfuurtje om er een op te halen in mijn motel, plus een paar wandelschoenen.' En een of twee zaklampen, dacht hij, voor alle zekerheid.

'Dan heb ik net genoeg tijd om me om te kleden en Leo op te pikken.'

'Perfect. Dan zie ik je over een halfuur bij het begin van het pad.'

Ze knikte. 'Ik moet hier nog het een en ander opruimen voordat ik naar de kloof ga. Het wordt dus eerder drie kwartier.'

'Ook goed.'

Hoewel zij degene was die hem had mee gevraagd, kreeg hij de indruk dat ze inmiddels niet bepaald dolenthousiast was over het vooruitzicht meer tijd met hem door te brengen. Opnieuw vroeg hij zich af waarom. Het vonkte en knetterde tussen hen zodra ze binnen een paar meter van elkaar waren. Dat moest ze merken. Werd zij er ook onrustig van?

Ze ging terug naar de keuken, en hij rekende snel af, waarna hij het restaurant uit beende naar de lobby van de Silver Strike Lodge, een gigantisch houten gebouw in de stijl van de ouderwetse blokhutten in nationale parken, die er op een of andere manier in slaagden er tegelijkertijd rustiek en smaakvol uit te zien.

De lobby stond niet vol, maar het was er drukker dan hij had verwacht tijdens het laagseizoen. Maar ja, het was vrijdag. Hij kon zich voorstellen dat het resort populair was onder inwoners van Colorado die er een weekendje tussenuit wilden.

Hij had zijn auto zelf geparkeerd – hij vond het belachelijk om een ander ervoor te betalen, terwijl hij met een paar stappen extra bij zijn eigen pick-up stond – maar toen hij langs de korte rij voor de parkeerservice liep, stapte een van de mannen die daar stond te wachten, eruit.

'Sam! Jou wilde ik nou net even spreken,' riep Brodie Thorne uit. Hij stond bij een oudere man met een zilvergrijze haardos en een perfect gesneden pak.

'Hé, Brodie. Wat is er aan de hand?'

Toen hij net in de bouw begon, was hij misschien zenuwachtig geworden wanneer de man die de cheques uitschreef, zei dat hij hem wilde spreken, maar hij wist dat hij goed werk leverde bij Brazen en zich op dat vlak geen zorgen hoefde te maken.

'Niks bijzonders. Ik wilde je alleen voorstellen aan Harry Lange. Harry, dit is de man over wie we het onder het eten hadden. Sam Delgado.'

De naam deed een belletje rinkelen, maar hij wist niet precies waarom. Dat probeerde hij te bedenken, terwijl hij de oudere man een hand gaf. 'Aangenaam.'

'Het genoegen is geheel mijnerzijds. Het gebeurt niet vaak dat ik de kans krijg een ware held te ontmoeten.'

Sam wierp een korte blik op Brodie, die met een verontschuldigend glimlachje zijn schouders ophaalde. Hij had Brodie niet veel verteld over zijn tijd bij de commando's, maar ging er blind vanuit dat de man hem grondig had nagetrokken alvorens hem naar Hope's Crossing te halen voor de voltooiing van het project. Je kon op je vingers natellen dat hij dingen had gehoord en waarschijnlijk volledig op de hoogte was van Sams rol in de val van zijn schoonvader.

Dus deed hij alsof hij niet begreep waar Harry op doelde. 'Ik weet niet of ik het meteen heldhaftig zou noemen, maar u heeft gelijk. Het valt tegenwoordig niet mee om een goede timmerman te vinden.'

Daarbij stootte de andere man een schor lachje uit, wat hem op een verbaasde blik van Brodie kwam te staan. 'Nogal vol van jezelf, is het niet?'

'Over de dingen die nu belangrijk zijn in mijn leven,' antwoordde hij.

'Dat mag ik wel, een man die niet in het verleden blijft hangen. Hoe bevalt het je in ons stukje van het paradijs, Mr. Delgado?'

Hij dacht aan Alex en de wirwar van spanning en opwinding, die door hem heen borrelde. 'Tot nu toe is iedereen heel gastvrij.'

'Mooi zo. Dat horen we graag. Ik heb begrepen dat je overweegt met je bouwbedrijf deze kant op te verhuizen.'

Opnieuw wierp hij een blik op Brodie en vroeg zich af wat die twee allemaal hadden besproken tijdens het diner en waarom zijn naam überhaupt was gevallen. Dit was een aspect van het zelfstandig ondernemerschap waar hij een hekel aan had, dat hij beleefde gesprekken moest voeren met mensen die hem op een goede dag misschien zouden willen inhuren. Helemaal nu hij ergens anders wilde zijn.

'Ik overweeg het niet alleen,' reageerde hij. 'Het proces is al in gang gezet. Sterker nog, ik ga morgen huizen bekijken.' Niet dat het de man iets aanging, overigens. Hij wist niet of hij Harry Lange wel mocht. De man had een zelfverzekerde houding die grensde aan arrogantie. Hij probeerde net te bedenken hoe hij beleefd een einde aan het gesprek kon maken, toen Brodie het woord nam.

'Sam, Harry is grootaandeelhouder en oprichter van de Silver Strike Resort Group,' zei hij.

Moest hij daarvan onder de indruk raken? Hij wilde eerst wel eens weten uit wat voor hout een man gesneden was voordat hij zich iets aantrok van wat hij had bereikt of hoeveel er op zijn bankrekening stond. 'Dat lijkt goed uit te pakken voor u. Het was leuk u te spreken, maar ik moet ervandoor. Ik heb net afgesproken voor een avondwandeling met een bloedmooie blondine, die zei dat als ik te laat was, ze niet op me zou wachten.'

Harry lachte. 'Laat me raden. Alexandra McKnight.'

Hij staarde hem aan. 'Hoe weet u dat?'

'Bloedmooi, blond, bijdehand. Dat is Alex ten voeten uit. Afgezien daarvan zag ik haar met je praten in mijn restaurant. Ik mag je wel, Mr. Delgado. Ik vertrouw op Brodies – en Alexandra's, wat dat aangaat – oog voor kwaliteit, en ik denk dat je een aanwinst voor dit stadje zult zijn. Ik heb een mogelijk interessante kans voor je en die zou ik graag met je bespreken. Daarbij heb ik niet veel tijd te verspillen. Zodra je morgen klaar bent met de makelaar, kom dan naar mijn kantoor thuis.' Hij dreunde een adres op en ging er blijkbaar blind vanuit dat Sam dat uit zijn blote hoofd zou onthouden.

'Het spijt me. Dat komt me niet goed uit.'

Beide mannen keken hem met een verbluft gezicht aan.

'Hoe weet je dat voordat je hebt gehoord wat ik te zeggen heb?'

'Ik bedoelde dat een afspraak op zaterdag me niet goed uitkomt. Ik haal morgenochtend mijn zoon op, zodat hij een paar dagen bij mij kan zijn. Hij logeert bij mijn broer en zijn vrouw in Denver.'

'Neem hem mee. Ik ben gek op kinderen. Ik heb zelf een paar kleinkinderen en binnenkort krijg ik er een hele schare stiefkleinkinderen bij.'

'Wat hoor ik nou?' vroeg Brodie verbaasd. 'Ik wist

niet dat jullie het officieel gingen maken. Daar heb je de hele avond geen woord over gezegd. Wanneer is de grote dag?'

'Geen idee. Ik hoor wel wanneer ik aan moet treden van Mary Ella.'

Mary Ella. Hij kende één vrouw die Mary Ella heette, had haar net die ochtend ontmoet. Dat kon geen toeval zijn. Harry Lange ging binnenkort trouwen met Alexandra's moeder. Hij was er niet zeker van of dat iets veranderde aan zijn scepsis over de man, maar haar moeder had hij wel aardig gevonden. Als Harry Mary Ella zo ver had gekregen dat ze met hem trouwde, moest hij wellicht toch iets gunstiger over hem oordelen.

'Als u het niet erg vindt dat ik mijn zoon meeneem, prima. Ik kan er morgenmiddag laat zijn.'

'Uitstekend. Tot morgen dan. Dan raad ik je nu aan om voort te maken, jongen. Alex is een vrouw van haar woord.'

Dat vermoeden had hij al. Hij knikte naar beide mannen en maakte dat hij bij zijn pick-up kwam.

In het motel verruilde hij zijn nette broek snel voor een cargobroek en wandelschoenen. Terug in zijn pick-up zat hij net het adres dat ze hem had opgegeven, in te toetsen op zijn navigatiesysteem, toen zijn mobiel overging.

Misschien haakte ze af. Verbaasd over de hevigheid

van zijn teleurstelling, haalde hij zijn mobiel tevoorschijn en was in meer opzichten blij toen hij het telefoonnummer van zijn broer zag, het nummer waarop Ethan hem altijd belde.

'Hoi, pap!' schetterde zijn zoon op vrolijke toon.

Plotseling miste hij Ethan zo erg dat het pijn deed. 'Ik dacht dat je al lag te slapen. Ik had je eerder vanavond gebeld, maar tante Cheri zei dat je nog op Lukes feestje was. Hoe was het?'

Het was dat een van Ethans klasgenootjes een groot verjaardagsfeest gaf – het feest waar hij al wekenlang over werd doorgezaagd – anders was Sam die avond naar Denver gereden om Ethan op te halen.

'Hartstikke leuk! Luke heeft een zwembad en een glijbaan en een trampoline. Ik heb me keurig aan alle regels gehouden. Er mag maar één iemand tegelijk op de trampoline springen, dat zei Lukes moeder. Het is een kwestie van veiligheid. Ik wachtte met springen totdat alle anderen waren geweest en aan de taart zaten.'

Hij wist niet goed wat hij moest vinden van een zoon die bang was om iets te doen wat niet mocht. Vrij ironische vergelding voor een gast die zo veel mogelijk regels had overtreden, in een grijs verleden.

'Ik kan niet wachten om je morgen weer te zien,' zei hij.

'Hoe laat ben je er?' vroeg Ethan. 'Dan zet ik de wekker op mijn horloge.'

Hij schoot in de lach, ook al knaagde ook dit aan zijn geweten. Sinds Kelli was overleden, was Ethan geobsedeerd door wekkers zetten, zich aan tijdschema's houden, waarschijnlijk uit een behoefte om controle te hebben over de wereld om hem heen, die zo verwarrend en angstaanjagend was gebleken.

Hij wilde dat Ethan een normaal kind werd, dat regels overtrad, risico's nam, af en toe de bus eens miste. Met volle teugen van het leven genoot.

'Ik ben er tegen tienen, dan rijden we hierheen en hebben we twee hele dagen samen. Je zult Hope's Crossing echt te gek vinden, geloof me. Weet je nog hoe leuk het was toen we hier vorige maand een dag waren? Ze hebben hier een park met een heel gave klimwand en een raket waar je in kunt spelen. Van de winter kunnen we gaan sleeën, en misschien kun je leren snowboarden.'

'Dat weet ik niet, hoor. Mijn vriendje William zei dat zijn broer zijn been had gebroken met snowboarden.'

Alweer een bewijs van Ethans angsten. 'Dat kan gebeuren, maar het is een heel leuke sport als je weet hoe het moet.'

'Misschien wel.'

'Daar hebben we het nog wel over. Het duurt nog een paar maanden voordat het weer gaat sneeuwen. Ga nu maar lekker slapen, dan ben ik er morgen na het ontbijt. Tot gauw.'

'Ik hou van je, pap.'

'Ik hou van jou, Eth. Meer dan van wie ook.'

Nadat ze hadden opgehangen, bleef hij lange tijd in het donker voor zich uit zitten staren. Zijn zoon ging vóór alles. Zo hoorde het ook, zeker tijdens de overgangsfase, waarin ze zich allebei moesten proberen aan te passen aan de veranderende omstandigheden.

Ethan was zoveel kwijtgeraakt. Eerst zijn moeder, daarna het contact met zijn opa en oma die hem ooit zo vertrouwd waren geweest. Nu raakte hij weer iets belangrijks kwijt – zijn thuis gedurende de afgelopen acht maanden, het neefje en nichtje op wie hij zo dol was en de oom en tante die Sam te hulp waren geschoten.

Was het een wonder dat zijn zoon zo veel mogelijk controle over zijn leven wilde hebben? Het was aan Sam om hem een zo stabiel en veilig mogelijke omgeving te bieden, wanneer ze eindelijk hun leven weer oppakten hier in Hope's Crossing.

In een sombere stemming volgde hij de routeaanwijzingen naar het begin van het wandelpad. Hoe graag hij Alex ook weer wilde zien, hij wenste bijna dat hij nooit naar haar restaurant was gegaan – en zeker niet zo had aangedrongen op een kans om meer tijd met haar door te brengen.

Hij vond haar leuk, waarschijnlijk veel te. Als hij bij Alexandra was, kon hij de zware verantwoordelijkheid vergeten die op hem drukte als die vijfendertig kilo wegende bepakking, waaraan hij eerder had gedacht – de aanhoudende zorg dat hij niet in staat zou zijn zijn zoon te geven wat hij nodig had, dat hij niet voldoende zou zijn voor hem.

Hij moest zich concentreren op Ethan en het opbouwen van een zo goed mogelijk leven voor hen allebei, niet terugdenken aan die kus bij maanlicht laatst.

Hij zou genieten van dit spontane wandelingetje met Alex vanavond en de gelegenheid aangrijpen om te proberen de situatie terug te brengen naar een vriendschappelijke verstandhouding, besloot hij. Een andere mogelijkheid zag hij niet.

Desondanks, toen hij het parkeerterrein op reed en zijn koplampen de vrouw beschenen die zat te wachten op een bankje met uitzicht op het stadje, een bruine hond aan haar voeten, werd hij zich bewust van een intens warm en bruisend gevoel dat hij al heel lang niet had meegemaakt. Het had verdacht veel weg van geluk.

Leo blafte zachtjes toen Sam op hen af kwam lopen. Hij bukte om de hond een aai te geven en boog tegelijkertijd naar voren om haar een kus op haar wang te geven. 'Je ruikt heerlijk,' zei hij spontaan, maar hij had onmiddellijk spijt van die opmerking. Het had heel veel weg van een versierpoging, nadat hij zich net had voorgenomen het vriendschappelijk te houden.

'Ik ruik vast naar een keuken, aangezien ik de hele dag heb staan koken.'

'Je kent ons mannen en onze magen.'

Ze lachte. 'Ja, maar ik weet ook dat het niet bestaat dat je honger hebt. Je hebt net een goddelijk maal achter je kiezen, dat ik toevallig eigenhandig had klaargemaakt.'

'Mannen hoeven niet per se honger te hebben om te willen toetasten,' kaatste hij terug.

'Heb je het over eten of seks?'

Daar stond hij dan met zijn goeie gedrag. Hij haalde zijn schouders op. 'Eén van beide. Allebei. Maakt het wat uit?'

Ze schudde haar hoofd, maar hij zag dat ze haar lachen inhield. 'Kom op. Laten we wat zien kwijt te raken van die... honger, op het pad.' Meteen zette ze de pas erin, de hond voor haar uit dravend aan een riem.

Hij kreeg niet eens de tijd om haar een zaklamp te geven. Die had ze ook niet echt nodig – de maan was groot en vol en wierp een bleke, mysterieuze gloed over het terrein.

Het pad was niet steil maar klom gestaag omhoog. Dit gedeelte van de route was ook maar breed genoeg voor één persoon, dus van praten kwam het niet echt. Dat vond hij niet erg. Het was waarschijnlijk maar beter ook, aangezien hij zijn grote mond maar niet dicht leek te kunnen houden. Ondanks al zijn goede voornemens was alles wat hij tegen haar had gezegd sinds hij zijn auto had geparkeerd, uitdagend geweest.

Na ongeveer een kwartiertje te hebben gelopen, bleef ze staan op een plek waar het pad breder werd en de bomen schaarser, waardoor je een mooi uitzicht had op de glinsterende lichtjes in de vallei beneden. Ze haalde een flesje water uit de diepe zak van haar jack. Zelfs tijdens het drinken hield ze de hond nog stevig vast.

'Je laat hem niet loslopen?'

'Nog niet. Hij is duidelijk een die op avontuur gaat, anders had hij laatst niet door de stad lopen dolen. Ik wil niet het risico lopen dat hij verdwaalt, niet met alle gevaren hier boven. Beren, poema's, coyotes. Elanden.'

'Elanden?'

Ze wierp een blik op hem. 'Een mannetjeseland kan een jeep laten omslaan als hij kwaad genoeg is. Dat je het weet.'

'En toch ga je hier rustig in het donker wandelen.'

'Ik ben heel wat meer mans dan je op het eerste gezicht zou denken. Trouwens, had je het niet jammer gevonden dit uitzicht te missen?' Ze gebaarde naar beneden.

Ze stonden zij aan zij, haar schouder strijkend langs zijn arm, en bewonderden de lichtjes van de vallei die zich onder hen uitstrekte.

'Mooi, hoor,' reageerde hij. Hoe afgezaagd het ook leek, hij had het niet alleen over het uitzicht. In het maanlicht had ook zij iets betoverends, stralend van levenslust.

'Ik snap niet hoe iemand hier ooit weg zou willen.'

Ze sprak op een bijna dromerige toon, waarop hij een onderzoekende blik op haar wierp. 'Je hebt nooit ergens anders heen gewild?'

'Heb ik allemaal al gedaan en gezien.' Ze ging zitten op een vlak stuk graniet dat uit de berghelling leek te zijn gehakt.

'O?'

Ze bleef lange tijd stil; het enige geluid was de wind die door de toppen van de pijnbomen ruiste en de jonge blaadjes van de espen rondom hen deed ritselen. 'Na de middelbare school heb ik twee jaar in Europa gewoond om een koksopleiding te doen,' zei ze uiteindelijk.

Wauw. Dat had hij niet verwacht. 'Waar in Europa?'

'Eerst in Frankrijk, daarna in Italië.'

Er sprak een soort tegenzin uit haar woorden, alsof ze op haar hoede was, en hij kon niet anders dan zich afvragen wat ze níét zei. 'Beviel het niet?'

'Sommige dingen vond ik echt super. De architectuur, de kunst, het eten. Ik bedoel, hoe kan iemand niet weg zijn van die fantastische keukens?'

'Maar je bent er niet gebleven.'

'Dat was ik wel van plan, maar... uiteindelijk kwam ik tot de slotsom dat het leven daar niets voor mij was.'

'Waarom niet?'

Ze aarzelde. 'Ik miste mijn familie te erg.'

Hoezeer hij haar ook benijdde om alles wat ze had, toch voelde hij aan dat dit niet het hele verhaal was.

'Beschouw ze niet als vanzelfsprekend. Je familie, bedoel ik,' zei hij, toen ze er verder niet over leek te willen uitweiden. 'Als je goed met ze kunt opschieten, mag je je gelukkig prijzen.'

'Dat doe ik. Geloof me, dat doe ik. Je had het over een broer. Hoe zit het met je ouders?'

'Heb ik niet. We zijn maar met zijn tweeën.'

'Je moet ze ooit gehad hebben. Dat is een min of meer biologische vereiste.'

'Technisch gezien wel, ja. Onze vader, als je hem zo wilt noemen, ging ervandoor naar Colombia toen Nicky nog maar een paar maanden oud was. We hebben nooit meer iets van hem gehoord.'

'Je weet niet wat er van hem geworden is?'

Hij haalde zijn schouders op. 'Eerlijk gezegd kan ik me hem amper herinneren. We misten hem niet erg na zijn vertrek. Jaren geleden, toen ik in dat deel van de wereld gestationeerd was, heb ik geprobeerd hem op te sporen. Ik weet niet goed waarom. Puur uit nieuwsgierigheid, misschien. Of misschien om hem de volle laag te geven omdat hij zijn kinderen in de steek had gelaten.'

'Je kon hem niet vinden?'

'Geen spoor, het liep dood.'

Afgaand op het weinige dat hij van de man wist, was hij waarschijnlijk op gewelddadige wijze aan zijn eind gekomen, terwijl hij iemand geld of drugs afhandig probeerde te maken, maar hij besloot dat maar voor zich te houden.

'En je moeder?'

Ze zou niet loslaten totdat ze de volledige harde waarheid te horen had gekregen, dat voelde hij aan zijn water. Hij sprak zelden over zijn ouders, maar deze avond en deze vrouw hadden iets wat de woorden uit hem leek te trekken.

'Ze stelde niet zoveel voor als moeder. Ze was aan lager wal geraakt. Je weet wel, drugs, alcohol. De hele santenkraam. Nicky en ik verkasten van het ene pleeggezin naar het andere van mijn tiende tot mijn achttiende. Niet altijd samen, hoewel ik het wel probeerde.'

'Wat gebeurde er toen je achttien was?'

Die tijd herinnerde hij zich maar al te goed, zowel de vastberadenheid als de angst. 'Ik trof een begripvolle rechter, die me de voogdij over hem gaf.'

'Hoe oud was je broer toen?'

'Vijftien. Zo stronteigenwijs als wat toen hij nog een

puber was, maar nu is hij een flitsende advocaat met een geweldige vrouw en een stel kinderen. Hij heeft net een baan in België gekregen bij een internationaal kantoor daar.'

Hij wist niet precies hoe, maar op een of andere manier hadden hij en Nick het weten te rooien. Twee jaar lang had hij allerlei baantjes gehad, totdat zijn broer op zijn zeventiende zijn middelbareschooldiploma had gehaald, waarna Sam het leger in was gegaan. Daar had hij kost en inwoning, zodat hij zijn salaris tot op de laatste cent opzij kon leggen om Nick te laten studeren.

'Het klinkt of je trots op hem bent.'

'Ben ik ook. Het is een wonder dat hij het er zo goed vanaf heeft gebracht met onze achtergrond en iemand is geworden.'

'Dat geldt voor jou ook.'

Opgelaten over die opmerking verschoof hij wat. Voordat hij iets kon verzinnen om het gesprek op een ander onderwerp te brengen – en voordat hij goed en wel doorhad wat ze van plan was – leunde ze opzij en kuste hem, haar mond warm en zacht op de zijne.

Hij had de indruk dat de kus volkomen spontaan was, dat ze er van tevoren niet bij had stilgestaan en het waarschijnlijk niet had gedaan als ze er wel over had nagedacht, maar hem hoorde je niet klagen. Ze was hier, raakte hem aan, kuste hem, en dat was het enige wat er momenteel toedeed.

Na die eerste zachte streling van haar mond, licht en subtiel als de vleugels van een vlinder, wilde ze zich losmaken, alsof ze dacht dat hij blij zou zijn met dat voorproefje nadat hij laatst zoveel meer dan dat had mogen smaken.

Hij wist alleen dat hij haar nog niet kon laten gaan, dus nam hij haar handen in de zijne en trok haar dichter naar zich toe. Haar vingers trilden in zijn hand als die vlinder, maar na een korte aarzeling spreidde ze ze en vlocht ze door de zijne. Intussen deed haar geur – vanille en kruiden en iets verrukkelijk vrouwelijks – zijn hoofd tollen.

Daar gingen zijn goede bedoelingen. Hij vergat alle redenen waarom dit niet verstandig was. Met de fonkelende sterrenhemel boven hen, de zee van lichtjes van het stadje onder hen en de koele berglucht die hen als een zoetgeurende lente omhulde, was het moment perfect. Wat hem betrof, kwam er geen einde aan.

Hij kuste haar, proefde haar, totdat ze allebei zaten te hijgen, totdat zijn lijf in brand leek te staan, totdat hij niets liever wilde dan ergens een zacht stukje gras zoeken en elke warme welving van haar ontdekken.

Zij was de eerste die zich terugtrok, en hij besefte dat ze zowat bij hem op schoot zat. Precies waar hij haar wilde hebben.

'Ik moet zeggen: je kunt goed zoenen, Sam Delgado.'

Hij glimlachte tegen haar mond. 'Ik ben goed in een heleboel dingen.'

Er ging een huivering door haar lichaam, nauwelijks merkbaar, maar voordat hij haar kon tegenhouden, gleed ze van zijn schoot en sprong op de grond, graaiend naar de riem die ze in het vuur van hun kus had losgelaten. De hond was niet ver; hij lag opgerold op de grond en leek zich veel meer op zijn gemak te voelen dan zij tweeën op dit moment.

'Ik vind je heel leuk, Sam,' zei ze. 'En ik zou liegen als ik niet toegaf dat ik je ongelooflijk sexy vind, maar ik ga niet met je naar bed. Het lijkt me niet meer dan redelijk om je dat op voorhand te zeggen.'

Hij wist er een ruw lachje uit te persen, gevaarlijk op weg om als een blok te vallen voor Alexandra McKnight. 'Dat een vrouw mijn manier van zoenen toevallig lekker vindt, betekent niet automatisch dat ik verwacht dat ze met me onder de lakens kruipt.'

In het bleke maanlicht leek haar huid bijna transparant. 'Dan ben je echt een gentleman. Kom, Leo. We moeten maar weer eens terug.'

Even bleef hij daar op de berghelling staan met het koele briesje dat door zijn haar speelde, toen schudde hij zijn hoofd om de sluimerende opwinding van zich af te zetten en liep achter haar aan, zich afvragend hoe die goede intenties van hem in godsnaam zo hadden kunnen ontsporen.

Alex hield het handvat van Leo's riem zo stevig vast dat ze zeker wist dat ze eenmaal terug bij het beginpunt van het pad, een afdruk in haar handpalm zou hebben die nog dagen zichtbaar bleef.

Ze hield zichzelf volkomen voor de gek te denken dat ze het contact met Sam ontspannen en vriendschappelijk kon houden. De enige reden dat ze hem mee had gevraagd op dit wandelingetje met Leo, was om zichzelf te bewijzen dat ze de wilskracht bezat om de erotische spanning die tussen hen zinderde, te weerstaan. Ha. Dat was prima gelukt, nietwaar? Een halfuurtje, en ze lag alweer in zijn armen. Het leek sterker dan zijzelf. Haar verstand waarschuwde haar om op veilige afstand te blijven, maar haar lichaam wilde hem gewoon vastpakken en niet meer laten gaan.

Leo leidde haar over het donkere pad, de stenen en overhangende begroeiing soepeltjes ontwijkend. Hij hield een pittig tempo aan, waarschijnlijk omdat hij naar zijn mand verlangde, en ze volgde hem op de voet, hopend dat ze niet zou struikelen en een smak zou maken. Zou dat geen toepasselijk besluit van de avond zijn, als ze op de spoedeisende hulp belandde?

Ze voelde dat Sam niet ver achter haar liep. De lichtbundel van zijn zaklamp scheen voor hen alle drie uit, maar hij zei niets, concentreerde zich op het pad.

Tegen de tijd dat het beginpunt weer in zicht kwam, pompte de endorfine door haar lichaam en kon ze haar hart voelen bonzen.

'Waarom ren je zo hard?' vroeg Sam toen ze bij hun auto's aankwamen.

Ze haalde diep adem. 'Dat was geen rennen, soldaat. Dat was gewoon een ommetje door de omgeving. Ik kan het niet helpen dat jij het niet bij kunt sloffen.'

'Ik had het niet over het wandeltempo.'

Juist. Dat had ze al begrepen. Ze kon het niet uitstaan dat ze zo laf overkwam, maar ze had een heel angstig vermoeden dat er weinig voor nodig was om te vallen voor deze sterke, sexy man die zijn jongere broer had opgevoed en zijn terminaal zieke vrouw had verzorgd en haar het gevoel gaf dat ze vlam kon vatten in een droge wind. Om een of andere idiote reden schoot haar plotseling te binnen wat Frankie Bertran tegen Claire had gezegd, namelijk dat Sam heter was dan een zevenklapper.

Ze was zélf de zevenklapper, althans waar het hem betrof. Hij hoefde haar maar aan te kijken met die grote donkere ogen of ze wilde exploderen in een enorme knal van vuur en kleur en vonken.

'Ik vind je leuk Sam. Heel leuk. Maar ik zei al tegen je

dat ik niet met je naar bed ga en dat meende ik. Ik ben niet zo goed in relaties. Vrijblijvend flirten en plezier hebben, dat kan ik behappen, maar meer dan dat hoeft voor mij niet.'

'Niks mis met vrijblijvend flirten en plezier hebben. Voorlopig.'

Het laatste woord greep ze aan. 'Zie je, dat bedoel ik nou. Dat is het probleem. Ik ben alleen geïnteresseerd in het nu. Trouwens, in dit geval zelfs dat niet. Het is niets persoonlijks, maar ik heb simpelweg niet de energie voor jou.'

Toen hij haar onderzoekend bekeek in het maanlicht, voelde ze zich naakt tot op het bot, alsof hij door lagen huid en spieren en pezen heen kon kijken tot in het diepst van haar ziel.

O, de wondere werking van zelfoverschatting. Ze dacht dat ze een man als Sam net zo kon behandelen als de flierefluitende skileraren en wildwatergidsen die ze normaal gesproken datete. Het was geen toeval dat die meestal een paar jaar jonger waren dan zij en maar al te bereid haar de voorwaarden en regels te laten bepalen.

Sam was anders. Bij hem had ze het gevoel totaal geen grip op de situatie te hebben, alsof ze niveauvijf-stroomversnellingen af denderde zonder reddingsvest, zonder raft, zonder helm, met slechts haar eigen gezond verstand om het vege lijf te redden. Nou, daar had ze dus niet veel aan.

'Dit is een belangrijke periode voor me, nu ik op het punt sta het restaurant te openen na maanden – jáaren, eigenlijk – van plannen. Ik kan de afleiding er gewoon niet bij hebben.'

'Afleiding.' Hij sprak het woord zachtjes uit en het bleef als een irritante vlieg tussen hen in hangen.

'Ja. Hoe zou je dit anders willen noemen?'

Het bleef lang stil. 'Je leidt me beslist af. Ik kan je maar niet uit mijn hoofd zetten, hoe hard ik het ook probeer. Ik dacht het te kunnen verhelpen door je weer te zien, maar ik geloof dat we het alleen maar erger hebben gemaakt.' Hij zuchtte. 'Hoe verleidelijk ik het ook vind om je al het vrijblijvende, flirterige plezier te geven dat je aankunt,' ging hij verder, zijn stem zacht, 'denk ik dat je eigenlijk wel gelijk hebt. Dit is geen goed idee.'

Ze deed zo haar best de vlammen die haar uitsloegen bij zijn woorden te negeren, dat het even duurde voor het tweede deel van wat hij zei tot haar doordrong. 'Niet? Ik bedoel, nee, dat is het ook niet. Wat een opluchting dat je het met me eens bent.'

'De timing is voor ons allebei niet zo best.'

'Helemaal fout,' viel ze hem bij.

'We zijn momenteel geen van beiden op zoek naar een relatie.'

'Klopt helemaal.'

'Dus geen wandelingetjes meer. Zijn we het daarover eens?'

'Waarschijnlijk wel zo verstandig.'

Ze keken elkaar langdurig aan, en toen grijnsde Sam, waarbij zijn ene mondhoek net iets hoger krulde dan de andere. 'Het is eigenlijk heel jammer. Ik vind jou ook leuk, Alexandra.'

'Er is geen enkele reden waarom we niet vriendschappelijk met elkaar kunnen omgaan.'

'Behalve dan dat elke keer dat ik bij je ben, ik je wil kussen.'

'Daar kom je wel overheen.'

Hij schoot in de lach en trok haar onverwacht in zijn armen, drukte een zoen op haar kruin met een genegenheid die hartverwarmender was en haar meer deed dan een hartstochtelijke omhelzing.

'Ik zal mijn best doen.' Te snel liet hij haar los, waarop ze haar autodeur opende en achter het stuur klom.

'Welterusten, Sam.'

'Truste. Bedankt voor de wandeling en het gezelschap.'

'Geen dank.'

Vlug, kordaat trok ze het portier dicht en zette de auto in zijn achteruit. Ze ging er niet letterlijk met gierende banden vandoor, maar het scheelde niet veel, toen ze de parkeerplaats af scheurde en koers zette naar haar huis in Currant Creek Valley, voordat ze kon toegeven aan de haast onbedwingbare neiging de motor af te zetten, uit haar auto te springen en zich weer in zijn armen te storten.

Hoofdstuk 8

Vier uur en zes huizen na het begin van de tocht met de makelaar, koos Sam het huis dat hij wilde, binnen vijf minuten nadat hij door de voordeur was gestapt.

'Dit is hem. Precies wat ik zoek.'

De parmantige makelaar – met de toepasselijke naam Jill Sellers – verborg vlug haar bedenkelijke uitdrukking. 'Weet je het zeker? Er moet zóveel aan gebeuren! Ik laat je dit huis alleen maar zien omdat je erop stond.'

Hij had op Brodie Thornes oordeel moeten vertrouwen. Dit was het huis dat Brodie hem had aangeraden te bekijken, een pandje met bovenetage uit het begin van de vorige eeuw dat hard toe was aan een opknapbeurt.

De kamers waren klein en donker en het houtwerk zag eruit alsof het al minstens tien keer was overgeschilderd. De laatste verbouwing van de keuken dateerde waarschijnlijk uit de jaren zeventig, te oordelen naar de groene apparatuur en knaloranje kastjes, en de grote badkamer zou compleet gestript moeten worden.

Alles bij elkaar was het precies wat hij zocht. De uitdaging van het werk dat eraan moest gebeuren, sprak hem juist enorm aan.

‘Wat vind jij, Ethan?’

Zijn zoon zat op de onderste trede van de veranda, kin in de hand. De Denker van Rodin met ontbrekende voortanden en donkere krullen. ‘Ik geloof dat ik deze tot nu toe het leukst vind. Echt een mooi huis. Het voelt gezellig hier.’

‘Alsjeblieft. Dat is goed genoeg voor mij, jongen.’ Met een lach draaide hij zich om naar Jill. ‘Zo te zien gaan we voor het gezellige huis.’

Ze fronste voor zover haar botox dat toeliet. ‘Je moet echt eerst een bouwkundige inspectie laten uitvoeren. Ik betwijfel of de elektra aan de eisen voldoet, en het leidingwerk moet wellicht volledig vervangen worden.’

‘De constructie is oerdegelijk en de fundering in orde. Daar heb ik goed op gelet toen we naar binnen gingen. Al het andere kan ik zelf wel opknappen.’

‘En al die andere huizen dan die we hebben bekeken?’ vroeg ze licht wanhopig. ‘Een aantal ervan had echt potentie.’

‘Zeker, maar niet voor mij. Het spijt me dat ik je tijd en moeite heb verspild. We hadden hier moeten beginnen.’ Wat hij had voorgesteld, diverse malen, maar het leek hem beter haar dat maar niet onder de neus te wrijven. ‘Wij Delgado-mannen weten wat we willen, is het niet, jongen?’

Ethan grinnikte. ‘Zeker weten. Mag ik de kamer boven met het zitje in de vensterbank en de grote kast?'

Dat was de kamer met de lekkageschade waar serieuze reparatiewerkzaamheden aan de spouwmuur moesten worden uitgevoerd. In het rijtje pluspunten: de twee slaapkamers beneden waren prima en de badkamer boven hoefde alleen geschilderd te worden.

'We moeten eerst misschien wel even de handen laten wapperen,' waarschuwde hij zijn zoon.

'Maar mag het daarna dan?'

'Natuurlijk.'

'Weet je het zeker?' De makelaar keek ontzet, waarschijnlijk omdat de vraagprijs veel lager was dan die van de andere huizen die ze hadden bekeken, wat inhield dat haar provisie even hard zou kelderen.

Dat vond hij sneu, maar hij was niet van plan om een huis te kopen dat hij niet wilde, zodat zij een hoger bedrag kon opstrijken.

'Heel zeker.'

'Het is amper bewoonbaar!'

'De badkamer en de keuken zijn te gebruiken. Wat hebben een paar kerels verder nou nodig? Laten we vijf procent onder de vraagprijs gaan zitten, kijken of de verkoper toehapt. Met die prijs, zeker voor deze buurt, kan ik het met de grond gelijk maken en opnieuw bouwen en er dan vast nog goed uitspringen.'

Het buurtje was ideaal, in zijn ogen althans, een mix

van oude en nieuwere huizen op kavels die van elkaar gescheiden waren door hoge pijnbomen. Een zilverachtig beekje kronkelde langs een aantal huizen in het buurtje – niet het zijne, goddank, met een nieuwsgierig zoontje om in de gaten te houden – en op de achtergrond rezen de bergen op.

Hij zag al voor zich dat hij vanaf de veranda naar de zonsondergang achter die bergen zat te kijken op zomeravonden, bladeren stond te harken met Ethan op frisse herfstdagen met de geur van haardvuur in de lucht, het hele buurtje twinkelde van de feestverlichting rond kersttijd.

Blijkbaar had Jill in de gaten dat hij vastbesloten was. Ze schakelde over van het wijzen op minpunten naar een aantal positieve aspecten. 'Wel, het is natuurlijk wel een historisch pand, gebouwd tijdens de hoogtijdagen van de mijnbouw in de tweede helft van de negentiende eeuw. Het is een van de oorspronkelijke huizen in deze buurt. De meeste andere huizen zijn er later omheen gebouwd. De tuin is mooi aangelegd met al die prachtige volgroeide bomen, en zelfs een paar kersen- en appelbomen in de achtertuin. De laatste paar jaar is hij wat verwaarloosd vanwege de gezondheidsproblemen van de eigenaar, maar met een beetje schoffelen moet het er weer tiptop uitzien.'

Zwaar werk vond hij geen probleem, alleen wist hij

weinig tot niets van tuinieren. Hij zou Ethan wel wat boeken over het onderwerp laten lezen. Het joch was net een wandelende encyclopedie wanneer je hem opdracht gaf iets uit te zoeken.

'De verkoper is overigens de kleinzoon van de oorspronkelijke eigenaar,' ging de makelaar verder. 'Hij was jarenlang pastoor hier in Hope's Crossing. Hij en zijn vrouw hebben al hun kinderen hier grootgebracht. Een paar jaar terug kreeg Hank een hartaanval en was daarna niet meer in staat het huis zo goed te onderhouden als hij wilde. Naar ik heb begrepen gaan ze naar Arizona verhuizen om dichter bij hun kleinkinderen te zijn.'

Hij had meteen aangevoeld dat het huis een sfeer van gezinnen, kinderen, liefde ademde. 'Dan moeten we ze maar niet laten wachten. Doe het bod, kijk of ze toehappen.'

Haar zorgvuldig gekapte haar bewoog niet toen ze haar hoofd schudde, viel hem op. 'Ik hoop dat je geen overhaaste dingen doet, maar laat me even een telefoontje plegen.' Ze liep de keuken in, liet hem en Ethan alleen.

Zodra ze weg was, werd hij even door twijfel overvallen. Een huis kopen was een belangrijke beslissing. Een huis kopen in een volslagen onbekende omgeving voelde als een gigantische stap. Nee, hij ging er geen vraagtekens bij plaatsen. Naar Hope's Crossing verhuizen was de juiste beslissing, voor hem en voor zijn zoon.

'Wat vond je van het riviertje dat we op weg hierheen zagen? Hoe groot schat je de kans in dat we daar wat forellen aan de haak kunnen slaan?'

Ethan leek serieus over de kwestie na te denken. 'Er zijn te veel onzekere factoren om daar antwoord op te kunnen geven. Zo weten we bijvoorbeeld niet eens of er wel forel zit.'

Hij lachte. 'Het was maar een geintje, jongen. Wat zeg je ervan om er eens een kijkje te nemen, kijken of ze er echt zitten?'

'Goed.'

Toen ze het aprilzonnetje in liepen, liet Ethan zijn hand in de zijne glijden, zijn vingers klein en kwetsbaar.

'Valt hier veel sneeuw?' vroeg Ethan, terwijl ze de straat overstaken naar een plek waar de beek vlak langs de weg stroomde voordat hij tussen de bomen door afboog.

'Meer dan in Denver in elk geval. Lijkt je dat wat? Je zult wel moeten leren skiën of snowboarden. Volgens mij is dat verplicht.'

Ethan fronste. 'Dat lijkt me niet. Het is toch niet bij wet vastgelegd?'

Lachend woelde hij door Mr. Wijsneus' haar. 'Misschien niet verplicht. Misschien wordt het alleen sterk aangeraden. Maak je niet druk, ik denk dat je het leuk zult vinden.'

Voordat Ethan kon reageren, kwam een zeer bekende hond door een nabijgelegen tuin op hen af stuiven, met maar één doel voor ogen. Ethan slaakte een kreet en verschool zich achter hem. Ondanks al zijn praatjes dat hij zo graag een huisdier wilde, was hij geen fan van grote onbekende honden.

'Je hoeft niet bang te zijn voor deze hond. Hij doet niks.'

'Hoe weet je dat?'

'Ik ken hem.'

'Is het een zwerfhond?'

'Het antwoord op die vraag ligt een beetje ingewikkeld. Leo, wat doe je hier?' vroeg hij. 'Ben je weer weggelopen? Snap je niet dat je het heel goed getroffen had?'

De hond staarde hem even aan met die mooie goudbruine ogen, blafte toen vrolijk en maakte rechtsomkeert, draafde de straat uit in de schuine stralen van de middagzon.

Sam vloekte binnensmonds, maar klapte zijn kaken op elkaar toen hij zag dat Ethan hem nieuwsgierig aankeek. Hij was helemaal niet in de stemming om achter een hond aan te gaan, maar hij kon Leonidas ook niet doelloos laten rondzwerven. 'Kom mee.'

'Wat gaan we doen?'

'Die boef van een hond vangen.'

'Echt?' Ethan zette grote ogen op. 'Houden we hem dan?'

Zodra ze de boel een beetje op orde hadden, konden ze misschien overwegen een hond te nemen, maar dat leek nog maanden weg.

'Op dit moment is de hond van iemand anders. Kom op, laten we kijken of we hem te pakken kunnen krijgen voordat hij te ver weg loopt.'

Op een holletje zetten ze de achtervolging in, Ethans hand nog steeds in de zijne, langs een stel huizen waar duidelijk kinderen woonden, met fietsen naast de garage en een trampoline in een achtertuin. Uiteindelijk bleef de hond staan bij een wel heel charmant houten huisje, bijna onzichtbaar vanaf de straat door bomen.

'O, dit vind ik ook een leuk huis,' merkte Ethan op. 'Misschien kunnen we dit beter kopen.'

'Zo te zien woont er al iemand. Zie je wel, geen bordje met te koop.'

De hond glipte om het huis alsof hij daar hoorde en kroop door een gat in het hek.

Sam voelde zich enigszins ongemakkelijk om zomaar iemands achtertuin in te lopen, maar was bang dat als hij eerst aanklopte om om toestemming te vragen, de hond door een ander gat zou ontsnappen en Alexandra hem nooit terug zou vinden.

‘Waar zat je nou?’ Hij hoorde een zachte, geïrriteerde stem toen hij de hoek om kwam, en daar was ze plotseling.

Alexandra zat op haar knieën naast een bloemperk, op een terras van flagstones met uitzicht op de rivier en de bergen, één hand stevig om de halsband van de hond geklemd, in de andere een schep. Sam kreeg een haast onbedwingbare neiging om de roze gebloemde tuinhandschoenen en de rieten flaphoed die ze droeg, van haar hoofd te plukken en in de tuin te mikken, voordat hij haar tegen zich aan zou trekken om haar te kussen.

Gelukkig wist hij die aandrang de kop in te drukken.

Nog steeds had ze hen niet in de gaten terwijl ze de hond een standje gaf. ‘Ik wil je niet aan de riem leggen of in de garage opsluiten als ik buiten ben, maar dat gaat wel gebeuren als je weer wegloopt. Hoe moeten we jouw baasje ooit vinden als je er steeds vandoor gaat wanneer ik bezig ben? En hoe heb je in hemelsnaam het hek open gekregen?’

De hond grijnsde naar haar alsof hij wilde zeggen: kijk wie ik heb gevonden, waarop Sam dichterbij kwam. ‘Er zit een gat in je hek dat precies groot genoeg lijkt voor een stoute hond om doorheen te glippen. Alhoewel ik denk dat hij ook via de beek zou kunnen ontsnappen.’

Bij zijn eerste woorden had ze zich met een ruk omgedraaid, haar blik stomverbaasd. Ontzet zelfs. ‘Sam! Wat doe jij... Hoe ben je erachter gekomen waar ik woon?'

'Is het geheim?'

'Nee, alleen... Ik kan me niet herinneren dat ik het je heb verteld.'

'Heb je ook niet. Leo wel.'

Bij de tijdelijke naam blafte de hond vrolijk en plofte languit op de grond.

Nog steeds stomverbaasd kwam Alex overeind en liep naar hem toe. Ze leek Ethan niet op te merken, wiens aandacht was getrokken door een vogelhuisje naast het huis waar een paar felgekleurde vinkjes in en uit vlogen. 'Serieus, wat doe je hier?'

'Op huizenjacht. Ik heb net een bod gedaan op dat huis schuin aan de overkant.'

Als hij al dacht dat ze daarnet stomverbaasd leek om hem te zien, dan was het nog niets vergeleken bij de schok in haar ogen nu. 'Je... Wat?'

'Als het allemaal goed uitpakt, worden we dus buren.'

'Buren? Hier? Doe niet zo idioot.'

'Idioot?' Dat was een reactie die hij niet had zien aankomen. Ze stond hem aan te kijken alsof hij zojuist had aangekondigd een stripclub te openen naast de basisschool.

'Je... Je hebt een bedrijf in Denver. Je bent hier maar voor een paar weken, om Brazen af te maken.'

'Hád een bedrijf in Denver. Ik verhuis de hele handel. Ik hou mijn ploeg, zodat ik nog steeds wat klussen in de stad kan doen, maar vanaf nu luidt het adres in mijn briefhoofd Hope's Crossing.'

Ze bleef hem maar aangapen, waardoor hij zich wel moest afvragen waarom ze dit nieuws haast als iets rampzaligs leek op te vatten.

'We waren aan verandering toe.'

Nu pas leek ze zich bewust te worden van Ethans aanwezigheid. Hij zag haar blik van de jongen naar hem flitsen en weer terug naar de jongen, waar hij bleef rusten op Ethans blauwe ogen en krullen en de brede mond waarvan hij wist dat ze die gemeen hadden.

'We.'

Hij had het haar niet op deze manier willen vertellen. Een volslagen onbekend – en onterecht – schuldgevoel joeg het schaamrood naar zijn kaken. Hij had het volste recht om zijn zoon te beschermen, hield hij zich voor. 'Dit is mijn zoon. Ethan, dit is een kennis van me, Alex McKnight.'

'Alex is meestal een jongensnaam. Ik zit bij iemand in de klas die Alex heet, en dat is een jongen.'

'Ja, maar soms is het een afkorting van Alexandra,' legde Sam uit.

'O. Oké. Aangenaam kennis te maken, Alexandra. Ik geloof dat ik je hond wel leuk vind.'

Haar blik had zijn zoon niet losgelaten sinds ze hem had opgemerkt.

'Dank je.' Haar stem klonk iel, en ze moest haar keel schrapen voordat ze weer iets zei. 'Ik vind hem ook leuk, behalve wanneer hij ervandoor gaat. Maar het is niet echt mijn hond. Ik pas alleen op hem totdat we zijn baasje hebben gevonden.'

Ze glimlachte naar de jongen, waarop Sam zich plotseling herinnerde dat ze diverse neefjes en nichtjes had. Uiteraard zou ze zich op haar gemak voelen bij kinderen.

'Zou ik met hem mogen spelen? Ik zou heel graag een stok willen gooien en kijken of hij hem terugbrengt.'

'Hij zal in de wolken zijn. Het is een jachthond. Die doen dat soort dingen. We spelen de hele middag al spelletjes. Als het goed is, liggen bij de achterdeur wel een paar tennisballen.'

'Nog beter! Een bolvormig voorwerp is makkelijker om mee te gooien.'

'Dat was ook mijn gedachtegang.'

Zijn zoontje en de vrouw die hij razend aantrekkelijk vond, glimlachten eensgezind naar elkaar, waarna Ethan op zoek ging naar een tennisbal, op de voet gevolgd door de hond.

Alexandra draaide zich weer naar hem om en haar glimlach verdween als sneeuw voor de zon. 'Een zoon. Je bent inderdaad een mysterieuze man.'

Hij haalde zijn schouders op. 'Ik laat graag wat te raden over voor een vrouw.'

'Ik snap dat je je lievelingskleur geheimhoudt of zo, maar dit lijkt me nogal belangrijke informatie om achter te houden. Je hebt er met geen woord over gerept.'

'Ik ben er een beetje huiverig voor om over Ethan te praten tegen mensen die ik nog maar net ken,' bekende hij. 'Het zal wel komen doordat ik in het leger heb gezeten, maar ik heb de neiging mijn privéleven af te schermen, mijn gezin in het bijzonder.'

'Een understatement.'

Hij voelde zich schuldig, om redenen die hij niet zou kunnen aangeven. Hij had niets verkeerd gedaan, maar de manier waarop ze van hem naar Ethan keek, gaf hem het gevoel van wel. 'Ik had het moeten zeggen, maar ik wist niet goed hoe. Ik geef toe dat ik dit een beetje ben verleerd. Sinds de dood van mijn vrouw heb ik niet meer gedatet, deels omdat Ethan zich nogal snel... aan iemand hecht.'

Een eigenschap die hij en zijn zoontje kennelijk gemeen hadden. Hij had zo'n idee dat hij heel gehecht begon te raken aan deze vrouw met de blonde krullen en grote groene ogen.

'Niks mis met een beetje terughoudendheid. Aangezien we het erover eens waren dat we niet echt aan het daten zijn, hoeven we er ook geen punt van te maken.'

'Zo is het ook nog eens een keer.' Daar wilde hij niet aan denken, dus veranderde hij snel van onderwerp. 'Leuk huis heb je. Ik moet bekennen dat het niet is wat ik me bij jou had voorgesteld.'

'Hoezo niet?'

Ze keken allebei naar de jongen en de hond, die in de tuin aan het spelen waren, maar het viel hem op dat ze op veilige afstand van hem bleef, bijna alsof ze zichzelf niet vertrouwde als ze te dichtbij kwam.

'Ik weet niet. Ik geloof dat ik jou eerder voor me zag in een modern appartement ergens. Dit ziet er knus uit.'

'Ik ben er blij mee. Ik heb het gekocht vanwege de keuken.'

'Het moet fijn zijn om aan de beek te wonen.'

'Ik ben niet zoveel thuis, maar inderdaad, ja.'

'Wat jij nodig hebt, is een lekkere grote stoel op het terras daar, zodat je hier buiten kunt relaxen bij het geluid van het water. Terwijl je hond in het gras speelt, natuurlijk.'

Ze proestte schamper en haalde de rug van haar hand over een veeg op haar wang, waardoor die alleen maar erger werd. 'Ik heb geen hond, alleen een tijdelijke logé. En over een paar weken open ik een restaurant, mocht het je ontschoten zijn, dus van relaxen zal de komende tijd niet veel terechtkomen.'

'Reden te meer voor je eigen oase.'

'De keuken is mijn oase.'

Alex kon amper een coherente gedachte vormen, maar wist toch tamelijk eerlijk te antwoorden.

Ze had hem een mysterieuze man genoemd. Ha. Hij was een geest, een schim, een sfinx. Ze hadden een aantal uren met elkaar doorgebracht, minimaal, en twee zeer hartstochtelijke, zeer intieme omhelsmomenten beleefd.

Niet één keer, in al die tijd, had hij iets laten vallen over twee wezenlijke gegevens van zichzelf – dat hij een zoon had en dat hij en zijn zoon van plan waren te verhuizen naar Hope's Crossing.

En niet naar zomaar een buurt. Naar háár buurt – haar héíligdom – met zijn zóón nog wel.

Blijkbaar vond hij haar persoontje niet belangrijk genoeg om die essentiële informatie mee te delen. Dat zou niet moeten steken. Dat wist ze, maar toch voelde ze een pijnscheutje onder haar borstbeen waar ze niets aan leek te kunnen doen.

Waarom zou hij het haar eigenlijk wél vertellen? Ze hadden een paar aangename uurtjes met elkaar doorgebracht en precies twee keer gezoend. Hij was met haar keuken bezig. Dat was het optelsommetje van hun relatie.

Dit zou allemaal geen punt zijn als ze niet zo onbezonnen was geweest om hem die eerste avond uit te nodigen voor een potje pool. Als ze hem gewoon had beschouwd als een uiterst sexy man die goed bezig was in haar restaurantkeuken en het daarbij had gelaten, zou ze nu niet hier in haar eigen achtertuin staan en zich verbouwereerd en stom en, ja, gekwetst voelen.

Wat een doffe ellende.

Ze stond nog steeds te piekeren hoe ze deze mega kink in de kabel het best kon aanpakken, toen Jill Sellers over de schutting gluurde.

'Daar ben je! Ik heb overal lopen zoeken. Ik wist dat je niet weg kon zijn, want je pick-up stond nog voor de deur, maar ik had geen flauw idee waar je naartoe kon zijn gegaan, totdat ik hier stemmen vandaan hoorde komen.' Jill knipperde met haar grote blauwe ogen. 'O, hallo, Alex. Ik zag je niet zo gauw.'

Dat was niks nieuws. Alex was gewend onzichtbaar te zijn voor Jill en haar hechte vriendinnenclubje. De meeste mensen lieten hun middelbareschoolkliekjes achter zich zodra ze hun diploma van de rector hadden gekregen, maar Jill en een aantal van haar vriendinnen leken het nog steeds heerlijk te vinden te denken dat zij het voor het zeggen hadden in hun woonplaats.

'Ik was vergeten dat je in dit buurtje woonde,' ging Jill verder.

Ondanks keihard lobbyen om ervan af te zien, had Alex een vrij nieuw makelaarskantoor in de arm genomen, wat Jill kennelijk nog steeds dwarszat.

'Ja. Ik wilde Sam net op een aantal nadelen van deze wijk wijzen,' zei Alex. 'Je weet wel. De herten die 's winters naar beneden komen en alle struiken opeten, het hoge waterpeil dat we hier hebben in jaren met veel smeltwater, de wandelaars die over het Currant Creek Valley-pad langs komen kuieren.'

'Ho, eens even. Dat moet je hem niet vertellen!' Jill toverde haar duizend megawatt glimlach tevoorschijn, een en al schalkse charme, maar die kon de scherpe toon in haar stem niet helemaal overvleugelen. 'Je weet dat dat maar kleine wissewasjes zijn, Al. Ik was juist naar hem op zoek om te zeggen dat ik geweldig nieuws heb en écht geweldig nieuws.'

'Geweldig,' zei Sam op droge toon, maar dat leek Jill te ontgaan.

'Echt waar. De verkoper is zó waanzinnig blij met je bod, met deze slappe markt en al het wérk dat aan het huis moet gebeuren. Er zijn al wékenlang geen kijkers geweest, en Bob en zijn vrouw staan te popelen om het te verkopen zodat ze een bod op een appartement in Arizona kunnen doen. Hij heeft je bod onder voorbehoud geaccepteerd!'

'Dat is inderdaad geweldig nieuws.'

'Het wordt nog mooier, want toen ik Buzz, zijn makelaar, vertelde dat je op zoek was naar een huis, waar je liever vandaag dan morgen in kunt, meende hij dat de eigenaars wel bereid zouden zijn om de deal wat soepeler te laten verlopen door je een tijdelijk huurcontract aan te bieden, terwijl jullie de verdere details uitwerken. Je kunt er morgen al in als je wilt!'

En daar ging haar buurtje.

Alex klemde haar hand om het plantenschepje dat ze zonder het te beseffen nog steeds vasthad, en wenste dat ze een groot bord met VERBODEN TERREIN in haar voortuin kon zetten. Ze wilde niet dat hij hier kwam wonen, op slechts een tennisbalworp afstand. Wat haar betrof zou elke plek in Hope's Crossing te dichtbij zijn, maar hier in Currant Creek Valley was onverteerbaar.

'Zo snel hoef ik niet te verhuizen,' hoorde ze Sam zeggen. 'Ethan moet nog een maand naar school in Denver en logeert tot die tijd bij mijn broer en zijn vrouw.'

Dat verklaarde hoe hij het met zijn zoon oploste, terwijl hij hier keukens installeerde en nachtelijke wandelingen maakte en haar kuste totdat ze niet meer helder kon denken.

'Nou, mocht je van gedachten veranderen, dan hoeven we Buzz maar een seintje te geven en zet hij de boel in gang. Het is een contant bod, dus je hoeft niet op toestemming van de bank te wachten, alleen de inspectie en de eigendomsakte nog, dus het moet allemaal vrij snel kunnen gaan.'

Op dat moment lachte Ethan om iets wat de hond deed. Sam richtte zijn aandacht op zijn zoontje, een zachte trek op zijn gezicht die ze niet eerder had gezien.

'Mooi. Hoe sneller hoe beter. We weten wat ons te doen staat – de keuken en de badkamer beneden gebruiksklaar maken. Als we er snel in kunnen, kunnen Ethan en ik er in de weekenden aan werken, want dan is hij hier.'

'We hebben zoveel dingen te bespreken.' Jill wierp Alex een gespeeld verontschuldigende blik toe. 'Misschien kunnen we een aantal van die punten doornemen op kantoor, waar we niet zo... afgeleid worden.'

Ze gebaarde naar de jongen en de hond, maar Sams blik bleef op Alex rusten. 'Want afleidingen kunnen we niet gebruiken, wel?' mompelde hij.

Datzelfde woord had ze de vorige avond gebruikt, wist ze nog.

Zijn niet mis te verstane suggestie dat zíj zijn aandacht kon afleiden, ontging Jill niet. Een fractie van een seconde verstrakte haar mond, voordat die nepglimlach nog breder werd. 'Zullen we dan maar naar mijn kantoor gaan?'

Sam keek op het ingewikkeld ogende horloge dat hij droeg en vloekte ineens. 'Sorry. Dit zal even moeten wachten. Ik ben bang dat ik de tijd uit het oog ben verloren, want ik moet over een minuut of twintig ergens zijn.'

'Nu?' Jill knipperde verbluft met haar ogen.

'Ja. Kom op, Eth. We moeten gaan.'

'En het bod dan?' drong ze aan.

'Dat mag jij afhandelen. Ik heb je al verteld wat mijn voorwaarden zijn. Wat wil je verder nog weten?'

Alex had Jill niet zo gefrustreerd gezien sinds het eindexamenfeest, toen haar date – die uiteindelijk haar eerste echtgenoot was geworden – niet naar haar had omgekeken en in plaats daarvan de hele avond stiekem biertjes had zitten drinken met zijn vrienden achter het oude buurthuis.

'Tja, ik heb je mobiele nummer. Dan bel ik je wel als zich problemen voordoen.'

'Doe dat gerust. Hartstikke bedankt.' Hij stak zijn hand naar haar op en richtte zich vervolgens weer tot Alex. 'Tot kijk, buurvrouw.'

Voordat ze hem kon tegenhouden, leunde hij voorover en gaf een zoen op haar wang, haar omhullend met zijn warmte en die kenmerkende geur van zijn zeep – bergamot en cederhout en iets citrusachtigs waar ze onmiddellijk op aansloeg.

Verdorie! Hoe haalde de man het in zijn hoofd om haar wereld op zijn kop te zetten, uitgerekend nu ze zoveel andere bordjes draaiend moest houden.

Ze glimlachte flauwtjes. 'Tot kijk.'

Hand in hand met zijn zoontje liep hij weg, en Alex

had zin een potje te grienen. Of op zijn minst een paar kluiten aarde naar hem te gooien omdat hij zo onuitstaanbaar onweerstaanbaar was.

'Echt een heel leuke man,' zei Jill. 'En dat jochie is een snoes.'

'Ja, toch?' Alex glimlachte zuinig.

'Ik denk dat hij een fantastische aanwinst voor ons stadje is, vind je ook niet? Wie weet. Misschien huur ik hem zelfs wel in om wat werkzaamheden bij mij thuis te doen.'

'Ik wist niet dat je aan het verbouwen was. Ben je niet net een paar jaar geleden naar een nieuwbouwhuis verhuisd? Vlak voordat je tweede man wegging, toch?'

Zodra ze het zei, had ze spijt van de sneer. Blijkbaar was ze nog altijd even kattig als ze op de middelbare school was geweest tegen Jill en haar valse vriendinnetjes.

'Sorry,' mompelde ze.

Jill leek zich voor één keer eens niet beledigd te voelen. 'Lieve schat, ik was blij dat die loser opkraste. Zonder de uiterst riante alimentatie waar mijn advocaat op stond, zou ik niet in dat prachtige nieuwbouwhuis kunnen wonen. Ik geloof dat ik net voldoende van die eikel zijn geld opzij heb gelegd om een paar nieuwe, op maat gemaakte kasten in mijn kantoor aan huis te laten inbouwen.'

Als Alex Jill goed kende, had ze haar zinnen op meer dan een kastenwandje gezet. Ze overwoog Sam te waarschuwen dat Jill nogal een, eh... mannenverslindster kon zijn, maar besloot dat hij een grote vent was. Hij kon vast wel op zichzelf passen. Misschien had hij meer met tot in de puntjes verzorgde, gehaaide makelaars dan met verfomfaaide, bijdehante chef-koks.

Het ging haar niets aan wat hij deed, wie hij zag, waar hij woonde. Dat had hij overduidelijk gemaakt door zijn hol weergalmende stilzwijgen.

Hoofdstuk 9

‘Nog minder dan een week voordat het restaurant opengaat. Je moet er onderhand gek van worden om alles op tijd klaar te krijgen. Weet je zeker dat ik je nergens mee kan helpen?’

Ze glimlachte naar Claire, die altijd en eeuwig klaarstond om te helpen. Ze hield zielsveel van haar vriendin, ook al deed ze soms een beetje te hard haar best.

‘Dat doe je al. Ik had behoefte aan gezelschap voor de broodnodige afleiding en ik had een testpanel nodig. Dit is de ideale combinatie. Hartstikke fijn dat je zo snel kon komen.’

‘Voor een testpanel en afleiding ben ik altijd in,’ deed Maura een duit in het zakje, glimlachend naar Henry, die bij Alex op schoot zat te kraaien naar Leo, die hem nauwlettend in de gaten hield toen de baby met een houten pollepel op een plastic bakje begon te trommelen, voor de gelegenheid beschikbaar gesteld door Alex.

Maura leek een ander mens dan een jaar geleden, toen ze overmand door pijn en verdriet zich voor hen allemaal had afgesloten. Bijna een jaar getrouwd en moeder van de hartveroverende Henry, straalde ze nu van geluk, en daar was Alex dolblij om. Haar zus verdiende het om weer plezier in het leven te hebben na de hel van het verliezen van een kind.

'Ben je op van de zenuwen?' vroeg Mary Ella. 'Dit is iets wat je al zo lang wilt en nu is het bijna zover.'

Paniek fladderde met gekartelde vleugeltjes door haar maag. 'Dat kun je wel zeggen. Stel dat ik het verknal, wie weet wanneer zich dan weer zo'n kans voordoet?'

'Maar je gaat het niet verknallen,' zei Claire stellig. 'Het gaat heus allemaal prima. Je zult het zien.'

Daar was ze niet zo zeker van. Ze kon niet met haar ogen knipperen of er schoot haar weer iets anders te binnen dat ze nog moest doen vóór vrijdagavond. De afgelopen drie weken waren een mallemolen van voorbereidingen geweest, waarin ze probeerde elk detail perfect te regelen. Haar laatste werkdag in het resortrestaurant was ruim een week geleden, en sindsdien had ze al haar tijd en energie in Brazen gestoken.

'Jullie komen toch allemaal?'

'Zou het voor geen goud willen missen,' zei Claire. 'We hebben al gereserveerd en hebben afgesproken er met Evie en Brodie naartoe te rijden. Dus je kunt maar beter zorgen dat we een héél goede tafel krijgen, want wij zitten bij de eigenaar.'

Die gekartelde vleugeltjes klapperden harder. Ze ging dit níét verknallen. Ze kon dit. Een van de eerste dingen die ze op de koksopleiding had geleerd, was dat een goede kok vertrouwen had in zichzelf en het uitzonderlijke talent dat hij meebracht.

Ze wist dat haar kookkunsten goed waren, maar ze werd horendol van alle bijzaken.

Het hielp ook niet dat haar twee souschefs verwikkeld waren in een onzinnige egostrijd, dat het moreel van de rest van de keukenbrigade begon aan te tasten. Ze had later een bespreking met hen allebei om de laatste details door te nemen en ze was van plan om hen eens even wakker te schudden, hun eraan te herinneren dat zij de scepter zwaaide en het vertikte hen in dienst te houden als ze hun meningsverschillen niet bijlegden en normaal met elkaar omgingen.

Kon een leuke avond worden.

'Je weet dat ik van de partij ben,' zei Mary Ella. 'Harry en ik kijken er allebei ontzettend naar uit.'

'Ik kom,' zei Maura. 'Jack ook zelfs. Hij vliegt vanuit Singapore en is vrijdagmiddag thuis, als het goed is. Net op tijd om nog even te douchen en te scheren.'

'Hij komt speciaal voor de opening van mijn restaurant naar huis, neem ik aan.'

Maura schoot in de lach. 'Dat zal vast boven aan zijn lijstje hebben gestaan bij het plannen van zijn reisschema.'

Maura's man had altijd diverse internationale projecten lopen. Alex had aanvankelijk een hekel aan hem gehad, omdat hij ruim twintig jaar geleden haar zwangere zus in de steek had gelaten, maar Jack had weten te bereiken wat niemand van hen was gelukt: Maura laten inzien dat ze haar leven weer op kon pakken.

'Wie past er op dit knappe mannetje?' Ze knuffelde Henry's warme, zoetgeurende hals. Zijn gekraai verdreef bijna de steek in haar hart over wat ooit had kunnen zijn.

'Macy. Ze beweert dat ze met haar veertien jaar oud en wijs genoeg is.'

Hoe bestond het dat Claires dochter al veertien was? Als de dag van gisteren herinnerde ze zich dat ze haar precies zo vasthield, lipscheetjes in haar hals gaf en haar luier verschoonde, en nu werd ze een jongedame.

De hele wereld veranderde en zij bleef maar dezelfde.

Niet waar, sprak ze zichzelf tegen. Moest je eens zien wat ze allemaal had gedaan in die veertien jaar. Ze was gelukkig. Niet elke vrouw had zo'n kleine hollebolle gijs nodig om zich compleet te voelen. Ze vond het enig tante te zijn en was er goed in. Dat was voldoende voor haar.

'En, wat vinden jullie ervan?' Ze gebaarde naar de borden die ze had opgeschept voor de vrouwen. Dat was de reden dat zij Henry op schoot had, zodat zijn moeder, oma en tante Claire hun aandacht volledig op de pompoenrisotto konden richten.

'Ik vind het lekker,' verklaarde Claire. 'Het heeft een bijna rokerig aroma.'

Ze wachtte op Maura en Mary Ella, en de snelle blik die ze wisselden, ontging haar niet. 'Wat is er mis mee?'

'Het is niet het allerlekkerste wat je ooit hebt klaargemaakt,' zei Maura eerlijk.

'Mam?'

'Ik moet haar gelijk geven. Er ontbreekt iets. Ik kan niet precies aangeven wat.'

Die paniek fladderde sneller, wilder. Brazen werd een ramp. Niemand in Hope's Crossing zou haar ooit nog recht aan kunnen kijken.

Ze dwong zichzelf adem te halen. Zelfvertrouwen. Dan had ze één gerecht gemaakt dat niet aansloeg. Nou en? Ze waren allemaal lyrisch geweest over de appel-peersalade, de gegrilde artisjokken en de gebraden kalkoenkoteletjes. Ze was niet eens van plan geweest de pompoenrisotto aan het menu toe te voegen.

'Oké. Prima. Dan zet ik die nog even in de wacht en ga er verder aan werken. Bedankt voor de feedback.'

'Het is niet slecht,' stelde Mary Ella haar gerust. 'Alleen... niet zo fantastisch als de rest.'

'Ik ben een grote meid. Ik kan tegen kritiek,' zei ze, in de hoop dat het waar was. En anders moest ze het maar snel leren, want na vrijdagavond kon ze zich niet meer verschuilen achter andermans fouten. Omdat ze wel een opbeurend woordje kon gebruiken na die lichte knauw die haar ego had opgelopen, speelde ze haar troefkaart uit. 'Dit is niet voor het restaurant, alleen voor jullie, maar ik heb wat van die drielaags chocolade-karamelbrownies gemaakt die jullie zo lekker vinden.'

'Wauw. Ben ik jarig?' vroeg Claire.

'Zo goed als.'

Ze gaf Henry over aan Mary Ella, zodat oma met hem kon knuffelen, en legde de nog warme brownies op bordjes, waarna ze er wat karamel en chocola overheen sprenkelde uit de knijpflessen die ze in de ijskast had staan.

De daaropvolgende minuten werd haar warme, gezellige keuken gevuld door haar favoriete geluid: mensen die genoten van het lekkers dat ze had klaargemaakt. Tegen de tijd dat ze de karamelsaus had gemaakt en laagjes had gevormd van het lichte en donkere chocoladebeslag, was er een hoop moeite in de brownies gaan zitten, maar die moeite werd door vrijwel iedereen gewaardeerd.

'Weet je, van alle dingen die je maakt, kon dit wel eens mijn lievelingsgerecht zijn,' zei Mary Ella. 'Ik kom al twee kilo aan van het opsnuiven van de geur, maar dat heb ik er graag voor over.'

'Ik kan ze voor je bruiloftsreceptie maken als je wilt,' stelde Alex voor.

'Je mag het recept aan iemand anders geven, zodat diegene ze kan maken, maar ik zei je al eerder: ik wil niet dat jij het eten voor de bruiloft doet. En ik denk niet dat er een receptie komt. Gewoon een klein feestje voor familie en vrienden.'

'Wil Harry dat ook?' vroeg Maura. 'Als ik hem een beetje ken – en ik durf wel te stellen dat dat het geval is nadat ik vorig jaar met zijn zoon ben getrouwd en de twintig jaar daarvoor zijn kloon van een kleindochter heb opgevoed – zou ik denken dat hij een groot feest wil geven en tegenover de hele goegemeente wil pronken met zijn mooie bruid.'

'We zijn allebei te oud voor dat soort toestanden, vinden jullie meiden niet?'

'Ben je mal,' zei Maura lachend. 'Je bent de meest sexy zestigplus bruid die ik ken. Trouwens, vorig jaar werd ons de grootste happening van de feestdagen door de neus geboord toen Genevieve haar huwelijk afblies. Iemand moet die leegte opvullen. Dat ben je Hope's Crossing verplicht.'

'Haar trouwjurk hangt nog steeds bij mij in de winkel,' zei Claire. 'Ik heb geen idee wat ik ermee moet. Genevieve zei dat ze hem nooit meer wil zien.'

'Kijk aan, mam. Dan kun jij hem dragen.' Alex grijnsde.

Zelfs wanneer ze schamper lachte, wist Mary Ella het

beschaafd te laten klinken. ‘Mijn borstomvang is een tikje groter dan die van Genevieve. En zien jullie mij al in die beeldschone witte designjurk, compleet met sluier, op mijn leeftijd? Ik zou mezelf volslagen belachelijk maken.’

‘Hij zou je heel mooi staan,’ wierp Claire tegen. ‘En dan zou al het werk dat ik, tot twee keer toe, heb gestoken in het met de hand versieren van het lijfje met pareltjes, in elk geval niet helemaal voor niets zijn.’

‘Je weet maar nooit,’ zei Mary Ella. ‘Gen is nog jong. Misschien wil ze hem over een paar jaar alsnog aan.’

‘Als je het mij vraagt, is huwelijksgeluk het laatste waar ze aan denkt,’ bracht Alex naar voren. ‘Had ik al verteld dat ik haar vorige maand op een avond een potje pool zag spelen met een paar tamelijk ruige types in The Speckled Lizard?’

Was het pas een maand geleden dat zij en Sam voor het eerst een avond samen hadden doorgebracht? Dat ze een wandeling door de stille straatjes van Hope’s Crossing hadden gemaakt en hadden gelachen en voor het eerst hadden gekust?

In de afgelopen paar weken had ze hem maar een paar keer gezien: een keer in het restaurant toen ze een feestelijke lunch had bezorgd voor hem en zijn ploeg op de dag dat ze de keuken hadden opgeleverd en overgedragen aan de interieurontwerper, en een keer toen ze hem tegen het lijf was gelopen in de supermarkt. Beide korte, stroef verlopende ontmoetingen – voornamelijk van haar kant, vermoedde ze – die haar onverklaarbaar somber hadden gestemd.

Ze wist dat hij in het huis verderop in de straat was getrokken. Al ongeveer een week had ze er bijna dag en nacht lichten zien branden. Ze leek de man maar niet uit haar hoofd te kunnen zetten. Elke keer dat ze langsreed, dacht ze aan hem, vroeg zich af hoe het met hem en Ethan ging, herinnerde zich het bruisen en kolken van haar bloed wanneer hij haar kuste.

Hoewel ze meer dan eens in de verleiding was gekomen om aan te wippen en hem welkom te heten in het buurtje, zoals ze bij elke nieuwe bewoner zou hebben gedaan, zei ze telkens weer tegen zichzelf dat ze dat later wel zou doen, na de opening van het restaurant.

Heel laf. Dat wist ze, maar het was nu eenmaal zo dat ze nog niet over de klap heen was die hij die zaterdagmiddag had uitgedeeld. Vanaf het begin was ze ervan uitgegaan dat hij uit haar leven zou verdwijnen zodra het restaurant af was, om er vervolgens achter te komen dat de man bij haar in de straat kwam wonen, mét de zoon die hij voor het gemak was vergeten te vermelden.

Had ze ooit eerder een man zo volkomen verkeerd ingeschat?

Nou, goed, één keer. Verschrikkelijk, met rampzalige

gevolgen. Ze zette het verleden van zich af en richtte haar aandacht weer op het gesprek toen tot haar doordrong dat Claire haar een vraag stelde.

'Zag je Gen hier in het centrum?' Claire fronste haar wenkbrauwen. 'Dat is raar. Ik dacht dat ze in Parijs werkte.'

'Voor zover ik weet, had ze een of andere flitsende prbaan bij een modehuis daar,' vulde Maura aan.

Met die loeistrakke kleding en zware make-up van haar had Genevieve verdraaid weinig weg gehad van iemand uit de Parijse modewereld, maar dat waren Alex' zaken niet.

'Ze was het wel degelijk. Als ik er al aan had getwijfeld, dan zou de twijfel in één klap verdwenen zijn toen ik zag hoe ze haar neus optrok zodra ze mij zag, alsof er net een stinkdiergezinnetje langs was komen trippelen.'

'Heb je van haar moeder iets gehoord over wat ze nu doet?' vroeg Claire aan Mary Ella.

'Laura ontloopt me tegenwoordig liever.' Mary Ella leek niet bijzonder onder de indruk van die ontwikkeling. Wat niemand verbaasde. De onmin tussen de McKnights en de Beaumonts was diep geworteld in de gebeurtenissen van de afgelopen twee jaar.

Genevieves broer Charlie had met een slok op achter het stuur gezeten tijdens het ongeluk waarbij Maura's dochter Layla was omgekomen. Terwijl Maura vrede leek te hebben gesloten met de jongen, was Alex niet zo vergevingsgezind als haar zus.

Vervolgens was vorig jaar het schandaal losgebarsten over Maura's andere dochter, Sage, die een korte affaire had met Gens verloofde, niet geheel toevallig een telg uit een zeer invloedrijke familie in Denver, waarop Gen de verloving had verbroken en al haar cadeaus had teruggestuurd.

Alex had zo haar eigen mening over de zich sociaal omhoogwerkende Beaumonts, maar ze kon nog altijd niet geloven dat Gen zo voor zichzelf was opgekomen.

Het resultaat van die ongeplande zwangerschap, het schattige jongetje op Mary Ella's schoot, begon te wriemelen en in zijn ogen te wrijven.

'Je bent moe, hè, mannetje?' zei Maura.

Hij pruilde met zijn onderlip en stak zijn handen uit naar zijn moeder, die hem uit haar moeders armen tilde.

'Ik moet maar eens gaan,' zei Maura. 'Ik hoop dat ik hem een dutje kan laten doen, want ik heb straks een telefonische vergadering met een aantal groothandelaren.'

'Bedankt dat je alles uit handen hebt laten vallen om hierheen te komen.'

'Je weet dat ik altijd van de partij ben wanneer je iemand nodig hebt om te proeven wat je in elkaar hebt geflanst. Het is een opoffering, maar je kent me: voor familie heb ik alles over.'

'Je bent een echte gever, Maur.'

Lachend wurmde haar zus Henry in een schattig spijkerjackje, waarna ze hem op de arm nam, waar hij prompt zijn hoofd op haar schouder legde, zielstevreden in de armen van zijn moeder.

Opnieuw knaagde die oude pijn in Alex' binnenste, maar die negeerde ze met het gemak van jarenlange ervaring. Ze liep terug naar de keuken, waar Claire in haar eentje zat te bladeren door een culinair tijdschrift dat ze op tafel had laten liggen. 'Waar is mijn moeder?' vroeg ze.

Claire gebaarde naar de tuindeuren. 'Ze liep naar buiten om een telefoontje aan te nemen. Ik neem aan dat het Harry is, want het klonk allemaal zo mierzoet.'

'Jasses.'

'Ik vind het hartstikke fijn voor haar,' zei Claire. 'Je moeder is zo lang alleen geweest. Ze verdient iemand die zo goed voor haar is, na al die jaren.'

'Zit wat in.'

Claire had ruime ervaring in het omgaan met Rileys reactie, die ook niet stond te juichen over zijn moeders relatie met Harry, en ze was zo verstandig om handig van onderwerp te veranderen. 'Dit was zo gezellig vandaag. Bedankt voor de uitnodiging. Ik baal ervan dat we nooit meer tijd hebben om wat leuks te doen.'

Deels was dat aan haar te wijten, wist Alex, met haar

hectische schema en de late uren waarop ze in het restaurant werkte. Deels was het gewoon onvermijdelijk doordat Claire het druk had met twee – binnenkort drie – kinderen, de kralenwinkel en haar man.

'Als het restaurant eenmaal open is en een beetje lekker loopt, kunnen we heus wel wat meer tijd vrijmaken.'

'Maar dan heb ik er een baby bij. Je weet vast nog wel wat een gekkenhuis dat was.'

'Niet echt. Ik was er niet, weet je nog?'

'Ach, natuurlijk. Je was het grote avontuur aan het zoeken in Europa.'

Ze forceerde een glimlachje terwijl ze de restjes overschepte in bakjes, waar haar kasten vol mee stonden, speciaal voor dat doel. Grote avontuur. Juist. Na tien jaar was ze nog steeds geenszins van plan haar geliefden anders te doen geloven.

'Ik ben eigenlijk wel blij dat we een momentje met zijn tweetjes hebben,' zei Claire met een lichte aarzeling in haar stem. 'Ik wilde je al een tijdje iets vragen.'

'Goed, hoor,' zei ze afwezig. De stuk of tien overgebleven brownies verpakte ze allemaal afzonderlijk in huishoudfolie. Caroline Bybee was er dol op. Ze kon ze per stuk invriezen en de volgende keer dat ze langsging met iets lekkers, een paar in haar vrieskast leggen.

'Riley en ik willen graag dat jij de baby's peettante wordt.'

De woorden sijpelden langzaam door in haar hoofd, en ze legde de spatel neer. Peettante. Goeie hemel. 'Ik... Echt?' Ze staarde Claire aan. 'Kom op. Even serieus. Denken jullie werkelijk dat ik de aangewezen persoon ben om als raadgever en voorbeeld voor jullie kind te fungeren?'

'Wie anders?'

Ze kon zo tientallen anderen bedenken. 'Angie, bijvoorbeeld? Of Maura? Die hebben het er immers prima vanaf gebracht met je andere kinderen?'

'Jij bent mijn beste vriendin, Alex. Jij was er niet toen ik mijn twee andere kinderen kreeg. Nu ben je eindelijk thuis, en het zou voor Ri en mij zoveel betekenen als je het zou overwegen.'

Weer een verplichting die haar dreigde te vermorzelen. Al die baby's. Soms deden haar armen er pijn van. Maar, zoals Maura ginnegappend had gezegd, had ook zij alles voor haar familie over. 'Natuurlijk,' antwoordde ze na een korte aarzeling. 'Veel moeilijker dan de lievelingstante uithangen kan het niet zijn, en daar heb ik meer dan voldoende ervaring mee.'

Lachend viel Claire haar om de hals. 'Ja. Ja, zeg dat wel. Dank je wel, lieverd. Dat is een pak van mijn hart.'

'Geen dank,' antwoordde ze, precies op het moment dat de deurbel klonk.

'Maura zal wel iets vergeten hebben.' Claire keek in

de rondte. 'Een van Henry's speeltjes of een flesje of zo.'

'Ze weet dat ze niet hoeft aan te bellen. Jemig,' riep Alex uit op weg naar de voordeur. Toen ze die opende, trof ze daar niet haar zus maar een heel schattige krullenbol met grote blauwe ogen en net zulke lange wimpers als zijn vader.

'Dag, Alex. Hoe gaat het met je op deze mooie middag?'

Ze glimlachte om zijn vormelijke, beleefde begroeting. 'Hallo, Ethan! Met mij gaat het prima. En met jou?'

'Heel goed. Hallo,' zei hij tegen Claire. 'Mijn naam is Ethan Delgado. Ik ben net zeven jaar geworden. Mijn vader en ik wonen verderop in de straat.'

Claire schudde het kleine handje dat hij uitstak en verbeet haar eigen lach. 'Hoi, Ethan. Leuk je te ontmoeten. Ik ben Claire McKnight.'

Hoewel hij de openingszet had gedaan, leek hij niet op zijn gemak bij het praten tegen een vreemde en wendde zich snel weer tot Alex. 'Het spijt me dat ik stoor, maar ik reed op mijn nieuwe fiets door de straat en ik dacht dat ik Leo hoorde blaffen. Ik wilde vragen of je zijn baasje had gevonden. Ik neem aan van niet.'

'Nog niet. Maar ik blijf zoeken.' Ze had alles geprobeerd. Na bijna een maand had ze weinig hoop dat ze er alsnog in zou slagen. Binnenkort zou ze moeten bedenken wat ze met de hond aan moest. Ze had nog steeds geen tijd om voor een hond te zorgen, maar inmiddels was ze bang het stadium te zijn gepasseerd waarin ze hem aan iemand anders kon geven zonder dat haar hart brak.

'Ik kan hem wel voor je uitlaten, als je wilt,' bood Ethan gretig aan. 'Denk je dat hij het leuk zou vinden om met mij te gaan wandelen? Je kunt me ervoor betalen, als je dat zou willen.'

Bij het magische W-woord dat hij maar al te goed herkende, ging Leo rechtop zitten en liet zijn tong enthousiast uit zijn bek hangen.

'Ik geloof dat je dat goed inschat,' reageerde ze droog. 'Vertel eens, wat is het hondenuitlaattarief vandaag de dag?'

'Een dollar leek mij wel redelijk.'

'Meer dan redelijk,' verzekerde ze hem. 'Wat een werelddeal! Ik weet zeker dat Leo het hartstikke leuk zou vinden om met jou te gaan wandelen. Wat attent van je om dat aan te bieden. Kom binnen, dan snor ik zijn riem op. Heb je zin in een brownie?'

Ethans ogen lichtten op. 'O, is dat wat ik ruik? Ze zijn vast heerlijk. Ze ruiken in elk geval lekker.'

'Geloof me, ze zijn ook lekker,' zei Claire.

Hij leek haar al iets aardiger te vinden. Toen Mary Ella binnenkwam na haar telefoontje te hebben beëindigd, stelde Alex haar moeder aan het jongetje voor en liet Ethan achter in de bekwame handen van de twee vrouwen, terwijl ze zelf een brownie op een servetje legde en vervolgens de riem van het haakje bij de achterdeur haalde.

'Alsjeblieft.' Ze gaf hem de brownie en haakte daarna de riem aan Leo's halsband, voordat ze ook die aan hem overhandigde. 'De grote vraag is: kun je de riem vasthouden en tegelijkertijd een brownie eten?'

Zijn voorhoofd rimpelde terwijl hij over de vraag nadacht. 'Ik denk het wel. Ik kan de riem in de ene hand houden en de brownie in de andere, zie je? Als het te moeilijk is om tegelijk te doen, eet ik de brownie eerst op en ga dan wandelen met Leo.'

'Jij, mijn vriend, bent een man die werkelijk over dingen nadenkt.'

Hij schonk haar een van zijn lieve, vluchtige glimlachjes, duidelijk verguld een man te worden genoemd.

'Je weet dat je uit de buurt van de beek moet blijven?'

'Ja,' zei hij. 'Elke keer dat ik naar buiten ga, krijg ik dat van mijn vader te horen. We zullen op de stoep blijven en alleen tot het eind van Currant Creek Valley Road lopen en weer terug, dat beloof ik. Is dat goed?'

Dat wandelingetje kon geen kwaad, leek haar. Leo gedroeg zich keurig aan de riem – alweer een aanwijzing dat iemand ergens ooit van hem had gehouden. 'Klinkt prima. Veel plezier met zijn tweetjes.'

Met zijn mond vol cake zwaaide hij naar haar, met riem en al, terwijl hij achter de hond aan de deur uit liep en de treden af.

De drie vrouwen keken hem na, en ze was blij te zien dat Leo niet aan de riem liep te trekken.

'Hemeltjelief. Hebben jullie ooit zo'n snoeperig ventje gezien?' riep Claire uit, die hen glimlachend na bleef kijken.

Wel, persoonlijk vond Alex dat zijn vader ook verdraaid lekker was, maar ze besloot dat commentaar voor zich te houden. Haar moeder en Claire zouden haar mening allebei te veel opblazen.

'Wist je dat Sam werkt aan de bouw van het nieuwe recreatiecentrum?' Mary Ella bracht dat nieuwtje wel erg enthousiast.

'Nee. Dat had ik nog niet gehoord.' Ze probeerde haar stem precies het juiste nonchalante toontje mee te geven.

Eigenlijk hoorde ze blij te zijn voor Sam. Hij wilde zich in Hope's Crossing settelen, hier een bedrijf opbouwen. Het werk voor Harry Langes troetelproject in Silver Strike Canyon was een goede start en zou waarschijnlijk tot meer opdrachten leiden. Dat was wat hij wilde, maar zij was blijven vasthouden aan de hoop dat hij tot de slotsom zou komen dat hij en haar stadje toch niet bij elkaar pasten, wat goedbeschouwd vrij kleinzielig van haar was.

'Harry is zeer te spreken over hem en zijn werk,' ging haar moeder verder. 'Hij zegt dat Sam een ouderwets goede vakman is die meer geeft om kwaliteit dan om kwantiteit. Daarbij werkt zijn militaire achtergrond niet in zijn nadeel, natuurlijk. Hij is een ware held, hoewel ik de indruk heb dat je hem daar niet over zult horen.'

Hij was gesloten over zijn verleden en bagatelliseerde dat aspect van zijn leven. Dat viel te bewonderen in hem. Ze nam aan dat hij heel wat dingen geheimhield over zijn verleden.

'Het is fijn dat er gewone mensen komen wonen,' zei Claire. 'Mensen die van Hope's Crossing hun woonplaats willen maken in plaats van er alleen maar een huis kopen als vakantieverblijf of belastingvoordeel.'

'Vind je?' mompelde ze.

'Ik vind van wel. We hebben nieuwe mensen nodig, vers bloed,' zei Mary Ella. 'Daarom proberen Harry en Jack betaalbaardere woningen te bouwen in dat project ten westen van de stad, waar ze samen aan werken.'

Tuurlijk. Vers bloed was belangrijk. Ze wou alleen dat het niet om dat van Sam ging.

'Zeg, ik vind het vervelend om zo snel op te stappen, nadat je zoveel moeite voor ons hebt gedaan,' zei Mary Ella, 'maar ik heb Angie beloofd dat ik haar zou helpen gordijnen uit te kiezen bij de muren die ze net heeft geverfd. Ze sms'te me toen ik met Harry aan de telefoon was.'

'Ben je mal. Ga maar gauw.'

'Hoe laat is het?' Claire keek op de klok. 'O, niet te geloven dat ik zo lang ben gebleven. De kinderen zijn bij hun vader, maar ik had beloofd ze een minuut of twintig geleden op te halen. Sorry, hoor!'

'Geeft niks. De kinderen gaan voor. Dat spreekt vanzelf. Ik ben allang blij dat jullie de tijd hebben genomen om hierheen te komen.'

Nadat ze hen allebei met een paar bakjes eten had uitgelaten, liep ze weer naar binnen. Zonder het gezellige gebabbel leek het huis ineens oorverdovend stil, zeker nu Leo aan de wandel was. Ze had zich niet gerealiseerd hoezeer ze gewend was geraakt aan zijn gezelschap in slechts een paar weken tijd.

De stilte duurde maar een paar minuten, toen hoorde ze geblaf buiten, vlak daarna gevolgd door de deurbel. Snel griste ze haar portemonnee mee en diepte er wat geld uit op voordat ze de deur opende.

'Hoe was de wandeling?' wilde ze vragen, maar ze verslikte zich in het laatste woord toen ze zag dat Ethan en Leo niet alleen op de stoep stonden. De vader van de jongen stond achter hen, groot, donker, woest aantrekkelijk. Deze keer hadden de kriebels in haar maag met veertjes afgezette vleugeltjes, en het kostte haar de grootste moeite niet te huiveren.

'O. Hoi.'

'Hoi.' Hij keek haar doordringend aan, die mond die zo overheerlijk smaakte, opgetrokken in een scheve grijns. 'Blijkbaar zijn we een hondenuitlaatservice begonnen.'

'En het is nog een uiterst nuttige service ook. Ben je braaf geweest, Leo? Nou?'

De hond lebberde haar af toen ze hem over zijn kop aaide. Toen ze opkeek, zag ze dat Sam naar haar stond te kijken met een intense, hongerige blik in zijn ogen, maar die knipperde hij zo snel weg dat ze zich afvroeg of ze het zich had verbeeld.

'We zijn tot aan de hoek en weer terug gelopen en niet in de buurt van de beek geweest, precies zoals ik je had beloofd,' zei Ethan trots.

'Uitstekend! Dan heb je volgens mij wel twéé dollar verdiend.' Ze gaf hem het geld, en hij leek de koning te rijk.

'Dank je wel,' riep hij uit. 'Heel erg bedankt.'

'Je hoeft me niet te bedanken. Je hebt het verdiend.'

'Ik zei tegen mijn vader dat je de allerlekkerste brownies maakt die ik ooit heb geproefd en dat hij er ook eentje moet proberen.' Hij zweeg even, een lepe blik in zijn ogen. 'Misschien mag ik er ook nog eentje, om het zeker te weten. Als je er nog een paar overhebt, bedoel ik.'

Sam schraapte zijn keel, keek lichtelijk gegeneerd.

'Daarvoor ben ik hier niet,' zei hij. 'Je hoeft me geen brownies te geven.'

'Jullie treffen het. Toevallig heb ik nog precies twee brownies over, en ik was op zoek naar iemand aan wie ik ze kwijt kon.'

'Dat willen wij wel, toch, pap?'

'Ik heb geleerd nooit een brownie af te slaan. Wie weet wanneer zo'n kans zich weer een keer voordoet?'

Ze kon de verleiding om een wenkbrauw op te trekken niet weerstaan. 'Geldt dat niet voor alles? Voor brownies en... zoveel andere dingen.'

Zijn blik werd glazig, een tikje maar, en ze verborg haar glimlach, ook al moest ze tegelijkertijd de natuurlijke neiging om met de man te flirten, de kop indrukken. Daar leek ze geen weerstand aan te kunnen bieden tegenover hem, al nam ze zich heilig voor beter haar best te doen.

Ze hoorde kwaad op hem te zijn omdat hij haar niet had verteld dat hij naar Hope's Crossing ging verhuizen of dat hij een zoontje had. En dat was ze, werkelijk waar. Boosheid en gekwetstheid en een hele zwik andere emoties leken samen te klonteren tot een grote bal in haar maag wanneer ze aan Sam dacht, maar toch drong ook de gedachte zich op dat de middag ineens een stuk zonniger leek.

Hij was een liefhebbende vader die had geprobeerd

zijn zoon te beschermen. Hoe kon ze daar boos over zijn?

Eigenlijk moest ze hen lekker naar huis laten gaan met de brownies, maar ze zat met al dat overgebleven eten en het leek niet erg gastvrij het niet te delen. 'Hebben jullie honger?'

'Ja.' Ethan zag zijn kans schoon. 'We hebben niks te eten gehad sinds de lunch. Nou ja, ik wel een brownie, maar meer niet.'

'Dan hebben jullie allebei mazzel,' zei ze. 'Kom maar mee naar de keuken. Mijn familie was hier net om dingen te proeven die straks in het nieuwe restaurant op het menu komen, en toevallig heb ik nog een heleboel over.'

'Je hoeft ons niet te eten te geven. Ook dat is niet waarvoor ik langskwam.'

'Ik zie het zo: hoe meer proefkonijnen, hoe beter.'

'Ik weet niet zeker of ik dat wel zo leuk vind klinken, Eth. We zijn proefkonijnen.'

'Als ik geen hond mag, mag ik dan een proefkonijn?'

Sam glimlachte naar zijn zoontje en woelde door zijn krullen. 'Dat zullen we wel zien, jongen. Misschien moeten we eerst eens kijken wat proefkonijnen eten.'

Met moeite kon ze haar blik losmaken van de tederheid tussen vader en zoon. 'In mijn keuken krijgen ze heerlijke dingen te eten. Wacht maar af. En als de proefkonijnen heel braaf zijn en van alles een beetje proberen, krijgen ze als beloning een paar van mijn wereldse brownies.'

'Die was echt heel lekker,' liet Ethan zijn vader weten.

'Je zult vast een paar heel blije proefkonijnen kennen,' zei Sam.

'Je moest eens weten.' Ze leek haar ogen niet van zijn glimlach af te kunnen houden. 'Waarvoor dan wel? Kwam je langs, bedoel ik.'

Hij knipperde een paar keer, alsof hij het was vergeten. 'O. Om even gedag te zeggen, om te beginnen. Dat doen buren immers? Ik had je al een tijdje niet gezien en ik was benieuwd hoe het met je ging.'

Had hij haar ook gemist? Vast niet. Hij wilde vast alleen maar… brownies.

'Met mij is het prima,' reageerde ze. 'Zenuwachtig over komend weekend, maar verder prima.'

'Mooi. Dat is mooi. Ik, eh… wilde je ook vragen hoe het zit met de blauwe afvalcontainer. Ik kom er maar niet achter wanneer ze die komen legen.'

'Om de week op maandag, dus morgen weer. Waarschijnlijk heb je met de verhuizing net de eerste keer van de maand gemist.'

'Daar zit wat in. Oké. Dank je.'

Ze staarden elkaar aan, en ze moest denken aan die heerlijk hartstochtelijke mond, dat staalhard gespierde lijf en het bedwelmende, onstuimige kolken van haar bloed.

'Gaan we nog eten?' vroeg Ethan.

Met vuurrood aanlopende wangen keek ze neer op zijn zoontje. 'Juist. Natuurlijk. Kom mee naar mijn keuken.'

Hoofdstuk 10

Sam volgde Alexandra en haar hond naar de warme, heerlijk ruikende keuken en vroeg zich af hoe hij zo lang weg had kunnen blijven.

Hij had haar gemist. Tientallen keren had hij willen langsgaan om haar te zien, wanneer hij langsreed en licht zag branden in haar huis, maar elke keer had hij die schok en ontzetting op haar gezicht weer voor zich gezien bij de ontdekking dat hij voorgoed in Hope's Crossing kwam wonen. Ze wilde hem hier niet. Dat had ze heel duidelijk gemaakt, dus had het hem beter geleken haar niet lastig te vallen.

De hond snelde voor hen uit de keuken in, waar hij uit zijn waterbak begon te slobberen, alsof hij hier helemaal thuis was.

'Voordat je iets zegt, nee, ik heb zijn eigenaar nog niet gevonden. Zo langzamerhand begin ik te denken dat hij hier misschien is achtergelaten, alhoewel dat de halsband niet verklaart.'

'Misschien is hij van een plek hier ver vandaan gaan ronddolen en komt het niet eens bij zijn eigenaar op om hem hier te zoeken.'

'Het komt wel vaker voor,' zei ze. 'Hope's Crossing is altijd al een toevluchtsoord voor dolende zielen geweest.'

Dat was hem ten voeten uit. Een dolende ziel, iemand die verder nergens banden had. Hij wilde hier zijn thuis van maken voor hem en voor Ethan.

'Op het menu vandaag stonden kalkoenkoteletjes, een overheerlijke appel-peersalade, pompoenrisotto en gegrilde artisjokken. Volgens de berichten is de risotto niet het beste wat ik ooit heb gemaakt, maar zelf vond ik hem eigenlijk best lekker.'

'Mijn vader zou straks een paar hotdogs voor ons maken, maar hij had het te druk met het installeren van een nieuw toilet,' verkondigde Ethan. 'Ik was hem aan het helpen, maar na een tijdje begon het me te vervelen en ging ik een ritje op mijn nieuwe fiets maken.'

Hij trok een gezicht naar zijn zoon, die naar zijn smaak iets te veel uit de school klapte. 'Loodgieterswerk. Altijd een fascinerend gespreksonderwerp.'

Lachend haalde ze borden uit de kast, waarna ze er eten op begon te scheppen voor hem en Ethan.

'Dit ziet er goed uit.'

'Dank je.'

'Proefkonijnen eten wel heel chic, zeg,' stelde Ethan met een ongeruste blik vast. 'Ik vraag me af of ze ook van hotdogs en kipnuggets houden.'

Alexandra schoot in de lach. 'Konijnen krijgen in werkelijkheid speciaal voer. Ze zouden ziek worden als ze dit aten. Ik maakte maar een grapje. Toen ik zei dat jullie mijn proefkonijnen waren, bedoelde ik dat niet letterlijk. Het betekent dat ik jullie het eten laat proeven dat ik heb klaargemaakt, zodat we te weten komen of jullie het lekker vinden en ik het in mijn restaurant op de kaart kan zetten.'

'O. Oké.' Ethan nam een hapje van het rijstgerecht en vond het kennelijk lekker genoeg om nog een hap te nemen, en nog een. De artisjokken raakte hij niet aan, die lustte hij niet, maar hij smikkelde alle kalkoen op die ze op zijn bord had geschept.

Ze aten aan haar kleine keukentafel in een uitbouw met uitzicht op het brede terras en de rivier, en hij vroeg zich opnieuw af waarom ze daar buiten geen tuinmeubelen had staan, zodat ze daar kon zitten en van het geluid van het kabbelende water kon genieten. Het kwam op hem over als iemand die aan zee woonde en de ramen en deuren dichthield om het rustgevende geluid van de golven en het uitzicht buiten te sluiten.

Ze zat bij hen, maar at niets. 'Ik heb al wat gegeten samen met mijn gasten,' legde ze uit toen Ethan vroeg waarom ze zelf niets nam. 'Ik zit best vol.'

Tot Sams verrassing leken zij en Ethan het uitstekend met elkaar te kunnen vinden. Die twee babbelden over allerlei onderwerpen, van legomodellen tot Harry Potter-weetjes en hoe het kwam dat gist brood kon laten rijzen.

Het was het leukste uur dat Sam in weken had beleefd. Eigenlijk sinds de avond dat hij met haar was gaan wandelen op Woodrose Mountain.

Hij had zich niet gerealiseerd hoeveel trek hij had toen hij mee naar binnen was gegaan, maar hij schepte van alles nog een keer op. Eenmaal uitgegeten, schoof hij zijn bord weg. 'Fantastisch. Zoals altijd. Je restaurant wordt een doorslaand succes, Alexandra. Gegarandeerd.'

Hij wilde zich koesteren in de warmte van haar brede, blije glimlach.

'Dank je,' zei ze, haar stem zacht. 'Ik wil niet dat je het idee krijgt dat ik constant op zoek ben naar erkenning, maar ik ga er niet om liegen: op dit moment is een steuntje in de rug zeer welkom.'

Ze was een wandelende tegenstelling van zelfbewustheid en onzekerheid. Een van de vele dingen die hem fascineerden aan Alexandra McKnight. Alle redenen om bij haar uit de buurt te blijven, kwamen hem nu onzinnig voor, zeker nu hij hier in haar keuken zat en besefte hoe erg hij haar had gemist. Hoe zou hij haar kunnen overhalen een beetje ruimte in haar hectische leven te maken om te kijken waartoe het zou kunnen leiden tussen hen?

'Ik ben klaar met eten. Het was heel lekker. Ik vind hotdogs ook nog steeds lekker, vooral zoals mijn vader ze bakt op de barbecue, maar dit smaakte ook heel goed. Ik heb alles opgegeten behalve de artisjokken. Die zou ik zelfs niet opeten als ze in roomijs waren gedoopt. Ik lust gewoon geen artisjokken.'

'Goed dat ik het weet. Dat zal ik onthouden voor de volgende keer,' beloofde ze.

Sam wilde graag geloven dat ze daar iets mee bedoelde, maar hij kende het verschil tussen een beleefde opmerking en een belofte. Een volgende keer zat er hoogstwaarschijnlijk niet in, tenzij hij iets verzon om haar op andere gedachten te brengen.

'Is het goed als ik even met Leo ga spelen?' vroeg Ethan.

'Ik vind het best, zolang je vader het ook goed vindt.'

Eigenlijk hoorde hij haar natuurlijk niet langer op te houden en met Ethan naar huis te gaan. Aan de andere kant leek het onbeleefd om hier in haar keuken te zitten, haar eten naar binnen te werken en er halsoverkop vandoor te gaan als een soldaat die maar tien minuten had om te schaften voordat hij zich moest melden.

'Niet te wild hier binnen,' droeg hij zijn zoon op. 'We kunnen niet hebben dat je iets van Ms. McKnight breekt.'

Zijn zoon en haar hond togen naar de woonkamer, lieten hen tweeën alleen achter in de keuken.

Zij was de eerste die de daaropvolgende stilte doorbrak. 'Ik hoorde dat je aan de bouw van het nieuwe recreatiecentrum werkt.'

'Nieuws doet snel de ronde.'

Glimlachend stopte ze een blonde krul achter haar oor die uit haar nonchalante paardenstaart was ontsnapt, waarop hij een krankzinnige aandrang kreeg om de rest los te trekken, om die waterval van zijdeachtige krullen te bevrijden en zijn vingers erin te begraven, zoals hij al twee keer eerder had gedaan.

'Je bent naar de verkeerde plek gekomen als je dingen geheim wilt houden,' liet ze hem weten. 'Je weet het misschien niet, maar mijn moeder gaat met Harry Lange trouwen.'

'Dat heb ik begrepen.'

'Zij wist waarschijnlijk al dat je aan het recreatiecentrum ging werken, voordat je er zelfs maar voor werd gevraagd. Harry heeft met recht de reputatie dat hij geen nee accepteert. Als hij zijn zinnen ergens op heeft gezet, rust hij niet voordat hij een manier heeft gevonden om het te krijgen. Dat is geen grootspraak trouwens. Het is de realiteit.'

'Goed om te weten.'

'Wat laat Harry je doen in het centrum?'

'Hetzelfde als ik in het restaurant heb gedaan, alleen iets grootschaliger. Aftimmeren. Dat is min of meer mijn specialiteit. Kennelijk vervang ik dezelfde kerel die de klus bij Brazen zou afmaken.'

'O, juist. De aannemer met de familieproblemen.'

'Ik vind het niet prettig zijn klussen over te nemen, want ik weet hoe het is om je door familietoestanden heen te slaan, maar iemand moet het doen. Mensen kunnen niet eeuwig blijven wachten.'

Door de deuropening kon hij Ethan op de vloer zien ravotten met haar hond; hij leek de tijd van zijn leven te hebben. Zodra ze de boel een beetje op orde hadden, zou hij toch serieus moeten overwegen een hond aan hun kleine gezinnetje toe te voegen. Een chocoladekleurige lab misschien...

'En wat is de opleverdatum van het recreatiecentrum?'

'Het is een haastklus. Het hele project zal niet af zijn tegen het eind van de zomer, maar we proberen een aantal van de belangrijkste ruimtes begin juni klaar te hebben. Dan schijnt er een of ander bijzonder evenement te zijn. Daar weet jij waarschijnlijk meer van dan ik.'

'Aha. De jaarlijkse Giving Hope Day.' Haar mond verstrakte, en er trok een treurige schaduw over haar gezicht.

'Giving Hope. Dat klinkt ambitieus.'

'In feite is het ter nagedachtenis aan mijn nichtje, Layla. De dochter van mijn zus Maura. Ze kwam een paar jaar geleden om bij een auto-ongeluk in de kloof – niet ver van waar jullie het recreatiecentrum aan het bouwen zijn overigens.'

'Is dat hetzelfde auto-ongeluk, waarbij Brodies dochter, Taryn, gewond raakte?'

'Ja, klopt. Een groepje pubers trok eropuit om de boel op stelten te zetten, zo zou je het wel kunnen noemen, om rotzooi te trappen en gewoon stommiteiten uit te halen. Vandalisme, inbraken, winkeldiefstallen. Ze waren aan het drinken. Sommigen van hen waren high. De bestuurder had een paar glazen achter zijn kiezen en sloeg over de kop met zijn pick-up toen hij aan een politieachtervolging probeerde te ontkomen.'

Zijn verbazing moest deels van zijn gezicht af te lezen zijn, want ze knikte.

'Ik weet het. Schokkend. Hier in het kleine gemoedelijke Hope's Crossing. Als je hierheen bent verhuisd omdat je het leven in een klein plaatsje voor je ziet als een idyllisch paradijsje waar alles volmaakt is, staat je een koude douche te wachten.'

'Ik heb drie missies volbracht in Irak en Afghanistan. Ik geloof dat dit de eerste keer is dat iemand suggereert dat ik naïef ben.'

'Sorry als ik die indruk wek. Ik hoop alleen dat je begrijpt dat we hier niet in een bubbel leven, afgeschermd van de problemen waar de rest van de wereld mee te maken heeft. Hope's Crossing is niet volmaakt. Wij hebben evengoed de nodige problemen. Tienerzwangerschappen, zelfmoorden, drugs. Net als overal.'

'Begrepen.'

'Misschien nog wel meer omdat we een vakantiebestemming zijn, want dat brengt geheel eigen uitdagingen mee. Het verschil is volgens mij dat de mensen die ervoor hebben gekozen hier het hele jaar door te wonen, heel hard hun best doen om een gemeenschap te vormen. Mensen hier geven om elkaar. Heb je gehoord van onze Angel of Hope?'

'Vaag. Alleen dat er iemand is die anoniem aardige dingen voor mensen doet,' antwoordde hij. 'Lijkt mij een prima zaak. En niemand weet wie het is?'

'Er doen altijd de wildste geruchten de ronde, maar nee, we zijn er nog niet achter. Ik geloof dat de Angel inmiddels een eigen leven is gaan leiden. Een soort vooruitbetaling als het ware. Mensen doen aardige dingen voor anderen en laten de Angel met de eer strijken. Degene die hiermee is begonnen, is een genie. Dankzij de Angel is Hope's Crossing een hechtere gemeenschap geworden dan ooit tevoren.'

Haar gezicht straalde, wanneer ze praatte over haar woonplaats en de mensen van wie ze hield. Ze was zo mooi dat hij hier alleen maar wilde blijven zitten en naar haar staren.

'En de Giving Hope Day?' wist hij desondanks uit te brengen, waarna hij een slok water nam.

'Dit is ons derde jaarlijkse evenement. Mijn vriendin Claire organiseerde de eerste bij wijze van eerbetoon aan Layla op wat haar zestiende verjaardag zou zijn geweest. Het is het oorspronkelijke idee min of meer ontstegen en uitgegroeid tot één grote vrijwilligersdag, waarop iedereen meehelpt aan projecten door het hele stadje. Schuttingen verven voor bejaarden, onkruid wieden voor alleenstaande moeders, planken ophangen bij de voedselbank. Alles wat we kunnen doen om het leven voor iemand anders beter te maken.' Ze kneep haar ogen samen. 'Nu ik er eens over nadenk, jij bent precies het soort man dat we nodig hebben. Een man die zo waanzinnig goed met een hamer overweg kan, komt heel goed van pas. Ik moet onthouden dat ik tegen Claire zeg dat ze jou aan het werk moet zetten.'

'Absoluut,' reageerde hij zonder aarzelen.

Dit was precies waarnaar hij op zoek was, voor zichzelf en voor Ethan. Een plaatsje met zijn eigen Angel of Hope en een speciale dag om elkaar te helpen. Ze mocht hem dan wijzen op alle problemen die in Hope's Crossing speelden, maar vanuit het oogpunt van een buitenstaander zag hij een plek waar hij en zijn zoontje zich thuis konden voelen en konden wortelen om een nieuw leven op te bouwen.

‘Geef mij maar op. Ik ben bereid alles te doen.’

Ze lachte. ‘Laat Claire dat maar niet horen, anders ben je van voor zonsopgang tot na middernacht aan het werk, óók tijdens de galaveiling en dansavond.’

‘Je had me niet verteld dat er ook dansen aan te pas kwam. Dat is iets waar ik een grote kluns in ben.’

‘Maak je geen zorgen. Er zijn zat mensen die het dansgedeelte lekker uitzitten. Ik ben bijvoorbeeld meestal in de keuken.’

‘Wat jammer.’ Hij bedoelde alleen maar dat hij het jammer vond dat ze de pret moest missen, maar op een of andere manier kwamen de woorden er sonoor uit, bijna sensueel.

Secondelang bleef ze hem aanstaren, haar ogen groot en die zachte lippen iets uiteen. Hij wist nog hoe ze smaakten, zoet en vol, lekkerder dan welke drielaags chocoladebrownie ook.

Hij wilde haar opnieuw kussen, zo graag dat het pijn deed, maar hij wist dat dat niet ging. Het gelach van zijn zoontje klonk van slechts een paar meter afstand. Hij en de hond konden elk moment de keuken komen binnen stormen. Afgezien daarvan, had ze duidelijk laten merken dat ze hem niet wilde – hoewel de hitte die op dit moment tussen hen zinderde, dat leek tegen te spreken.

Blijkbaar was hij niet erg goed in het onderhouden van een vriendschap met een vrouw wanneer hij meer wilde. Dus zou hij gewoon wat harder zijn best moeten doen om dat brandende verlangen ergens te parkeren, ergens weg te stoppen, waar het uit het zicht en uit zijn gedachten was. Op dit soort ongemakkelijke momenten zaten ze geen van beiden te wachten.

Zij doorbrak de spanning als eerste. Ze vouwde haar handen op tafel en schraapte haar keel. 'Eerlijk gezegd ben ik liever in de keuken. Ik kan ook niet zo goed dansen. Ik word alleen maar nijdig wanneer een man mij niet laat leiden.'

'Misschien heb je gewoon nog geen man gevonden die je de moeite waard vindt om zo nu en dan eens te volgen.'

Haar lach leek haarzelf te overrompelen. 'Daar kon je wel eens gelijk in hebben, soldaat.'

Voordat hij iets kon zeggen, koos Ethan dat moment om terug te keren in de keuken. 'Mag ik Leo iets lekkers geven?'

Haar glimlach naar zijn zoon was vrolijk en open. 'Ja, hoor. Zie je die grote pot op het aanrecht bij de magnetron? Daar zitten zijn koekjes in.'

Leo wist kennelijk wat hem te doen stond. Hij plantte zijn achterste op de tegelvloer en wachtte braaf terwijl Ethan een hand in de pot stak. 'Deze zien er anders uit. Ik heb nog nooit zo'n hondenkoekje gezien.' Hij hield hem omhoog.

'Lijkt wel zelfgemaakt,' merkte Sam licht geamuseerd op.

Alexandra keek hem schuldbewust aan. 'Ja, oké, ik heb ze gemaakt. Ik heb zelf koekjes gemaakt voor een hond die niet van mij is. Ik bak ze zo vaak voor de honden van vrienden. Je hoeft er niets achter te zoeken. Het betekent niet dat ik hem wil houden. Ik heb geen tijd voor een hond.'

'Dat hoor je mij niet zeggen,' protesteerde hij, maar hij vond het desondanks roerend. Ze was al verkocht. Hij had geen bewijs nodig in de vorm van een pot vol zelfgemaakte hondenkoekjes om te zien dat de hond zich dat goed afgeschermde hart binnen had weten te wurmen. 'We moeten maar eens gaan. Ethan, bedank Ms. McKnight eens dat je haar hond mocht uitlaten en voor het heerlijke eten.'

'Heel erg bedankt,' zei zijn zoon onmiddellijk. 'Mag ik Leo volgend weekend weer voor je uitlaten, wanneer ik terug ben bij mijn vader?'

Ze wierp een schuine blik op Sam, alsof ze hem vroeg of hij het goed vond. Hij haalde nauwelijks merkbaar zijn schouders op. Hoe kon hij zijn zoon ervan weerhouden initiatief te tonen?

'Tuurlijk,' antwoordde ze. 'Als ik zijn baasje dan nog niet heb gevonden, althans.'

Ethan aaide de hond over zijn kop. 'Waarom kun je

hem eigenlijk niet gewoon houden? Hij is hartstikke lief. Ze hebben vast niet zo goed voor hem gezorgd als ze hem zomaar los lieten rondlopen.'

'Maar stel je eens voor hoe verdrietig ze moeten zijn als ze hem al die tijd hebben gezocht? Ze voelen zich vast eenzaam zonder hem.'

'Als je zijn baasje wel vindt, ga jij je dan niet eenzaam voelen?' hield Ethan vol. 'Je hebt niet eens een kind.'

Sam kromp ineen bij de directheid van zijn zoon, helemaal toen hij haar diep zag inademen. Er flitste iets donkers en pijnlijks in haar ogen voordat ze een glimlach tevoorschijn toverde.

'Geen kinderen,' beaamde ze niet onvriendelijk. 'Maar ik heb wel een heel grote familie met tig neefjes en nichtjes, en nog eentje op komst. Ik ben heel vaak bij mijn familie en vrienden en ik heb het heel druk met mijn werk. Je voelt je niet zo gauw eenzaam als je het zo druk hebt.'

Hielp druk bezig blijven haar om de eenzaamheid te verdrijven, net als het voor hem had gedaan sinds Kelli was overleden?

'Volgens mij is mijn vader eenzaam als ik er niet ben,' verklapte Ethan. 'Hij woont helemaal alleen, terwijl ik bij mijn oom en tante en neefje en nichtje ben. Ik snap niet waarom ik niet gewoon nu al bij hem kan komen wonen.'

Pff. Hij werd er doodmoe van om steeds weer hetzelfde riedeltje af te draaien. Ethan liet het er maar niet bij zitten. ‘Nog een paar weken. Voor je het weet, is het schoolvakantie en kom je hier voorgoed naartoe. Dan ga je je leventje in Denver nog missen.’

‘We willen altijd wat we niet hebben, Ethan,’ zei Alexandra. ‘Laat dat een lesje voor je zijn. En dan heb ik er meteen nog eentje. Brownies maken alles altijd beter.’ Ze reikte een bord aan waarop ze nog een aantal van die verrukkelijke cakejes had opgestapeld.

Toen Sam het van haar aannam, raakten hun handen elkaar en knetterde die elektrische lading tussen hen. Het ontging hem niet dat ze haar hand snel terugtrok en tegen haar been drukte.

Ze liepen de woonkamer door. Bij de voordeur aangekomen, rende Ethan als eerste naar buiten en bleef op de stoep omhoog staan kijken naar de sterren die in de schemering begonnen te verschijnen. Ze waren veel langer bij haar thuis gebleven dan hij van plan was geweest, maar het was dan ook tien keer leuker dan loodgieterswerk.

‘Ik wilde je nog zeggen dat ik vrijdagavond naar de opening van je restaurant kom,’ zei hij. ‘Brodie nodigde me uit om met hem en Evie mee te gaan.’

Er flikkerde iets verwilderds en paniekerigs in haar ogen, en hij had er meteen spijt van dat hij erover was begonnen.

‘Te gek,’ zei ze op overdreven enthousiaste toon. ‘Hoe

meer zielen, hoe meer vreugd, toch? O, dan kun je Claire en Maura en hun echtgenoten ontmoeten. Toevallig hadden we het erover toen ze hier vanmiddag waren. Ze zitten allemaal bij Brodie aan tafel. Neem jij iemand mee?'

De vraag kwam uit het niets, en hij moest hem even op zich laten inwerken. Een date? Dacht ze nou echt dat hij met iemand anders wilde daten, terwijl deze ongelegen spanning tussen hen zinderde en vonkte? 'Dat was ik niet van plan, nee.'

'Dat zou je wel moeten doen. Je wilt straks niet als enige zonder date aan tafel zitten. Ongemakkelijk.'

Evie en Brodie kwamen heel hartelijk en ontspannen op hem over. Het leek hem stug dat iemand hem het gevoel zou geven dat hij een sukkel was omdat hij in zijn eentje op een feestje verscheen zoals een opening van een restaurant.

'Mijn vrouw is twee jaar geleden overleden. Het zal niet de eerste keer zijn dat ik een avond zonder date zit. Een beetje ongemak overleef ik wel.'

'Ken je mijn vriendin Charlotte al? Zij heeft de snoepwinkel in het centrum. Ik denk dat je haar heel leuk zou vinden.'

Hij wierp een snelle blik op Ethan, die te druk bezig was met het zoeken naar sterrenbeelden om op hen te letten. 'Probeer je me nu werkelijk aan een van je vriendinnen te koppelen?'

Opnieuw stopte ze die onwillige haarlok achter haar oor. 'Als je het zo wilt zien.'

Zijn ruwe lach klonk geforceerd, zelfs in zijn eigen oren. 'Hoe moet ik het anders zien?'

'Ik dacht gewoon dat jullie het vast wel goed met elkaar zouden kunnen vinden, dat is alles. Charlotte is echt heel aardig. Warm en lief en een tikje verlegen. Ze gaat niet vaak uit. Ze heeft een aantal dingen in haar leven heel knap veranderd, en ik zou graag zien dat ze wat vaker uitging.'

'Met mij.'

Na alles wat er tussen hen was gebeurd, wilde ze echt heel graag dat hij met een van haar vriendinnen ging daten. Als hij nog meer bewijs nodig had dat ze van plan was deze vonk tussen hen te negeren, dan had ze het hem zojuist aangereikt, even aantrekkelijk opgediend als ze eten op een bord serveerde.

Hij wist dat hij dat niet zo verdomd deprimerend hoorde te vinden.

'Vergeet dat ik iets heb gezegd. Het was maar een suggestie.' Ze klonk defensief, opgelaten, en hij wist niet of hij haar door elkaar wilde schudden of kussen.

Oké, ja, dat wist hij wel. Kussen zou het altijd met afstand winnen.

'Ik heb er geen probleem mee om alleen te gaan, maar als het jou geruststelt: ik heb begrepen dat Brodies moeder ook van de partij is. Zij kan mijn onofficiële date zijn.'

'Katherine?' Ze lachte, leek in de ban van het idee, en hij stelde vast dat hij haar nooit zou begrijpen. 'Dan kon je wel eens concurrentie krijgen. Ze proberen er allebei laçoniek over te doen, maar tussen haar en Charlottes vader, Dermot, speelt iets aparts dat onuitgesproken blijft.'

Daar kon hij zich in elk geval in verplaatsen. 'Goed om te weten. Ik zal proberen te voorkomen dat ze mijn hart breekt.'

'Nou, mocht je van gedachten veranderen, dan kan ik je Charlottes nummer alsnog geven.'

Nog net kon hij voorkomen dat hij met zijn ogen rolde. 'Prettige avond, Alexandra.'

'Prettige avond, Samuel. Tot ziens, Ethan.'

Zijn zoon zwaaide vrolijk naar haar, waarna hij zijn hand in die van Sam liet glijden en ze samen over de stoep naar huis liepen.

Hoofdstuk 11

Voor zover ze zich kon herinneren was het de eerste keer dat er geen weldadige rust over haar heen viel toen ze donderdagavond bij haar knusse huisje arriveerde.

Normaal gesproken hoefde ze alleen de oprit maar op te rijden en het warme onthaal van dat glanzende hout te zien, of alle spanning van de dag begon uit haar weg te vloeien. Als ze vooraf had geweten hoe heerlijk het voelde om een eigen huis te hebben, had ze er jaren geleden al een gekocht. Ergens had het altijd zoveel gedoe geleken, met het onderhoud van de tuin en het huis en onroerendgoedbelasting. Dus had ze zichzelf ervan weten te overtuigen dat ze de vrijheid en flexibiliteit van een appartement juist prettig vond en niets anders nodig had.

Sinds ze dit huis had gekocht, was ze zoveel kleine dingen gaan leren waarderen. De geur van pas gemaaid gras, de klap tegen de voordeur van de krant die ze wegens tijdgebrek zelden las, maar waar ze desondanks trouw op geabonneerd bleef, de voldoening die ze haalde uit het zelf repareren van iets in huis in plaats van iemand in te schakelen om het voor haar te doen.

Deze keer bleef dat welkome gevoel van rust net buiten bereik, ook nadat ze de motor had afgezet en de deur geopend. Het robuuste hout glansde honingkleurig als altijd in het buitenlicht op de veranda, en de lucht geurde naar de zoete seringenhaag die net begon te bloeien, en de tintelfrisse pijnbomen die tegen de avondhemel oprezen, maar in haar hoofd was het een te grote warboel om er echt van te genieten.

Over minder dan vierentwintig uur zouden de deuren van Brazen officieel opengaan. Ze werd beurtelings duizelig van opwinding dat dit moment eindelijk was aangebroken – alles waarvan ze zo lang had gedroomd binnen handbereik – en verlamd door angst dat ze zou afgaan als een gieter voor het oog van haar familie en vrienden en iedereen die haar lief was.

Elke spier in haar lichaam deed pijn van uitputting en ze kon zich niet heugen fysiek ooit zo moe te zijn geweest. De hele week had ze non-stop gewerkt om te zorgen dat elk detail perfect geregeld was. Hoe moe ze ook was, ze vreesde dat ze nooit voldoende zou kunnen ontspannen om in slaap te vallen.

Zodra ze de voordeur opende, kwam Leonidas op haar af racen om haar te begroeten en sprong om haar heen alsof ze maanden weg was geweest. Schuldgevoel knaagde aan haar. Arme ziel.

Ze had hem hier niet de hele dag alleen gelaten. Die

ochtend was hij met haar meegegaan en had een deel van de dag in het tuintje naast het restaurant doorgebracht. Toen ze rond etenstijd naar huis was gegaan om wat papieren op te halen, had ze hem mee terug genomen en daar achtergelaten, maar dat was vijf uur geleden en het arme beest had sindsdien alleen gezeten.

'Dit is de reden dat ik geen hond kan hebben,' liet ze hem weten terwijl ze haar ballast – tassen, sleutels, mobiel – op het haltafeltje liet vallen, zodat ze hem kon knuffelen. 'Het is een tijdkwestie. Dat begrijp je vast wel. Het ligt niet aan jou, maar aan mij.'

Leo hield zijn kop schuin en staarde haar aan met die wijze goudbruine ogen.

Ze zuchtte, voelde zich nog steeds schuldig dat ze een levend wezen dat van haar afhankelijk was, veronachtzaamde. Wat moest ze toch met hem aan? Bij gebrek aan een betere optie had ze besloten de beslissing uit te stellen tot na de opening van het restaurant, maar met nog één omwenteling van de aarde zou het zover zijn. Ze zou hem moeten weggeven. Een van haar nieuwe obers had laten vallen dat zijn kinderen een hond wilden. Of misschien kon ze iemand vinden die oud en alleen was en hem zou vertroetelen.

Hier kwam ze vanavond niet meer uit. Op dit moment had ze behoefte aan iets om de spanning uit haar lijf te verdrijven. De zoetgeurende lenteavond lokte. Dat gecombineerd met een hond die aandacht en beweging nodig had, en ze wist op slag wat haar te doen stond.

'Laten we gaan wandelen,' zei ze. 'Wat zeg je ervan, hm? Heb je zin om wat van die energie kwijt te raken?'

Leo liet een zacht, enthousiast geblaf horen en draafde naar de voordeur om op haar te wachten. Slimme vogel.

'We gaan niet ver, alleen een klein eindje het Currant Creek-pad op. Hoe klinkt dat? Het is elf uur en ik moet echt proberen te slapen. Mensen rekenen erop dat ik morgen in topvorm ben.'

Leo probeerde de deur, die ze op een kier had laten staan, open te duwen. Met een lach deed ze hem dicht. 'Even wachten. Twee tellen. Het is niet bevorderlijk voor mijn stressniveau als je er vanavond zonder mij vandoor gaat, neem dat van me aan.'

Vlug griste ze een warm jack en een zaklamp uit de kast, plus de bus berenspray die ze standaard bij zich had sinds er onlangs een paar zwarte beren waren gesignaleerd op wandelroutes in de buurt.

Ze haakte de riem aan Leo's halsband, en even later liepen ze met zijn tweeën naar de brug over Currant Creek, die naar het pad leidde dat aan de andere kant van het water liep.

Het was een prachtige avond, warmer dan gewoonlijk voor mei. Als dit weer aanhield, zou het terras van

Brazen, waarvoor het buitenmeubilair net was afgeleverd, de ideale plek zijn om een zwoele meiavond door te brengen, zeker met dat mooie zicht op Main Street. Ze had weliswaar kerosinebranders klaarstaan, maar die gebruikte ze liever niet als het niet hoefde.

Naarmate ze het pad verder beklommen, begeleid door het geluid van de kabbelende beek, een zilveren lint in het maanlicht, begon de spanning in haar schouders weg te ebben, evenals het gestage bonzen van een opkomende hoofdpijn.

Leo was helemaal in zijn element en snuffelde aan iedere steen, graspol en struik.

Geen enkel ander levend wezen stoorde hen op hun wandeling, behalve een uil die hoog in de bomen schreeuwde, en iets in het water – een muskusrat of bever wellicht – dat stroomopwaarts plonsde.

Ze gingen niet ver, slechts een kilometer of anderhalf tot het hek dat de grens van het bosbeheergebied markeerde. Soms had een wandeling te midden van het bergachtige natuurschoon dat haar omringde, een nog rustgevender uitwerking dan yoga. Tegen de tijd dat ze omkeerde en terugliep richting haar huis, waren haar spieren los en ontspannen.

Ze was zo ontspannen dat ze niet erg op de omgeving lette. Had ze dat wel gedaan, dan had ze wellicht gemerkt dat ze niet de enige uit haar buurtje was die nog op was.

‘Jij bent laat op pad.’

De zachte stem kwam uit het niets; ze slaakte een gil en sprong van schrik een eind de lucht in. Wat had je aan een grote hond als hij je niet waarschuwde voor dit soort dingen? Met een ruk draaide ze haar hoofd in de richting van de stem en zag een donkere gedaante op Sams veranda.

‘Niet grappig! Ik schrik me wezenloos!’

Zijn lachje klonk berouwvol. ‘Sorry,’ zei hij. ‘Ik vergat dat je me hier in het donker niet kon zien.’

Het verstandigst zou zijn om vriendelijk gedag te zeggen en door te blijven lopen, maar daar leek ze niet toe in staat. Ze gedroeg zich gewoon zoals een goede buur betaamt, hield ze zich voor. Het kwam onbeleefd over om zomaar door te lopen en ze kon zeker niet hier op de stoep blijven staan om over en weer naar elkaar te roepen, niet op dit late tijdstip. Dan zouden ze gegarandeerd Mr. Phillips wakker maken, die naast Sam woonde en graag met het slaapkamerraam op een kier sliep, zelfs hartje winter.

Ze liep zijn tuinpad op met het voornemen om maar heel even te blijven.

‘Leo zat de hele dag al opgesloten,’ legde ze uit. ‘We moesten allebei de benen even strekken voordat we gaan slapen.’

‘Geef mij de volgende keer een seintje. Dan ga ik met je mee.’

Alsof ze daarvan tot rust zou komen. 'Het ging zo ook prima.'

'Dat kan wel zijn, maar het is tamelijk dom om in het donker in je eentje te gaan wandelen. Er had je van alles kunnen overkomen. Eén misstap en je had in de beek kunnen vallen. En wie weet wat voor gevaarlijke wilde dieren daar op de loer liggen?'

Ze maakte zich ongeruster over het gevaarlijke manspersoon dat hier op de loer lag. 'Het ging prima,' herhaalde ze. 'Ik had Leo bij me en ik weet zeker dat hij flink tekeer kan gaan als het moet. Afgezien daarvan heb ik altijd berenspray bij me.'

'Waar je niet heel erg veel aan had gehad als je in de beek was gevallen, tenzij er tegelijkertijd een beer in was gevallen.'

Oké, daar zat wat in, maar ze vertikte het in angst te leven. Wat het verkennen van het Currant Creek-binnenland betreft dan.

'Er is niks gebeurd. Hier ben ik, veilig en wel.'

Ze voelde zich altijd op haar gemak in de bergen rondom Hope's Crossing, hoewel ze wist dat dat gevoel waarschijnlijk een illusie was. Een vrouw alleen kon haar veiligheid nooit helemaal als vanzelfsprekend beschouwen. Haar broer zou haar vast verhalen kunnen vertellen, waarvan haar nekharen rechtovereind gingen staan.

'Dat is mooi. Maar serieus, bel me in het vervolg. Of sms me op zijn minst waar je naartoe gaat, zodat we een beginpunt voor een zoekactie hebben, mocht je niet terugkomen.'

Met alle stress die ze momenteel had, was dit iets waar ze zich nu niet druk over wilde maken, dus veranderde ze snel van onderwerp. 'Mooie schommelbank heb je.'

Hij keek haar strak aan, had haar doorzichtige babbeltruc duidelijk door. Toch besloot hij kennelijk het erbij te laten zitten. 'Ik wilde er altijd al eentje,' zei hij. 'Een veranda met schommelbank blijkt voor mij gelijk te staan aan thuis. Om een of andere reden kwam het er in ons huis op de basis nooit van om er eentje op te hangen, en daarna verhuisden we naar een appartement vlak bij het ziekenhuis voor Kelli's behandelingen en hadden er geen plek voor. Dit is de eerste keer dat ik een huis met veranda heb. Ik zag deze schommelbank toen ik vandaag nieuwe badkamerverlichting ging kopen en ik kon het niet laten.'

Ze wist dat ze dat niet zo verdraaid hartverwarmend hoorde te vinden, maar ze kon het niet helpen. De man bleef haar maar verrassen. Daarnaast was ze niet zo'n klein beetje geroerd, gezien hun voorgeschiedenis, dat hij zich openstelde en iets zo persoonlijks met haar wilde delen.

'Zin om hem met me uit te testen?' vroeg hij.

'Dat klinkt als een versiertruc.'

Zijn lage lach liet een huivering over haar rug lopen. 'Nee. Dit ís een versiertruc. Ik heb er altijd van gedroomd om in een schommelbank op de veranda te zitten op een mooie meiavond met een nog mooiere vrouw.'

'Niet gek. Een tikje zoetsappig, maar verrassend effectief.'

Ze zag het wit van zijn tanden in het donker toen hij glimlachte. 'Echt?'

Haar hond plofte op de bovenste trede van de veranda. Opnieuw zei dat waarschuwende stemmetje dat ze gedag moest zeggen en naar huis gaan, waar ze veilig was.

Dit leek geen avond voor verstandige keuzes. Voordat ze het zichzelf uit het hoofd kon praten, zette ze de laatste paar passen naar de schommelbank en ging zitten.

De kettingen rinkelden zachtjes toen hij de bank in beweging zette, waarop ze rustig heen en weer wiegden in het donker, onder begeleiding van Leo's gesnuif en het piepen en zoemen van nachtdieren en het ritselen van blaadjes tegen de veranda.

'Voor het geval je het je afvraagt,' zei hij even later. 'Ik ga niet de voor de hand liggende vraag stellen. Of je zenuwachtig bent voor morgenavond, bedoel ik.'

Ze trok een gezicht, hoewel ze wist dat hij het niet kon zien. 'Dank je. Heel attent dat je daar niet over begint.'

Hij lachte zachtjes, en de bank zwaaide naar voren, naar achteren, naar voren. Hij had gelijk: dit was de ideale plek voor een schommelbank, met uitzicht op de bergen.

'In antwoord op de vraag die je niet stelt: ja. Ik geloof dat ik de overgang van zenuwachtig naar doodsbang heb gemaakt, op het randje van het wat-heb-ik-me-op-de-hals-gehaaldstadium. Wat heet, ik ben nu op een punt dat ik begin te denken dat in een van beren vergeven Currant Creek springen – zonder berenspray – minder angstaanjagend zou zijn.'

'Het wordt super,' zei hij. 'Ik heb je eten geproefd, weet je nog. Je hebt het in je, Alexandra.'

Een warm gevoel stroomde als een straal zonlicht door haar heen. 'Ik stel je bemoedigende woorden zeer op prijs. Die helpen me een paniekaanval te voorkomen.'

'Ik ben nog steeds van plan naar de opening te komen. Ik verheug me erop.'

'Geen Ethan morgen?'

'Nee. Nick en Cheri komen hem zaterdagochtend brengen, en zondagavond zet ik hem weer bij hen af. Nog maar twee weken school en dan kan hij hier definitief blijven.'

‘Hij lijkt erg uit te kijken naar de verhuizing.’

‘Hij klaagt erover dat we elkaar doordeweeks niet zien, maar ik denk dat hij zijn neefje en nichtje zal gaan missen wanneer Nicky en zijn gezin naar Europa verhuizen.’

‘En jij? Ga jij je broer en zijn gezin missen?’

‘Ze zijn een ongelooflijke steun geweest sinds Kelli’s overlijden. Ik weet niet wat ik de afgelopen paar jaar zonder hen had moeten beginnen. Dus, ja. Ik zal ze missen, maar ik geloof dat het voor ons allemaal tijd werd voor iets anders.’

‘Waarom Hope’s Crossing? Volgens mij heb je me daar nog nooit een duidelijk antwoord op gegeven. Colorado is een grote staat. Iemand met jouw capaciteiten had overal terecht gekund.’

Het bleef even stil. ‘Dit ga je belachelijk vinden.’

‘Laat eerst maar eens horen.’

‘Toen Brodie me benaderde om het werk in Brazen over te nemen en af te maken, kwamen Ethan en ik vanuit Denver hierheen om te kijken wat er moest worden gedaan. Het was een zaterdagmiddag in maart, weet ik nog, fris en zonnig. Nadat we door het restaurant waren gelopen, gingen we lunchen bij de pizzatent in het centrum.’

‘Ze maken goede bodems. Maar nou ook weer niet zo goed dat je je hele leven er voor overhoop gooit.’

'Het eten was goed, ja. Maar terwijl we zaten te eten, bleven er minstens drie mensen staan om gedag te zeggen en te vragen of ze me misschien de weg konden wijzen.'

Ze glimlachte om de verbaasde toon in zijn stem. 'Ja, we kunnen hier wel eens een beetje doorslaan in onze pogingen verdwaalde toeristen te helpen. Het kan irritant zijn.'

'Ik vond het niet irritant. Ik vond het ongelooflijk aardig. Ik had nog nooit zo'n saamhorigheidsgevoel meegemaakt. Ik wilde Ethan geven wat Nick en ik niet hadden, snap je? Wortels. Tradities. Een plek waar je je thuis voelt.'

Hij was een liefhebbende vader die alles voor zijn kind overhad. 'En jij zelf?' vroeg ze, voornamelijk om de gedachte de kop in te drukken hoe sexy ze dat vond. 'Wat zie je in de sterren staan met betrekking tot je eigen toekomst?'

'Hetzelfde eigenlijk,' antwoordde hij na een korte stilte. 'Het lijkt me prettig een poosje op één plek te kunnen blijven.' Hij viel stil terwijl de bank hypnotiserend bleef schommelen. 'In feite rolde ik van onze chaotische jeugd zo in de zorg voor Nick en daarna in het leger, waar ik vijftien jaar lang van de ene naar de andere plek werd overgeplaatst. Toen Kelli de diagnose kreeg, woonden we in Duitsland. We vonden allebei dat het het beste was om tijdens de behandeling in de buurt van haar familie te zijn. Niet een van onze verstandigste beslissingen overigens.'

'Waren ze jullie niet tot steun?'

Hij zuchtte. 'Op dit rampzalige verhaal zit je vanavond echt niet te wachten. Je hebt morgen een belangrijke dag voor de boeg.'

'Leid me af.'

'Ik zou veel spannendere manieren kunnen bedenken om je af te leiden dan vertellen over de puinhoop die ik in Denver achterlaat.'

Zijn woorden vibreerden door de nacht en brachten een siddering in haar binnenste teweeg. Kordaat negeerde ze haar onmiddellijke reactie. 'Zullen we het maar houden bij het verhaal over wat er met de familie van je vrouw gebeurde? Hoezo laat je een puinhoop achter?'

'Haar vader heeft een groot bouwbedrijf. Tanner and Sons. Een invloedrijke partij in de regionale markt. Ondanks de naam heeft geen van zijn zonen veel belangstelling voor de bouw. Een is leraar en een is kunstenaar, en ze zijn allebei niet in Colorado blijven hangen. Ik denk dat J.T., Kelli's vader, min of meer het idee had de teugels uiteindelijk aan mij over te dragen. Hij zat al heel lang op me in te praten om ontslag te nemen bij het leger en bij hem in het bedrijf te komen.'

Dat moest heel veel betekend hebben voor Sam, dacht

ze. Met de moeizame start die hij in het leven had gehad, kon ze zich slechts proberen voor te stellen hoe hij ernaar moest hebben gehunkerd te worden opgenomen door de familie van zijn vrouw.

'Toen ik eenmaal voor hem begon te werken, realiseerde ik me al snel dat onze, eh... ethische opvattingen niet helemaal overeenkwamen.'

'Wat wil dat zeggen?'

'Het is niet ongebruikelijk bij grote bouwopdrachten om met je aanneemsom onder de prijs van de concurrenten te gaan zitten en dan op de kosten te bezuinigen, zodat je alsnog winst maakt. J.T. ging daar extreem ver in. Ik had te veel aan mijn hoofd in de periode dat Kelli op sterven lag om me echt op iets anders te kunnen concentreren. Een paar maanden na haar dood werd ik op een dag min of meer echt wakker en besefte dat ik sommige dingen die hij me vroeg, niet kon doen.'

Sam had een sterk eergevoel. Het was een van de dingen die ze het meest in hem bewonderde. Hoe had hij dat ontwikkeld tijdens zijn chaotische jeugd, met een vader die hem in de steek had gelaten en een aan drugs verslaafde moeder?

'Dus nam je ontslag.'

Zijn ruwe lachje klonk allesbehalve geamuseerd. 'Ik ging iets verder dan dat. Ik heb hem aangegeven wegens vergaande overtredingen van de bouwvoorschriften bij een lagere school die hij aan het bouwen was. Een halfjaar geleden heb ik getuigd tegen hem en de bouwopzichter die hij omkocht om de andere kant op te kijken. Hij werd veroordeeld wegens fraude en omkoping, en nog een waslijst met andere dingen, en draait de gevangenis in als het hoger beroep niets oplevert.'

'Volgens mij heb ik over dat proces gelezen,' riep ze uit. 'Dat moet een smerig zaakje zijn geweest.'

'Dat kun je wel zeggen. Ik denk dat je ook gerust kunt zeggen dat J.T. en Margeaux me voorlopig niet zullen uitnodigen voor de familiebarbecue.'

De pijn in zijn stem ontging haar niet. Het moest zwaar zijn geweest voor een man die was opgegroeid in chaos en waarschijnlijk hunkerde naar een familie, om keuzes te maken waarvan hij wist dat ze hem duur zouden komen te staan.

Hoewel ze besefte dat het niet haar verstandigste actie ooit was, stak ze een hand uit en legde die over de gebalde vuist op zijn dijbeen, uit een behoefte om troost te bieden.

'Dat je hen kwijtraakte, moet moeilijk voor je zijn geweest.'

Hij leek te verstarren bij haar aanraking, en ze kon hem snel horen inademen. Een moment bleef hij stokstijf zitten, toen ontspande hij met een zucht. Hij draaide zelfs zijn hand om zijn vingers door de hare te vlechten.

Het weldadige van het moment benam haar bijna de adem; hier in het donker te zitten met hem, terwijl het briesje door de nieuwe blaadjes ritselde van de grote iep naast zijn huis en de hond zachtjes lag te snurken aan hun voeten.

'Het was moeilijker voor Ethan,' zei hij. 'Hij houdt van zijn opa en oma en kan nog een verlies niet goed bevatten.'

'Kinderen zijn veerkrachtig. Ze herstellen zich snel.'

Ethan zou altijd een breuk in zijn hart houden voor zijn moeder en opa en oma, net zoals zij voor haar vader. Mensen leerden om die breuken te herstellen, ze dicht te smeren met wat specie en tape totdat het geheel weer zo goed als nieuw was.

'Ik hoop het. Het ouderschap is zo ongeveer de zwaarste taak waar ik ooit voor heb gestaan, zeker zonder Kelli.'

Ze dacht aan een piepklein baby'tje in haar buik dat ze had liefgehad gedurende een paar korte maanden, die betoverende periode, waarin de wereld vol vreugde en mogelijkheden had geleken... tot alle pijn en verdriet die daarop volgden. Sommige breuken konden met al het herstelwerk van de wereld niet dichtgesmeerd worden.

'Het spijt me,' mompelde ze. Vanwege zoveel dingen. Vanwege de dood van zijn vrouw en het verraad van haar ouders, vanwege een jongetje dat was opgegroeid zonder een echt thuis, maar dat vastbesloten was geweest om eerst zijn broertje en later zijn zoontje meer te geven, vanwege haar eigen fouten en de kansen die ze was misgelopen door domme keuzes.

De schommelbank wiegde door in een gestage cadans, net als het leven zelf, en er hing een teder soort intimiteit om hen heen.

'Wat moet ik nou toch met jou aan?' vroeg hij, zijn stem zacht.

Het leek volstrekt vanzelfsprekend – natuurlijk en lief en perfect – toen hij dat lange, gespierde lijf naar haar toe draaide, een hand om haar wang legde en zijn mond naar de hare bracht.

Ze zuchtte, zo in de ban van zijn kracht, zijn warmte, deze begeerte die elke gedachte in haar hoofd overstemde behalve: méér. Hij kuste haar zacht, zijn mond stevig maar beheerst, terwijl hij haar bedolf onder trage, tedere, vederlichte kussen die haar deden hunkeren en trillen.

Hij trok haar tegen zich aan, totdat ze half over hem heen lag op de schommelbank, haar benen opgetrokken naast hen. Ze sloeg haar armen om zijn nek en liet hem al haar angsten voor de volgende dag wegvagen, elk gevoel van twijfel, van onzekerheid, elke zenuwslopende gedachte.

Hij hield haar stevig vast terwijl de schommelbank schommelde, terwijl de hond snurkte, terwijl de nacht in alle stilte over hen neerdaalde, en ze wou dat aan dit moment nooit een einde kwam.

In zijn armen kreeg ze een merkwaardig gevoel van geborgenheid, rust, zekerheid.

Dit was niet louter lichamelijk verlangen. Ja, ze wilde hem op alle mogelijke manieren, maar dit was meer, iets wat zo heftig en intens en angstaanjagend was dat ze bijna bang was om het te analyseren.

Dat moest ze echter wel. Ze kon er niet voor weglopen, kon zich niet onder haar bed verschansen en de dekens over haar hoofd trekken en doen alsof dit niet gebeurde.

Ze begon verliefd op hem te worden.

Hoofdstuk 12

Het besef brak door in haar hoofd als de zon boven de met sneeuw bedekte bergen op een winterochtend. Blinde paniek welde op in haar borst en alles daarbinnen leek te verstenen. Nee. Niet nu. Er speelde zoveel in deze fase van haar leven. Ze had geen tijd voor weer een gebroken hart.

Of ze het nu leuk vond of niet, ze was heel bang dat het al te laat was.

Ze begon verliefd te worden op Sam Delgado – op zijn leuke lach en dat sterk ontwikkelde verantwoordelijkheids- en eergevoel en zijn verlangen naar een thuisbasis.

Daarbij kwam nog dat ontwapenende, moederloze jongetje dat een zeer gevoelige snaar bij haar raakte, en het was een wonder dat ze de Delgado-mannen zo lang had weten te weerstaan.

O, wat een ramp.

Hoewel het haar scherper door de ziel sneed dan haar beste mes, schoof ze van hem weg naar de hoek van de bank. Hij hijgde, zijn ogen enigszins opengesperd in het schemerige licht.

'Ik dacht dat we hadden besloten dat zoenen een slecht idee was.'

Zijn lach was hees en sexy. 'Dat mag jij dan besloten hebben, maar ik ben een man. Voor ons is zoenen nooit een slecht idee.'

Ze wilde zich zo graag weer tegen zijn borst nestelen – of nog beter: zijn half afgemaakte huis in gaan en die rusteloosheid kwijtraken op de allerbeste manier die ze kende – maar ze had er al een zooitje van gemaakt. Een vrijpartij, hoe erg haar lichaam op dit moment ook naar hem verlangde, zou van een rampzalige situatie een catastrofe van epische omvang maken.

'Maar goed dat een van ons meer gezond verstand heeft,' zei ze uiteindelijk. 'Ik heb morgen een lange dag voor de boeg. Ik moet ervandoor.'

'Dat hoeft niet. Blijf hier, Alexandra.'

Ze kon tientallen redenen bedenken waarom ze zich van deze schommelbank moest laten glijden, de riem van haar hond moest pakken en door blijven lopen.

Sam had een zachtmoedig, zorgzaam en warm iemand nodig, niet een heetgebakerde, neurotische chef-kok die bedroevend slecht was in relaties.

Afgezien daarvan ging haar restaurant over minder dan achttien uur open. Hoe kon ze in vredesnaam toegeven aan deze koortsachtige hitte tussen hen en verwachten dat ze dan nog enig concentratievermogen voor

Brazen overhad, helemaal wanneer ze zo'n voorgevoel had dat als ze eenmaal begonnen, ze niet meer zou willen stoppen?

Tot slot, en dat was de belangrijkste reden, begon ze al verliefd te worden. In tegenstelling tot wat algemeen werd aangenomen, ging ze niet met Jan en alleman naar bed. Ze had met precies drie mannen het bed gedeeld en elk van hen had een kras op haar hart achtergelaten. Ze meende dat ze destijds om hen alle drie had gegeven, maar die gevoelens waren niets vergeleken bij deze zachte, verleidelijke tederheid.

Ze kon een restaurant met twintig man personeel runnen, ze wist precies hoeveel voorraden ze moest bestellen voor een drukbezocht restaurant, ze kon acht tot negen bestellingen tegelijk aan, maar ze had werkelijk geen idee hoe ze moest vechten tegen iets waar ze zo wanhopig naar verlangde.

'Dat gaat niet,' fluisterde ze, en ze deed nog een poging. Het lukte haar om van de bank te komen, maar haar benen leken te weigeren de treden af te lopen, weg van hem. 'Ik heb je gezegd dat ik niet met je naar bed ga. Ik weet niet hoe vaak ik nog moet zeggen dat ik niet geïnteresseerd ben.'

'Geen idee. Misschien zou ik je geloven als je me niet kuste alsof ik je lievelingstoetje ben en je wekenlang in hongerstaking bent geweest.'

O, hij sloeg de spijker op zijn kop. Elke keer dat ze elkaar kusten, vergat ze alle redenen waarom ze zich niet moest overgeven aan al die heerlijke, betoverende sensaties.

'Ik kan niet zijn wat jij zoekt, Sam.'

'En wat is dat dan?'

Hij klonk oprecht benieuwd, maar de scherpe ondertoon ontging haar niet.

'Je bent op zoek naar een thuis. Een warme basis. Dat gaf je zelf min of meer toe. Daarom ben je naar Hope's Crossing verhuisd. Je hebt een lief en zorgzaam iemand nodig, die je het thuis kan bieden dat je nooit hebt gehad. Als ze niet vijf maanden zwanger en smoorverliefd op mijn broer was, had ik gezegd dat Claire de ideale vrouw voor je was.'

'Hoe weet jij wat ik wil of nodig heb?' Zijn stem klonk afgemeten, de woorden staccato, en ze besefte dat dit wel eens de eerste keer kon zijn dat ze hem boos meemaakte.

'Deze schommelbank, dit huis. Naar Hope's Crossing verhuizen, alleen omdat een paar mensen hallo tegen je zeiden in een pizzatent, nota bene. Allemaal bewijs.'

'Dat ik op zoek ben naar een vrouw zoals je vriendin Claire.'

'Misschien niet direct Claire, maar iemand zoals zij. Kalm en onverstoorbaar. Lief. Dat word ik nooit. Ik ben sarcastisch geboren. Ik ben humeurig en onvoorspelbaar. Ik kan een enorme bitch zijn. Vraag mijn twee souschefs maar, die allebei op het punt staan ontslag te nemen.'

'Misschien vind ik dat wel leuk aan je. Dat ik nooit weet waar ik aan toe ben met jou. Vat dit niet verkeerd op, maar Claire zou me waarschijnlijk stierlijk vervelen na een minuutje of tien. Vijf misschien.'

'Wat zullen we nou krijgen?' stoof ze op. 'Claire is mijn beste vriendin. Ze is een geweldige vrouw!'

Hij schudde zijn hoofd en had de brutaliteit om haar uit te lachen, waarop ze zich moest inhouden om hem geen mep te verkopen.

'Ja, humeurig en onvoorspelbaar, dat vat het wel ongeveer samen. Er is helemaal niets mis met Claire. Dat zei ik ook niet. Ze lijkt me hartstikke aardig. Maar ze is jou niet. Wat als ik al die dingen die jij als minpunten uitspuwde, nou juist leuk vind? Ik vind het leuk dat ik er maar niet achter kom hoe dat brein van jou werkt.'

Ze kon de tranen achter haar oogleden voelen prikken en dat kon ze niet uitstaan. Ze huilde nooit, verdomme. Het was gewoon pure vermoeidheid, doordat ze zo hard had gewerkt in Brazen. Het had zeker niets van doen met Sam, die hier zo groot en stoer en geweldig zat te wezen op de schommelbank die hij had opgehangen om zijn zoon een beter leven te bieden dan hijzelf had gehad.

'Ik moet gaan. Morgen staat me niets minder dan de belangrijkste avond van mijn leven te wachten, en hier heb ik nu de tijd en de energie niet voor.'

Hij keek alsof hij er iets tegenin wilde brengen, maar uiteindelijk stond hij alleen maar op. De kettingen protesteerden rinkelend bij de beweging. 'Ik loop het eindje naar je huis met je mee.'

'Dat hoeft niet. Ik heb Leo.'

'Vanavond heb je mij ook.'

Het kostte vast minder energie om hem de resterende honderd meter met haar mee te laten lopen dan hier te blijven staan discussiëren, gokte ze.

'Prima.'

Ze liep de treden af, greep onderweg de riem van haar hond. De riem van haar tíjdelijke hond. Moest je haar nu eens zien. Ze was niet eens in staat een hónd toe te laten in haar hart en leven, laat staan een man en een jongetje die zoveel meer nodig hadden dan zij hun kon geven.

Sam kon zich niet heugen dat hij ooit zo met zichzelf overhoop had gelegen om een vrouw. Met Kelli was het allemaal zo makkelijk gegaan. Zulke verhitte toestanden had hij nog nooit meegemaakt, zelfs niet in het begin van hun relatie.

Destijds was hij tijdelijk gestationeerd in de buurt

van San Francisco, waar zij een opleiding volgde tot maatschappelijk werkster. Hij was met een stel vrienden een bar in gelopen, had haar daar gezien met een groepje vriendinnen en haar ten dans gevraagd. Een halfjaar later waren ze verloofd, een jaar daarna getrouwd, en Ethan was bijna op de kop af twee jaar daarna geboren.

Hij kon niet zeggen dat hun huwelijk ideaal was geweest. Kelli was wat aan de verwende kant en gefrustreerd dat ze van het salaris van een gewone soldaat moesten leven. Ze kon nukkig zijn als ze kwaad op hem was en had de gewoonte veel te lang aan de telefoon te hangen met haar moeder en vriendinnen in Denver.

Toch had hij twee jaar getreurd om het leven dat ze samen hadden kunnen opbouwen.

Alex daarentegen, was allesbehalve makkelijk. Ondanks al haar temperament, schemerde er af en toe een glimp van iets anders doorheen, iets liefs en zachts, waarvan ze scheen te denken dat ze het voor de buitenwereld moest verbergen.

Waarom? Wat verborg ze?

Ging hem niets aan, prentte hij zichzelf in. Zoals ze hem recht voor zijn raap had gezegd: ze was niet geïnteresseerd. Hoe frustrerend hij het ook vond, hij moest haar met rust laten.

'Heb je al kennisgemaakt met de andere buren?'

vroeg ze, toen ze langs het huis ten noorden van het zijne liepen.

'Een paar. De dame die tegenover jou woont, kwam langs met koekjes.'

'Dat zat er dik in.'

'Want?'

'Want Anita Adams is inmiddels een maand of vijf gescheiden, een record voor haar. Ze is waarschijnlijk op zoek naar echtgenoot nummer vier. Zoals je misschien is opgevallen, zijn appetijtelijke vrijgezellen niet bepaald dik gezaaid in Hope's Crossing.'

'Dan heb ik blijkbaar niet goed om me heen gekeken,' zei hij droog.

Hoewel de spanning tussen hen nog steeds bijna tastbaar was, glimlachte ze. 'Dat was vals van me. Vergeet wat ik heb gezegd. Zie je wel? Ik zei toch dat ik een bitch kan zijn. Eigenlijk mag ik Anita heel graag. Onder de juiste omstandigheden kun je erg met haar lachen. Je zou haar mee uit moeten vragen.'

Op een of andere manier lukte het hem een grom te onderdrukken, hoewel het maar een haar scheelde. Nu probeerde ze hem alweer aan iemand anders te koppelen, luttele minuten na die vurige kus, en daar kreeg hij een punthoofd van. 'Bedankt voor de goede raad, maar ik denk dat ik die ook maar laat schieten.' Hij veranderde van onderwerp. 'Ik heb begrepen dat het huis ten zuiden van dat van mij een vakantiehuis is van een stel uit Californië.'

'Bob en Cindy Whittal. Ze zijn hier maar een paar keer per jaar, meestal met de kerst en een week of zo in de zomer. Heel aardige mensen. Hij is plastisch chirurg voor de sterren of iets dergelijks. Ze komen altijd een keer naar het restaurant van het resort om gedag te zeggen. Ik zal hun moeten laten weten dat ik nu iets nieuws ga beginnen.'

'Ik heb mijn buurman aan de andere kant nog niet ontmoet. Ik heb hem zelfs nog niet gezien, maar ik weet dat er iemand woont, want ik heb licht zien branden en iemand achter de gordijnen zien bewegen. Lijkt een beetje een kluizenaar.'

'Mr. Phillips. Ethan en jij zouden echt even bij hem langs moeten gaan om gedag te zeggen. Hij heeft gezondheidsproblemen en komt niet veel buiten, maar hij is heel vriendelijk.'

'Zal ik doen.'

Ze waren bij het tuinpad dat naar haar huis leidde, en Leo trok aan de riem, blij om thuis te zijn.

Ze liepen de treden op, waarna ze de deur van het slot draaide. Heel even voelde hij zich opgelaten als een zestienjarige puber op zijn eerste afspraakje, weifelend of hij zijn kans zou grijpen en een kus stelen.

'Tot morgenavond dan,' zei hij.

Ze had een buitenlamp op de veranda aan gelaten toen zij en Leo gingen wandelen. In het schijnsel daarvan zag hij haar mond tot een grimas vertrekken. 'We zullen zien of je zaterdag nog met me wilt praten, nadat je hebt geprobeerd het ongetwijfeld braakneiging opwekkende dinertje weg te werken dat iedereen te wachten staat.'

'Wil je nu eens ophouden? Je weet heel goed dat het fantastisch wordt, zoals alles wat je kookt. Je hebt keihard gewerkt om zover te komen en je moet nu gewoon ontspannen en van dit moment genieten.'

Ze bleef hem lang aankijken, tot ze, tot zijn onuitsprekelijke vreugde, begon te lachen. 'Je hebt gelijk. Volkomen gelijk. Dat was precies wat ik moest horen.'

Voordat hij goed en wel in de gaten had wat ze van plan was, ging ze op haar tenen staan en kuste hem vlak boven zijn kaaklijn, maar ze stapte snel achteruit, voor hij haar in zijn armen kon nemen en een fatsoenlijke afscheidskus kon geven.

Ze opende de deur en zou naar binnen zijn gestapt en de deur vast en zeker voor zijn neus dicht hebben gedaan, als hij niet een hand had uitgestoken om hem open te houden, waarbij hij haar met een arm klemzette.

'Je hoort eigenlijk te weten dat mijn bijnaam bij de commando's Niet-te-stoppen was. Wanneer ik achter iets aanga, ga ik er honderd procent voor. Ik geef nooit op.'

Ze zweeg, en hij zag haar keel bewegen toen ze slikte.

'Dan is het, denk ik, maar goed dat hier niets voor je te halen valt.'

'Mis,' mompelde hij.

Ze keek hem aan, en voor het eerst zag hij iets in haar uitdrukking wat hem deed verstommen. Ze keek... droevig.

'Dit is geen missie, Sam. Dit is je leven. En dat van Ethan. Onthoud dat.'

Zonder verder nog een woord te zeggen, trok ze haar hond naar binnen en sloot de deur, liet hem op haar veranda staan met de vraag hoe ze het voor elkaar kreeg om in een tijdsbestek van ongeveer vijf minuten het ene moment hem zowat te laten sidderen van begeerte, het volgende voldoende frustraties bij hem op te roepen om de haren uit zijn hoofd te trekken, en daarna de behoefte om haar te troosten.

Hoofdstuk 13

Brazen was een enorme hit.

Hij vond altijd dat zolang een maaltijd vulde en goed smaakte, hij zich niet druk hoefde te maken over kruiden of kooktechnieken of smaken die al dan niet precies in balans waren. Hij gaf grif toe een nitwit te zijn op culinair gebied, maar zelfs híj zag in dat Alexandra's restaurant een doorslaand succes werd, precies zoals hij had voorspeld.

Om te beginnen zat de zaak stampvol op de openingsavond, met een rij wachtenden tot ver buiten de deur.

Ze had zoveel vrienden en familieleden dat hij snapte dat een enorme opkomst op de eerste avond niet per definitie een garantie voor succes was. Het goedkeurende geroezemoes en de verrukte uitroepen die hij overal om zich heen hoorde, vormden echter veel betere succesmeters.

Er hing een opgewonden roes over de zaak, even tastbaar als dat aangename avondbriesje dat door de bomen ruiste rondom hun grote tafel op het buitenterras.

Hij zat naast Katherine Thorne, die weer naast Brodie en zijn knappe vrouw, Evie, zat, en luisterde naar het gebabbel dat om hem heen kabbelde als water om zijn lieslaarzen midden in een vliegvisstroom tijdens de paar keer dat hij dat had gedaan.

'Jullie gaan bij Harry thuis trouwen, heb ik begrepen?' vroeg Katherine aan Mary Ella, die tegenover haar zat, naast Harry Lange.

'We hebben nog niets definitief besloten,' zei Alexandra's moeder. Ze nam een hap van haar voorgerecht, een smakelijk opgemaakt bord van zalm met een fruitig soort salsa erbovenop.

'Een datum dan?' vroeg Claire.

'We zitten aan de kerstdagen te denken, maar ook daarover hebben we nog geen definitief besluit genomen. We moeten het goed timen, zodat we niet in de clinch komen met alle kinderen die gaan trouwen en baby's krijgen.'

'Volgens mij zitten jullie voorlopig goed,' mengde Maura zich in het gesprek. 'Alex en Lila zijn de enige single McKnights die nog over zijn en die zijn allebei zeer gehecht aan het ongebonden vrijgezellenbestaan.'

'Vooralsnog,' reageerde Mary Ella.

Hij hoorde niet zo schaamteloos mee te luisteren met een gesprek dat hem niets aanging, maar alles over Alexandra fascineerde hem nu eenmaal mateloos.

Tamelijk sneu eigenlijk, dat hij haar maar niet uit zijn hoofd kon zetten.

Hij vroeg zich af hoe het haar verging. Hij kon zich niet voorstellen dat de opening van een restaurant voor de chef-kok nu zo'n feest was, ondanks zijn advies van gisteravond om te ontspannen en te genieten van wat ze had bereikt.

Ze had het vast te druk met hakken en roeren en wat ze verder zoal uitvoerde, om echt te kunnen genieten van wat ze hier had gepresteerd, namelijk dat ze al deze mensen een werkelijk onvergetelijk diner had voorgeschoteld. Hij hoopte de kans te krijgen haar dat te vertellen, maar tot dusver had ze zich niet buiten de keuken vertoond.

Even later, toen de serveerster bij hun tafel opdook om te kijken of alles naar wens was, haalde ze onopvallend een briefje uit de zak van haar korte, zwarte schort en legde het naast zijn bord.

Zijn naam stond erop geschreven in het grote, krachtige handschrift dat hij als Alexandra's herkende.

> Mijn keuken is perfect. Beter dan ik had durven dromen. Dank je wel.

Hij grinnikte zachtjes, maar onder het plezier sluimerde iets anders, iets warms en teders. In de hectiek van wat ze zelf de belangrijkste avond van haar leven had genoemd, had ze de tijd genomen om aan hem te denken.

Hij wist niet goed wat hij daarmee moest.

Hij trok een pen uit de binnenzak van zijn jasje en krabbelde terug:

> Gewoon blijven ademen. Je gasten gaan uit hun dak.

Snel vouwde hij het dubbel, schreef 'Voor de chef-kok' op de buitenkant en stopte het de serveerster toe, toen ze terugkwam om hun bestellingen voor het dessert op te nemen.

Volgens hem had niemand iets gemerkt van dat contactmomentje, maar nadat de serveerster was vertrokken, boog Claire McKnight naar hem toe en zei op geamuseerde fluistertoon: 'Waarom moet ik ineens terugdenken aan onze lessen maatschappijleer?'

Hij glimlachte. 'Zeg het eens.'

In weerwil van wat hij gisteravond in de opwinding van het moment had gezegd, namelijk dat hij Claire maar saai zou vinden, mocht hij de vrouw eigenlijk best graag. Ze kwam op hem over als een heel aardig en hartelijk iemand.

'Vergeet niet, we hadden nog geen mobiele telefoons in die tijd,' zei ze. 'Niks van dat ge-sms waardoor alle lol ervanaf gaat. Alex en ik moesten onze berichtjes nog op de ouderwetse manier aan elkaar doorgeven.'

‘Arme zieltjes.’

‘Zeg dat. Primitief, hè?’ Ze glimlachte. ‘Je moet haar eens vragen naar het gênantste moment uit haar middelbareschooltijd, toen ik per ongeluk het briefje liet vallen dat ze me net geschreven had over de jongen op wie ze verliefd was, Tony Coletti. Het werd opgeraapt door onze leraar maatschappijleer, Mr. Kaiser, die het uiterst vermakelijk vond om het vervolgens hardop voor te lezen in de klas.’

Hij probeerde zich hen beiden als schoolmeisjes voor te stellen. Daar was iets meer verbeeldingskracht voor nodig dan hij kon opbrengen, zeker na zo’n heerlijk diner. ‘Je bent al heel lang met haar bevriend.’

‘Dat kun je wel zeggen. De eerste dag van de eerste klas stal Corey Johnson mijn gloednieuwe Barbie-boterhamtrommeltje nog vóór schooltijd, en legde het helemaal boven op het hoge klimrek, waar alleen de grotere kinderen op mochten. Destijds had ik hoogtevrees, was te schijterig om erachteraan te gaan. Drie keer raden wie me te hulp schoot?’

‘Eh... Wonder Woman.’

‘In de gedaante van Alexandra McKnight. Alex klom zonder blikken of blozen naar boven, pakte mijn broodtrommeltje en sprong toen in één keer naar beneden, waarna ze Corey begon te slaan omdat hij zo gemeen was geweest. Een van de leraren moest tussenbeide komen om haar tegen te houden. Sindsdien zijn we hartsvriendinnen. O, en ze ging uiteindelijk met hem naar het schoolbal. Tegenwoordig is hij een irritante dronkenlap, iets wat we hadden kunnen verwachten van iemand die kleine meisjes graag liep te sarren.'

Hij glimlachte om het verhaal, gefascineerd door die glimpjes in Alexandra's verleden. 'Dit is een grote dag voor haar.'

'Ze heeft keihard gewerkt om zover te komen. Ik hoop...' Haar stem haperde, een bezorgde blik in haar ogen.

'Je hoopt?' drong hij aan.

'Ik hoop dat Brazen alles is wat ze zich er in haar dromen van voorstelt.'

'Hoe bedoel je?'

'Ik weet niet. Het is gewoon... Heb jij wel eens met heel je hart naar iets verlangd, er bloed, zweet en tranen voor gelaten, zelfs andere belangrijke dingen opgeofferd in het najagen van je droom om er vervolgens achter te komen dat het niet helemaal is wat je je ervan had voorgesteld?'

Hij dacht aan hoe graag hij hier een thuisbasis wilde creëren voor Ethan. Tot dusver bleek het alles te zijn wat hij wilde en meer. 'Niet echt,' antwoordde hij eerlijk. 'En jij?'

Ze wierp een blik op een stel dat aan een naburige tafel zat, keek hem toen met een glimlach weer aan. 'Grappig dat je dat vraagt. Toevallig wel, ja. Terwijl Alex hoteldebotel was van Tony Coletti, had ik alleen maar oog voor die ene man die daar zit. Mijn ex-man.'

Geschrokken keek hij wat beter naar het stel. De man was goed gekleed, hoewel een tikje te trendy naar Sams doe-maar-gewoon-dan-doe-je-gek-genoegsmaak, en had geblondeerde plukken in zijn haar. Hij hield de handen vast van een knappe brunette die zo te zien wel een jaar of vijftien jonger was.

Hij had Claire McKnight nooit aangezien voor een gescheiden vrouw, maar toen schoot hem te binnen dat Alexandra hem had verteld dat ze onlangs met haar broer was getrouwd. Dat verklaarde dus waarom ze oudere kinderen had.

'Ik dacht dat als ik maar met Jeff Bradford trouwde, mijn leven volmaakt zou zijn. Jarenlang vond ik dat ons huwelijksleven alles was wat ik me maar kon wensen. Eén jongen, één meisje, een man die arts was, een prachtig huis.'

'Op grond van het feit dat hij je ex-man is, gok ik dat je tot een andere ontdekking kwam.'

Vluchtig keek ze naar de man naast haar, die in een levendig gesprek gewikkeld was met Jackson Lange, en haar ogen werden zacht van emoties waarvan hij een rare brok in zijn keel kreeg. 'Dromen veranderen. Levens veranderen. We moeten ons best doen om ons aan te passen. Wat we denken te willen of nodig te hebben, is niet altijd het beste voor ons.'

'Zeg je nu dat je vindt dat Alexandra het restaurant niet had moeten beginnen?'

'O, nee. Absoluut niet! Ze heeft hiervoor gewerkt sinds ze ruim tien jaar geleden terugkeerde van de koksopleiding in Europa. Ze heeft een heleboel kansen gehad om haar eigen restaurant te beginnen, maar die voelden stuk voor stuk niet goed voor haar, tot nu dan. Ik hoop alleen...' Opnieuw haperde haar stem. 'Ik hoop dat ze er gelukkig van wordt.'

Hij kon niet anders dan zich afvragen of anderen de eenzaamheid zagen die haar leek te omhullen als een droefgeestige sjaal die ze niet los kreeg.

'Volgens mij vindt Alex dat de naam van het restaurant haar op het lijf geschreven is,' zei Claire na een korte stilte. 'Brazen. Ze verbeeldt zich graag dat ze stoer is, brutaal.'

'Jij vindt van niet.'

Claire bleef even zwijgen, terwijl bestek en glazen rinkelden en rondom hen gebabbel en geroezemoes klonken. 'Ze kon wel eens de kwetsbaarste persoon zijn die ik ken, met het grootste hart. Zelfs dat stoere, dappere meisje in de eerste klas had al een zwak voor iemand die ze als weerlozer beschouwde dan ze zelf was.'

Als hij niet oppaste, draaide het erop uit dat hij als een blok viel voor dat stoere, dappere meisje. Hetzelfde meisje dat geen vijf minuten voorbij leek te kunnen laten gaan zonder alle redenen voor hem op te sommen waarom ze niet bij elkaar pasten. Om te voorkomen dat hij te veel over die deprimerende realiteit ging zitten denken, zei hij: 'Ik heb begrepen dat jij degene bent bij wie ik me kan aanmelden als vrijwilliger voor de Giving Hope Day over een paar weken.'

De verandering van onderwerp pakte precies zo uit als hij hoopte. Claires zachte, knappe trekken lichtten op. 'Ja!' riep ze uit. 'O, en of ik een vakman als jij aan het werk kan zetten!' Ze stak van wal met een uitleg van een aantal projecten die dat jaar op het programma stonden, terwijl het bedienend personeel vliegensvlug de tafel afruimde.

Hij luisterde met een half oor naar haar en probeerde intussen het mysterie Alexandra en zijn dieper wordende gevoelens voor haar uit te pluizen.

Ze was de enige vrouw die ook maar een greintje belangstelling bij hem had opgewekt sinds Kelli was overleden. Als het nu maar bij een greintje bleef, kon hij daar wel mee omgaan, maar dit werd zo langzamerhand een vloedgolf van begeerte en, ja, tederheid. Hij begon intens om haar te geven. Intussen stuurde ze hem lieve briefjes die een glimlach op zijn gezicht brachten, kuste ze hem met heel haar hart en hield stug vol dat ze geen relatie konden beginnen.

Wat moest een man daar nou mee?

Hij had een paar ideetjes – en een paar plannetjes – maar had het donkerbruine vermoeden dat hij daar geen steek mee zou opschieten. Ze had namelijk nog een ander karaktertrekje: ze was zo koppig als een ezel.

Hij nipte van zijn wijn, vroeg zich af waarom die plotseling een bittere nasmaak had.

Het digitale display van haar dashboardklokje gaf aan dat het kwart over één was toen ze eindelijk over Currant Creek Valley Road naar huis reed.

Haar buren sliepen, hun lichten uit en hun gordijnen gesloten voor het mooie van de meinacht. Ze misten deze prachtige nacht, dacht ze.

Hoelang was ze al een nachtuil? Misschien altijd al. Zelfs als kind, zo herinnerde ze zich, werd ze soms wakker in de kamer die ze met Maura deelde en sloop dan naar beneden om een enge film op tv te kijken op een tijdstip dat ze niet met vijf anderen hoefde te bakkeleien over de afstandsbediening en de programmakeuze.

Haar moeder zei altijd dat ze niet kon slapen omdat ze bang was dat ze iets zou missen.

Dat was ook iets wat ze gemeen had met haar vader. Hoe zacht ze het geluid van de tv ook zette, zelfs als ze er pal voor zat met geluid bijna uit, dan nog hoorde hij het soms en kwam dan naar beneden in zijn geruite pyjama.

Hij bulderde nooit tegen haar dat ze naar bed moest gaan, zelfs niet op schooldagen. Soms pofte hij een schaal popcorn of draaide zij een ingewikkelde snack in elkaar en dan keken ze al smikkelend samen de film uit.

Af en toe kwam Riley of Maura er ook bij zitten, maar Maura had altijd liever een boek in handen dan dat ze tv keek, en Ri viel vaak halverwege de film in slaap, iets wat hem nog steeds regelmatig overkwam.

Misschien dat ze daarom zo van deze stille uurtjes hield, wanneer de meeste mensen sliepen. Ze riepen herinneringen bij haar op aan een gelukkige periode in haar jeugd, toen ze zich belangrijk en gekoesterd en geborgen voelde.

Ze parkeerde voor haar huis en bleef daar even zitten met de raampjes naar beneden en de motor uit. Een echte nachtuil schreeuwde op het moment dat ze uitstapte. Het geluid ging haar door merg en been, gaf haar een raar rusteloos gevoel.

Dit hoorde het hoogtepunt van haar leven te zijn. Openingsavond van haar eigen restaurant, na al die jaren, een avond die ze had beleefd met bijna al haar dierbaren, allemaal behalve de tweeling Lila en Rose.

De openingsavond was beter verlopen dan ze had durven dromen, zelfs met de onvermijdelijke keukendrama's. Om te beginnen had ze te weinig servetten besteld bij de textielleverancier. Uiteindelijk hadden ze – gruwel! – papieren servetten moeten gebruiken voor de laatste vier tafels.

Vervolgens waren haar twee souschefs bijna met elkaar op de vuist gegaan om een champignonsoep die op de bodem was aangebrand.

Als klap op de vuurpijl had een van de serveersters uitgerekend die middag gekozen om het uit te maken met een vervelend vriendje en was als gevolg daarvan de hele avond afwisselend in tranen en uitgelaten van opluchting.

Ondanks dat alles wist ze dat de avond goed was verlopen. De juichende kritieken alleen waren niet voldoende om haar te overtuigen. Haar familie en vrienden hielden van haar en zouden waarschijnlijk ook lyrisch zijn geweest als ze hun macaroni met kaas uit een pakje had voorgezet. Ze had echter in genoeg goede restaurants gewerkt om uit de sfeer te kunnen opmaken wanneer gasten zeer te spreken waren over wat ze aten.

Afgaand op de reacties had ze het idee dat Brazen goed van start was gegaan.

Waar bleef dan de enorme vreugde-uitbarsting die ze had verwacht? Verwacht en verdíénd, verdorie. Ze had zojuist een top bedwongen waar ze zich het grootste gedeelte van haar volwassen leven naartoe had gezwoegd.

Ze hoorde euforisch te zijn, uit haar dak te gaan. In plaats daarvan voelde ze zich merkwaardig leeg.

Ze stapte haar huis binnen in de veronderstelling te worden begroet door een kwijlende, enthousiaste hond, totdat haar te binnen schoot dat ze Leo naar Claire en Riley had gebracht voor het weekend vanwege haar hectische schema.

Haar huis leek een overweldigende leegte te weergalmen. Ze hield zichzelf voor dat dat de reden was dat ze zo'n onbestemd gevoel had. De afgelopen paar weken was ze gewend geraakt aan de hond en nu wist ze niet goed wat ze zonder hem moest doen.

Ze had keihard gewerkt voor het restaurant, net zoals ze hard had gewerkt om hier haar thuis van te maken.

Ze was gelukkig en tevreden – alleen had ze het idee dat mensen die echt gelukkig en tevreden waren, niet zo hard hun best hoefden te doen om zichzelf daarvan te overtuigen.

Hoewel ze geen tijd had gehad om zelf te eten, moest ze er momenteel niet aan denken. Een glaasje wijn, wellicht, om het te vieren. Achter in de koelkast vond ze nog een fles, waarna ze een wijnglas uit de kast pakte. Ze schonk een bodempje in en liep toen in een impuls naar de deur die uitkwam op haar kleine achtertuin en terras. Ze kon in het maanlicht op het trapje gaan zitten en naar het ruisende water van Currant Creek luisteren en het glas heffen op een geslaagde avond.

De maan gaf voldoende licht, vond ze, dus opende ze de deur zonder de buitenverlichting aan te doen.

Met haar gedachten bij de lange dag in het restaurant en alle voorbereidingen die ze moest treffen voor het diner van morgenavond – vanavond inmiddels – was ze al drie treden af gelopen voordat plotseling tot haar doordrong dat er iets was veranderd.

Het wijnglas glipte bijna uit haar hand, maar dat wist ze nog net te voorkomen.

Wat was hier in hemelsnaam gebeurd?

In het maanlicht stak een donker, laag, vloeiend silhouet af, naar de beek gericht. Een stoel, met een strik eromheen.

Een ogenblik kwam de gedachte bij haar op dat dit wel eens een cadeau kon zijn van haar hoogstpersoonlijke Angel of Hope, maar toen drong de realiteit zich op. De Angel bezocht mensen die ziek waren, zwaar getroffen, degenen die met pijn en verlies te kampen hadden. Alles in haar leven liep precies zoals ze wilde. Waarom zou de Angel in vredesnaam tijd aan haar verspillen?

Niet de Angel. Sam.

Wat jij nodig hebt, is een lekkere, grote stoel daar op het terras, zodat je kunt relaxen bij het geluid van het water. Terwijl je hond in het gras speelt, natuurlijk.

Dat waren zijn woorden geweest, de dag dat hij en

Ethan voor het eerst bij haar thuis waren geweest. Ze stonden haar nog haarscherp bij, alsof hij nu hier ter plekke was.

Sam had dit gedaan. Ineens wist ze het zeker. Ze stoof de treden weer op en knipte de buitenverlichting aan, zodat ze hem beter kon zien.

Hij was schitterend. In Adirondack-stijl, gemaakt van rood gebeitst cederhout zodat de houtnerf zichtbaar was, met brede armleuningen en een aan de bovenkant afgeronde rugleuning. Een bijpassende, schuin aflopende voetenbank nodigde uit om te relaxen op een zomerse middag. Ernaast stond een klein rond tafeltje van hetzelfde cederhout, precies het juiste formaat voor een kan limonade en een pocketboek.

Ze liet een hand over het hout glijden, glad als chocolademousse. Beeldschoon. In één woord: beeldschoon.

Hij had dit gemaakt. Ze wist het gewoon. Een warm gevoel explodeerde vanbinnen als vuurwerk boven Hope's Crossing op 4 juli, en snel trok ze de strik los in het schijnsel van de maan.

Die uil, vast dezelfde die haar altijd vergezelde op haar avondwandelingen, schreeuwde vanuit de toppen van de populieren langs de beek. Deze keer riep het geluid geen melancholisch gevoel bij haar op. Ze ging te veel op in haar verrukking over het cadeau.

Hij had een briefje achtergelaten, met plakband op de

achterkant van de stoel geplakt. Het was te donker om de woorden te kunnen onderscheiden, zelfs bij het heldere maanlicht, dus hield ze het omhoog in het schijnsel van de buitenlamp naast de achterdeur.

> Met al dat harde werk van vandaag, dacht ik dat je lijf vast wel een plek om uit te rusten kon gebruiken. Dit is dus een oase.

Ze drukte het briefje tegen haar borst. O, nu zat ze in de penarie. Sam Delgado begon er erg goed in te worden om door al haar verdedigingsmuren heen te glippen. Zij begon alle redenen te vergeten waarom ze die moest proberen in stand te houden.

De hele avond had ze het niet kunnen laten om af en toe even door de keukendeuren te gluren, en om een of andere reden was haar blik steeds weer op Sam gevallen. De enige gedachte die daarbij telkens weer door haar hoofd had gespeeld, was hoe goed hij hier leek te passen, lachend en dollend met haar familie en vrienden, alsof hij altijd al bij de groep had gehoord.

Ze liet zich op het stoelkussen zakken, dat hij er attent bij had geleverd. De stoel was ergonomisch perfect, bood precies de juiste ondersteuning. Haar vermoeide lijf had hier beslist behoefte aan.

Ze glimlachte en begon toen hardop te lachen, daar in

de stoel op haar terras bij het ruisen van de beek, het ritmische gekabbel oneindig rustgevend.

Ja. Eindelijk, hier op haar terras, kwamen de vreugde en het geluksgevoel waaraan het de hele avond had ontbroken. Hoe had Sam instinctief aangevoeld wat de avond helemaal volmaakt zou maken?

En hoe moest ze in hemelsnaam weerstand bieden aan een man die zo lief en attent kon zijn?

Hoofdstuk 14

Alles leek op zijn plek te vallen. Wel, bijna alles. Dinsdagavond, vier dagen nadat Alex haar restaurant had geopend, draaide Sam zijn straat in net op het moment dat de zon achter de bergen zakte. Hij was uitgehongerd en uitgeput, maar had tegelijkertijd een uiterst voldaan gevoel.

Het werk aan het recreatiecentrum lag vóór op het schema en zou volgens de planning op tijd opgeleverd worden voor de Giving Hope Day. Zijn viermansploeg uit Denver had dubbele diensten gedraaid om het werk gedaan te krijgen, naast zes tijdelijke krachten die hij had ingehuurd om mee te helpen.

Net als bij Alex' restaurant, had het werk aan het recreatiecentrum er grotendeels op gezeten voordat hij werd ingeschakeld. Hij voelde zich een beetje als de laatste slagman bij een partijtje honkbal. Het was zijn taak om het stokje over te nemen en de puntjes op de i te zetten: het houtwerk afmaken in een aantal ruimtes, een paar deuren afhangen, kasten maken voor de kantoorruimtes van de administratie.

De gemeente had, dankzij een royale bijdrage van

Harry Lange, niet op de kosten bespaard voor de voorziening. Van de inrichting van het buitenterrein tot de enorme sportzaal en de vele vergaderruimtes, overal leek evenveel liefde in te zijn gestoken.

Met name het grote binnenbad met die glazen puien met uitzicht op Silver Strike Canyon zou een grote publiekstrekker worden tijdens de lange winters in de bergen, wanneer het af was.

Ethan zou er weg van zijn, en het had Sam enorme voldoening gegeven om te werken aan iets waar hij en zijn zoon en de rest van hun nieuwe woonplaats nog jaren van konden genieten.

Hij glimlachte bij de gedachte aan zijn zoon. Hij was het hele weekend bij zijn broer thuis in Denver gebleven om Nicky te helpen met een paar lastminuteklusjes, zodat hij het huis kon verhuren zolang zij in Europa zaten. Ethan had hem geholpen, de koning te rijk met zijn minigereedschapsriem.

Toen hij vanochtend in de auto was gestapt om terug te rijden naar Hope's Crossing, de pick-up in de versnelling zette en net gas wilde geven om achteruit de oprit af te rijden, hoorde hij een geluid dat van de achterbank van zijn dubbele cabine kwam. Bij nader onderzoek bleek Ethan zich te hebben verstopt onder een jack dat hij achterin had gemikt.

'Ik mis je, pap. Waarom mag ik nu niet met je mee?

We doen op school alleen nog stomme dingen als sportdag en onze klas opruimen.'

Hij had zijn zoon een knuffel gegeven. 'Nog twee weekjes, jongen. Dat redden we allebei nog wel, toch?'

Hoezeer hij zijn zoon ook miste, hij had nog een paar weken nodig om alles te regelen. Tijdens zijn lunchpauzes had hij uitgezocht welke dagopvangmogelijkheden er voor de zomer waren, die aansloten bij zijn lange werkdagen. Het liefst zou hij een werkster annex kinderoppas inhuren, maar totdat hij de tijd had om het huis fatsoenlijk op te knappen, zou hij vast niemand kunnen vinden die bereid was op een bouwplaats te werken.

Uiteindelijk had hij Ethan zijn broers huis weer in gekregen om te ontbijten en zich gereed te maken voor school, voordat hij aan de lange rit was begonnen naar het recreatiecentrum hier.

Nu had hij een drukke avond voor de boeg om ervoor te zorgen dat zijn zoon straks een slaapplek had waar het plafond niet midden in de nacht naar beneden kwam. Ze hadden allebei wat stabiliteit verdiend, zeker na de chaos van de laatste paar maanden.

Hij was zo verdiept in het werk dat hem vanavond te wachten stond, dat hij het bezoek dat op hem zat te wachten op de veranda volledig over het hoofd zag totdat hij de treden op liep. Lekkere ex-commando was hij. Op vijandelijk terrein had dat een fatale fout kunnen zijn.

Hij had zowaar twee bezoekers, zag hij. Een grote hond met een vacht met de kleur van Belgische chocolade zat op de bovenste trede op hem te wachten, tong uit de bek en staart heen en weer zwiepend over de houten planken van de verandavloer.

Als Leo hier was, moest Alexandra er namelijk ook zijn. Zijn hartslag versnelde, tot zijn ontzetting. Hij had haar gemist deze afgelopen paar dagen, hoe belachelijk het ook leek. Hij tuurde verder in het schemerdonker en zag haar opgerold in zijn schommelbank liggen, diep in slaap.

Kennelijk maakte ook zij overuren. Zo te zien lag ze lekker, met haar gezicht in het kussen gedrukt en een hand onder haar wang, meer ontspannen dan hij haar ooit had gezien, zacht en warm en mooi.

Ineens schoot hem te binnen wat haar vriendin Claire had gezegd.

Ze verbeeldt zich graag dat ze stoer, brutaal is. Ze kon wel eens de kwetsbaarste persoon zijn die ik ken, met het grootste hart.

Ze zou het waarschijnlijk niet prettig vinden dat hij haar zo zag, maar hij kon het niet over zijn hart verkrijgen haar wakker te maken, niet nu ze zo'n schaduw van vermoeidheid onder haar ogen had.

Als de schommelbank iets groter was geweest, zou hij bij haar zijn gaan zitten. In plaats daarvan leunde hij met een heup tegen de balustrade en aaide haar hond, zich bewust van een zeldzaam en intens gevoel van tevredenheid, dat in hem opwelde.

Tot zijn teleurstelling sliep ze niet lang. Misschien voelde ze zijn aanwezigheid aan of misschien had ze gewoon te veel energie in dat tengere lijf om vast te slapen onder deze omstandigheden. Want even later begonnen haar oogleden te bewegen. In een oogwenk was ze klaarwakker. Het ene moment lag ze rustig te ademen, het volgende schoot ze overeind en wreef over haar gezicht.

'Ik was in slaap gevallen.'

Ze zei het op een verwijtende toon, alsof het zijn schuld was, en hij moest glimlachen.

'Zo te zien wel.'

'Hoe kan dat nou?'

'Ik neem aan dat je eindelijk eens vijf tellen stilzat en je ogen dichtdeed.'

'Zal wel.' Ze haalde een hand door haar verwarde haardos. 'Dat was ik niet van plan. Ik heb het alleen zo druk gehad. De schommelbank zat zo lekker. Ik wilde even een paar tellen uitrusten terwijl ik op jou wachtte.' Ineens sloeg ze haar armen over elkaar en die heerlijk slaperig-warme blik sloeg om in een boze. 'Waar zat je?'

Hij trok een wenkbrauw op. 'Pardon. Ben ik te laat thuis?'

'Ik ben al drie dagen naar je op zoek, en je was zomaar... verdwenen.'

Hij wist dat hij dat vleugje blijdschap dat ze naar hem op zoek was geweest, niet hoorde te voelen, niet wanneer ze hem duidelijk te verstaan had gegeven waarom zij vond dat ze een rampzalige combinatie vormden.

'Ik was het weekend in Denver bij mijn broer en zijn gezin. Ethan en ik hebben geholpen met wat klusjes in huis, zodat ze het kunnen verhuren zolang ze in Europa zitten. Ik ben vanmorgen rechtstreeks teruggereden naar de bouwplaats.'

'O. Vandaar dus.'

'En ik heb vrijwel non-stop aan het recreatiecentrum gewerkt.'

'Is het af?'

'Bijna. We moeten nog een paar dingen doen.'

Hard werken was heilzaam voor de ziel immers? Hij bleef haar hond maar aaien, ook heel heilzaam voor de ziel.

'Had je me ergens voor nodig?'

Ze staarde hem langdurig aan, en hij zag iets in haar ogen schitteren dat ze snel verborg. 'Eh... ja. Dit is voor jou.' Ze schoof een koelbox onder de schommelbank vandaan, die hem ook al niet was opgevallen.

'Wat is dat allemaal?'

Een blos kleurde haar wangen. 'Die stoel. Dat was een ongelooflijk mooi cadeau.'

Hij had zin om die jukbeenderen te zoenen. Daar beginnen en dan een spoor trekken naar haar mond en waar hij verder maar bij kon. 'Het leek zonde om zo'n mooi plekje niet te benutten, daar aan de beek. Je had een fatsoenlijke stoel nodig.'

'Hij is perfect,' zei ze zacht. 'Echt beeldschoon. Ik heb er sindsdien elke avond gezeten.'

'Dat was de bedoeling.'

Hij vertelde haar niet dat de stoel onderdeel was van zijn meesterplan om deze heetgebakerde, onafhankelijke vrouw te laten inzien dat ze niet alles zelf hoefde te doen. Dat af en toe eens op iemand anders vertrouwen soms heel prettig kon zijn.

'Dank je wel. Het was... bijzonder attent van je.'

'Ik vond het leuk om te doen,' verzekerde hij haar. 'Ethan heeft meegeholpen, wat hij je vast en zeker zal laten weten wanneer hij je weer ziet. Hij heeft een deel van de spijkers erin geslagen.'

'Dan zal ik hem nog meer koesteren.'

De stoel had hem de week ervoor slechts een paar avonden gekost. Ja, het was tijd die hij had kunnen besteden aan het gereedmaken van het huis, maar ineens was hij heel blij dat hij had besloten hier wat energie in te steken. Hij vond het wel leuk haar een beetje beduusd en uit haar doen te zien.

Haar voet duwde tegen de koelbox. Ze droeg teenslippers en haar teennagels waren rozerood gelakt. Hij kon natuurlijk ook daar beginnen en zich al zoenend omhoog werken...

'Dit steekt er nogal magertjes bij af als bedankje,' zei ze. 'Maar het is het beste wat ik kon bedenken.'

'Oké, mijn nieuwsgierigheid is gewekt. Wat is het?'

'Schoenmaker blijf bij je leest, nietwaar? In mijn geval is het koken.'

Hij klapte het deksel open en ontdekte drie stapels keurig ingepakte bakjes, elk met een opschrift. Op eentje stond Kip met parmezaan, zag hij zo op het oog, op een ander Portobello ravioli, Varkenshaas op het derde. Er zaten er meer in, maar dat was alles wat hij zo snel kon zien.

'Je zou kunnen zeggen dat dit mijn versie van kant-en-klaarmaaltijden is. Alles is gelabeld en bijna alles kan worden opgewarmd in de magnetron. Het is natuurlijk niet zo lekker als toen ik het net had klaargemaakt, maar dit komt er het dichtst bij in de buurt.'

'Er moeten wel twaalf maaltijden in zitten.'

Ze haalde haar schouders op. 'Ik heb ze niet geteld. Maar als het goed is, zijn de meeste porties groot genoeg voor jou en Ethan samen.'

Hij had de pest aan koken en vond het de lastigste taak als alleenstaande vader, iets verzinnen wat voedzaam en enigszins verantwoord was en wat Ethan ook nog weg kreeg. Dat hij zich daar voorlopig niet druk over hoefde te maken, was een pak van zijn hart.

'Ik sta paf,' zei hij verbluft. 'Eerlijk waar. Dit wordt even wat anders dan al dat fastfood.'

'Zoals ik al zei, ik ken mijn sterke punten en bij de meeste daarvan komt ergens een keuken kijken,' reageerde ze schouderophalend.

'Ik ben hier dolblij mee. Ethan ook, dat weet ik zeker. Dank je wel.'

Een kleur verspreidde zich over haar jukbeenderen. 'Het weegt niet tegen elkaar op. Eerlijk gezegd voel ik me een beetje opgelaten. Ik kan jarenlang genieten van de stoel die je voor me hebt gemaakt, terwijl jij over een paar weken de laatste maaltijd naar binnen werkt.'

'Je had dit niet hoeven doen, Alexandra. Ik gaf je die stoel omdat ik dat wilde. Ik verwachtte er niets voor terug.'

Dat leek haar van de wijs te brengen. 'Juist, nou, ik stel het op prijs. Meer dan ik kan zeggen. Maar, eh... eigenlijk moeten we deze zo snel mogelijk in de vriezer leggen. Ik kan niet geloven dat ik in slaap viel en ze zo lang heb laten staan. Ik had terug naar huis moeten gaan om ze daar in de vriezer te leggen, totdat ik jou had zien thuiskomen.'

'Zo te zien kon je wel een dutje gebruiken.'

'Het zijn een paar krankzinnige dagen geweest. Het restaurant is dinsdags gesloten, maar ik heb vandaag het grootste gedeelte van de dag staan koken voor jou en een paar andere vrienden.'

Hij hoopte dat ze hem nog steeds als vriend beschouwde, ondanks al het andere dat tussen hen zinderde. 'Kom binnen. Kijken of ik wat ruimte in de vriezer kan maken.'

Hij opende de deur en ging haar voor naar binnen, zich er pijnlijk van bewust dat het huis bezaaid lag met bouwrommel, vooral de woonkamer. De eetkamer aan de achterkant was min of meer bewoonbaar, maar die had hij gebruikt om alle materialen en verfblikken op te slaan. Schragen, bouwlampen en ladders lagen kriskras over de vloer.

Het viel haar blijkbaar niet op. 'Wauw, kijk eens wat een eind je al bent opgeschoten!'

'Het enige wat ik zie, is hoeveel ik nog moet doen.'

'Nee, het is prachtig. Die rozetten zijn beeldschoon! Ik had geen idee dat die schuilgingen onder al die lagen verf.'

'Verbazingwekkend wat een beetje afkrabben en schuren kan doen. Ik zal deze eerst even wegzetten, dan geef ik je een rondleiding.'

In de keuken slaakte ze opnieuw een verraste kreet over de nieuwe kastjes die hij had geïnstalleerd en de hanglampen boven het kookeiland dat de oude fluorescerende keuken verving. 'Wauw! Niet te geloven wat er allemaal aan het huis is gedaan in slechts een paar weken tijd. Slaap je wel eens?'

'Wanneer het kan.'

De paar uurtjes die hij meepikte, waren de laatste tijd onrustig, en niet zo'n klein beetje ook, dankzij een zekere bloedmooie chef-kok, maar haar op de hoogte stellen van dat specifieke detail zou een vrij sneue indruk maken.

'Nou, het is ongelooflijk.'

Hij trok een schouder op. 'Jij houdt van koken, ik hiervan. Van een ruwe en onafgewerkte ruimte een prettige, sfeervolle maken. Timmerwerk, en dan met name aftimmeren, is naar mijn mening het mooiste wat je als bouwvakker kunt doen. Het bouwen van een casco is ook belangrijk, maar ik zie onmiddellijk resultaat.'

'Ik ben echt onder de indruk, Sam. Hoewel, het zou me niet moeten verbazen. Ik breng zat tijd door in de keuken die je voor me hebt geïnstalleerd, en de stoel die je, met Ethan, voor me hebt gemaakt, is het lekkerste plekje geworden dat ik binnens- of buitenshuis heb.'

'Kom, dan geef ik je rondleiding.'

Hij liet haar Ethans kamer zien, die bijna af was, de nieuwe betegeling in de badkamer, de douche die hij helemaal opnieuw aanlegde in de grote badkamer.

'Heel mooi,' zei ze, toen ze weer terugkwamen in de keuken. 'Je levert echt fantastisch werk. Ik weet zeker dat jij en Ethan het hier uitstekend naar jullie zin zullen hebben.'

'Dat voelde ik vanaf het allereerste moment dat ik het huis zag. Het voelde goed. Ik kan het niet uitleggen. Ik weet alleen dat dit dé plek voor ons is.'

'Net zoals je wist dat Hope's Crossing een goede plek was om je te vestigen na één middag in het pizzarestaurant.'

'Ik weet dat je het belachelijk vindt.'

'Nee. Ik snap het wel.' Haar stem klonk zacht. 'Soms moet je je intuïtie volgen. Je bent een goede vader. Ethan heeft het getroffen met jou.'

Haar woorden waren warm, maar haar uitdrukking was gelaten, bijna verdrietig, om redenen die hij niet begreep.

'Dan zal ik je verder maar niet ophouden. Alle instructies staan op de maaltijden. Ik weet uit ervaring dat ze allemaal goed blijven in de vriezer en opgewarmd ook nog lekker smaken. En laat het me weten wanneer je erdoorheen bent, dan kan ik er meer komen brengen.'

'Je doet er een soort tafeltje-dekjeservice naast?'

'Zoiets. Prettige avond nog.'

Ze stak een hand uit naar de deur, maar hij was haar vóór en versperde haar de weg. 'Mag ik je iets vragen?'

Ze stond maar een meter bij hem vandaan, en haar friszoete geur van vanille en Alexandra bracht een tinteling in zijn onderbuik teweeg.

'Wat dan?' vroeg ze, haar stem en houding afwerend. 'Wat doe ik verkeerd?'

Ze schuifelde wat en hij zag een nerveuze schittering in haar groene ogen. 'Ik weet niet wat je bedoelt.'

'Jawel. Dat weet je best. Er hangt een elektrische lading tussen ons. Ik weet dat jij het ook voelt. Maar je lijkt me met alle geweld te willen behandelen als een van je vele kennissen. Zoals je tegen Brodie Thorne of Mr. Phillips van hiernaast zou doen.'

'Ik hoop dat jij en ik vrienden zijn. Ik ben in het algemeen een vriendelijk mens.'

'We zijn meer dan dat, anders zou je niet huiveren wanneer ik je aanraak.'

'Je beeldt je dingen in.'

'O ja?'

Louter om zijn bewering te staven – niet vanwege een overweldigende, brandende behoefte om haar aan te raken of zo – stak hij een hand uit en legde die om haar gezicht. Toen ze trilde, hoe voorspelbaar, explodeerde dat inmiddels vertrouwde verlangen.

Bijna ogenblikkelijk hield het trillen op, maar hij voelde dat het een enorme inspanning vergde. 'Hoe heb je zelfs nog maar ruimte voor een mobiel als je zo'n enorm ego met je meezeult?'

Een schor lachje ontsnapte hem, en hij deed het enige wat hij kon bedenken. Hij streek met zijn duim over haar wang en boog toen zijn hoofd om haar te kussen.

Ze bleef stokstijf staan gedurende een seconde of drie, maar toen gleden haar armen om zijn middel en kuste ze hem vurig, hartstochtelijk terug, zoals ze telkens deed, alsof ze niet anders kon.

Waarom deed hij dit steeds weer? Hij kon zichzelf niet blijven martelen. Ze leken steeds hetzelfde patroon te volgen. Hij kuste haar, zij beantwoordde zijn kus, dan kreeg ze het ineens op haar heupen en ging ervandoor, hem opgewonden en gefrustreerd achterlatend.

Hij wist waarom hij het deed, waarom hij maar niet weg kon blijven. Dat wist hij inmiddels al een poosje, maar hij had het niet onder ogen willen zien.

Hij was verliefd op haar.

De waarheid dwarrelde over hem neer als de pluisjes van de populieren langs de beek, zacht en licht en volkomen natuurlijk. Hij hield van Alexandra McKnight, deze sterke, onafhankelijke, mooie vrouw die zich op alle mogelijke manieren tegen hem verzette.

Wat moest hij daar in jezusnaam mee?

Voorlopig bleef hij haar kussen. Hij had geen keus, niet nu ze zich aan hem vastklampte, haar tong in zijn mond en haar handen tastend naar de zoom van zijn T-shirt op zoek naar de huid eronder.

Hij was in één klap hard, in één klap startklaar. Niet te stoppen.

Behalve door haar.

'Dit is niet alleen fysiek. Dat weet je toch?'

Zodra hij de woorden had uitgesproken, wist hij dat hij een kapitale blunder had begaan. Waarom, waarom in godsnaam, kon hij zijn grote mond niet dichthouden? Elke spier in haar lichaam verstijfde, en hij kon haar bijna weer met beide benen op de grond zien landen. Een ogenblik later wurmde ze zich los.

En hier zien jullie dan het op-de-heupen-krijgen-gedeelte van de show, luitjes.

'Jawel, dat is het wel. Het is púúr fysiek. We hebben toevallig zeer goed op elkaar afgestemde feromonen, dat is alles.'

Opnieuw reikte ze naar de deur, altijd maar weglopen, maar hij stak een hand uit en hield haar tegen, plotseling verdrietig en boos en gefrustreerd. 'Loop je weg voor mij in het bijzonder, of voor alles met een Y-chromosoom?'

Ze hief haar kin op. 'Maakt het wat uit?'

'Nou en of het wat uitmaakt. Je bent duidelijk gekwetst. Ik heb geen idee wie je dat heeft aangedaan, maar ik was het niet. Het is niet fair dat je mij de fouten van elke andere man aanrekent.'

'Nee. Dat is het ook niet.'

Ze verklaarde zich niet nader, verdedigde zich ook niet, waardoor hij nog nijdiger werd. Eerlijk gezegd had ze weer dat droevige trekje, haar groene ogen groot in een plotseling bleek gezicht.

'Wat wil je van me? Wat kan ik doen om te bewijzen dat ik niet als al die andere eikels ben die je hebben gekwetst? Want ik zal je zeggen dat ik het beu ben dat je er telkens als een speer vandoor gaat als ik te dichtbij kom. Om je de waarheid te zeggen, Alexandra, ben ik op een punt in mijn leven dat ik me moet afvragen of het de moeite waard is om achter iemand aan te gaan, zeker aangezien jij duidelijk niet van plan bent om me zelfs maar in de buurt te laten komen.'

'Misschien moet je het dan opgeven!' De kleur keerde deels weer terug op haar gezicht. 'Ik heb het vriendelijk gezegd. Ik heb geprobeerd het vlijmscherp te zeggen. Als je liever hebt dat ik het in grote rode letters voor je huis op straat kalk, dan kan ik dat ook doen. Ik weet niet wat ik verder nog moet doen om je ervan te doordringen dat ik niet geïnteresseerd ben in een relatie.'

Hij keek haar lang en strak aan. 'En op dat punt heb ik dus moeite je te geloven. Maak me gerust voor gek uit, maar ik denk dat je wel meer wilt. Ik denk dat je doodsbang bent om echt om iemand te geven, om een reden die ik niet kan bevatten.'

'Is het zo onvoorstelbaar dat ik in mijn eentje heel gelukkig ben? Dat geldt voor zat mensen.'

'Zeker. Ik betwijfel alleen dat jij een van hen bent.

Kun je me met de hand op je hart zeggen dat je niet eenzaam bent?'

Ze snoof verachtelijk. 'Ja, Sam. Je bent gek. Met het restaurant en al mijn vriendinnen heb ik bijna elk moment van de dag mensen om me heen.'

'We weten allebei dat dat niets wil zeggen.'

'Ik heb schoon genoeg van al die mensen die me aanpraten dat ik niet gelukkig ben!' viel ze uit. 'Denken jullie dat ik dat zelf niet kan bepalen?'

Hij viel stil, ontgoocheld. Ze wilde geen open kaart spelen. Hij had haar een uitgelezen kans gegeven hem te vertellen over de delen van haar leven, die ze voor hem geheimhield, en ze had de deur potdicht gehouden voor hem. Alweer.

'Ik geef om je, Alexandra. Ik denk dat ik zomaar voor je zou kunnen vallen, met een beetje aanmoediging.' Dat was enigszins bezijden de waarheid, aangezien hij dat stadium al gepasseerd was, maar dat was informatie die hij voorlopig beter voor zich kon houden. 'Het punt is alleen dat ik niet zo masochistisch ben ingesteld,' ging hij verder. 'Ik ga niet met mijn hoofd tegen een muur blijven bonken, als het me alleen maar koppijn oplevert.'

'Hou er dan mee op. Alsjeblieft, Sam. Ik dacht dat we nog wel vrienden konden zijn, ondanks die hele feromonentoestand tussen ons, maar blijkbaar had ik het mis.

Wanneer je me aanraakt, me kust, kan ik niet meer helder denken. Dus nu vraag ik het je. Alsjeblieft. Laat me met rust. Bedankt voor de stoel en... alles, maar ik wil niet... kan niet...' Haar stem brak en zijn hart brak mee.

'Ik wil dit niet!'

Ze rukte de deur open en rende naar buiten voordat hij zich kon verroeren, griste onderweg haar hond en haar koelbox mee en roffelde de treden van de veranda af.

Hoofdstuk 15

'Riley heeft avonddienst en de kinderen zijn bij Jeff en Holly. Zin om bij mij te komen en een meidenfilm te huren?'

Alvorens te antwoorden, boog Alex een stukje zilverdraad in vorm om een hangertje te maken van een bijzondere turkooizen kraal. 'Ik kan vanavond niet. Sorry. Ik heb een date.'

Claire trok een wenkbrauw op boven het brilletje dat ze droeg wanneer ze met kralen werkte en dat haar iets van een charmante intellectueel gaf. 'Serieus? Alweer? Is dat niet al je derde date deze week? Wie is die man?'

Ze pakte het kleine puntige tangetje steviger vast. Ze was hier om sieraden te maken, niet om over haar liefdesleven te praten, wilde ze snauwen. Maar wanneer haar beste vriendin eigenaresse van de winkel was, kon ze natuurlijk een kruisverhoor verwachten.

'Het is er meer dan één. Drie, om precies te zijn,' antwoordde ze zonder Claire aan te kijken.

'Drie dates in één week? Indrukwekkend. Zelfs voor jou.'

'Wat is dat nou voor opmerking?' stoof ze op.

'Je hoeft niet zo tegen me uit te vallen. Ik vraag het alleen maar. Het komt een beetje... maniakaal over, zeker nu je het restaurant pas twee weken geleden hebt geopend.

Oké, dat moest ze beamen. Ze had waarschijnlijk beter nee kunnen zeggen toen de laatste man haar mee uit had gevraagd, maar daar had ze zichzelf niet toe kunnen brengen. Ergens had ze zo'n vaag idee dat als ze zichzelf weer in het uitgaansleven stortte, haar gewoonte van serieel daten weer oppikte, ze misschien zoetjesaan in haar hoofd alles weer op een rijtje kreeg. Het prettigst voelde ze zich immers bij een weekje of twee daten, waarbij alle betrokkenen gewoon een leuke tijd wilden hebben met elkaar? Dat zou hopelijk een einde maken aan het hunkeren naar een man die meer wilde dan ze ooit zou kunnen geven.

Met één man was ze gaan lunchen om de concurrentie in Telluride te keuren, een middagje naar een razend populaire actiefilm met een andere, en met een derde had ze afgesproken vanavond iets te gaan drinken, op haar enige vrije dag deze week.

'Hoe ontmoet je al die mannen in hemelsnaam?' vroeg Claire.

'O, zo hier en daar. Je weet wel.'

'Nee, ik heb geen flauw idee. Officieel is het nog steeds laagseizoen, dus ik zou weleens willen weten hoe jij in contact komt met elke loslopende man die hier toevallig verzeild raakt.'

'Met eentje raakte ik in gesprek tijdens het mountainbiken. Een andere wees ik waar het chipsschap in de supermarkt was, en de derde is een man die ik een paar maanden geleden ontmoette op een horecabeurs en die toevallig een weekendje hier is.'

'En is er ook een bij die je leuk vindt?'

'Ik vind ze allemaal leuk, anders had ik niet met ze afgesproken, hè?' Haar toon klonk iets agressiever dan de bedoeling was, en dat moest Claire hebben gemerkt.

'Natuurlijk.'

Ze wilde luchthartig en ad rem reageren, maar dat lukte haar niet. Want eigenlijk was ze niet helemaal eerlijk, als ze er eens goed over nadacht, vooral omdat de mannen op zijn minst kans wilden maken op een volgende date en ze hun zelfs dat niet kon geven.

'Ik wil gewoon lol hebben,' zei ze. 'Wat is daar mis mee?'

Claire wierp haar een lange, onderzoekende blik toe, die ze opzettelijk vermeed door een ringetje vast te maken aan de oorbel in wording. 'Helemaal niets, als ik de indruk had dat je ook echt lol had.'

Daar kon ze niet zo snel een weerwoord op verzinnen, domweg omdat het er niet was. Ze had geen lol. Ze voelde zich ellendig. Al dat overspannen daten maakte haar er alleen maar bewust van hoeveel meer ze zou kunnen hebben.

Die rottige Sam Delgado ook.

'Nou, dan heb ik goed nieuws voor je: ik heb besloten na vanavond voorlopig even niet meer te daten.' Goed, dat drastische besluit had ze zojuist genomen, hier, ter plekke, maar dat hoefde ze Claire niet aan haar neus te hangen. 'Wie heeft er de tijd of de energie voor?'

Opnieuw keken die door de brillenglazen vergrote ogen haar onderzoekend aan. Na al die jaren dat ze al hartsvriendinnen waren, kende niemand haar zo goed als Claire, zelfs haar moeder en zussen niet. Hoewel ze nog steeds een paar geheimen bewaarde, had ze het sterke vermoeden dat Claire een aantal dingen waarover ze niet wilde praten, wel kon raden.

'Ik dacht echt dat je het goed kon vinden met Sam. Hij lijkt me hartstikke aardig.'

Ja. Claire kende haar veel te goed. 'Dat is hij ook. Verschrikkelijk. Hé, die glazen kralen, is dat een nieuwe lijn die ik nog niet heb gezien?'

'Ja. En waarom probeer je van onderwerp te veranderen?'

Ze trok een gezicht waarvan ze vrij zeker wist dat niemand zich erdoor in de maling liet nemen. 'Ik wil deze oorbellen voor Caroline vandaag af krijgen, want ik heb straks een afspraak met een leverancier in het restaurant. Ik heb maar heel weinig tijd met mijn beste vriendin hier. Waarom zou ik die kostbare tijd verspillen door over mijn saaie dates te praten?'

Een van de dingen die ze het meest in Claire waardeerde, was dat ze Alex' wens om sommige dingen voor zichzelf te houden respecteerde, zonder zich beledigd te voelen dat ze soms behoefte had aan ruimte en privacy.

Claire had aangevoeld dat er iets ernstigs aan de hand was toen Alex terugkeerde uit Europa. De eerste paar maanden had ze haar met een bezorgde blik aangekeken, maar na een aantal voorzichtige pogingen om haar aan de praat te krijgen, had ze geaccepteerd dat Alex sommige dingen privé wilde houden, om persoonlijke redenen.

Tot haar opluchting leek Claire in te zien dat dit een van die gevallen was.

'Hoe is het met Caroline?' vroeg ze na een korte stilte, hoewel diezelfde bezorgde blik een schaduw over haar ogen wierp. 'Ik hoorde dat het niet goed met haar gaat.'

Dit was ook niet bepaald een onderwerp dat Alex onberoerd liet, maar ze ging er wel op in. 'Het komt weer goed,' zei ze op stellige toon. 'Ik ben gisterochtend bij haar langsgegaan. Volgens mij is ze een beetje down, dat is alles. Ik dacht dat een paar nieuwe oorbellen misschien zouden helpen.'

'Jou of haar?'

Claire kende haar echt veel te goed. 'Oké, ons allebei. Het geeft je zo'n machteloos gevoel, weet je. Kanker is een rotziekte.'

Claire reikte over de tafel en gaf een kneepje in Alex' hand om het tangetje heen. 'Ja, dat is het zeker. Je bent een goede vriendin, Alexandra McKnight.'

Was dat zo? Zelf vond ze van niet. Claire pikte haar humeurige buien en haar zwijgzaamheid, maar dat zouden niet veel mensen doen.

Ze wist die kant van zichzelf voor Caroline verborgen te houden. Momenteel moest ze zich van haar beste kant laten zien aan de oudere dame. Caroline had namelijk niet zoveel andere mensen om op terug te vallen, alleen een zoon die aan de andere kant van de wereld woonde met zijn Japanse vrouw en zelden terugkwam.

'Ik wou dat ik meer kon doen. Ik breng haar zo vaak mogelijk maaltijden, maar ze eet momenteel niet veel. Vandaag ga ik haar een paar van haar lievelingskostjes brengen en ik dacht dat de oorbellen een leuk extraatje zouden zijn. Je weet hoe druk ze zich altijd maakt over haar uiterlijk.'

'Wat kunnen Riley en ik voor haar doen? Ik heb haar op de schoonmaaklijst staan voor de Giving Hope Day komende zaterdag, maar laat het me alsjeblieft weten als je nog iets anders te binnen schiet wat we voor haar kunnen doen.'

'Zal ik doen. Ik wil graag in haar tuinteam.'

Dit jaar had ze gevraagd om een paar andere klussen dan eten klaarmaken. Hoewel ze in de commissie zat die de lunch organiseerde voor de vrijwilligers en het diner dat onderdeel was van het gala, werden beide evenementen dit jaar verzorgd door een van Brodies andere restaurants. Dat vond ze niet erg. Met haar werk in het restaurant en de andere maaltijden die ze kookte voor haar oudere kennissen, wilde ze wel eens even weg uit de keuken.

'Dan zet ik je naam erbij. Ik heb je ook staan voor het aankleden van de danszaal met Evies feestcommissie.'

'O. Juist. Dat was ik even vergeten. Wat voor projecten doe je dit jaar verder nog?'

Zoals ze had gehoopt begon Claire aan een uitgebreide opsomming van de diverse geplande activiteiten. Het voornaamste project dit jaar was de bouw van een tribune op het juniorenhonkbalterrein, waar dringend behoefte aan was.

Door middel van goed getimede vragen wist ze Claire aan de praat te houden over de Giving Hope Day – in plaats van Alex' chaotische liefdesleven – totdat ze zeven paar oorbellen voor Caroline af had, voor elke dag van de week een, gemaakt van kralen in dezelfde vrolijke kleuren als de bloemen in haar rommelige tuin.

Ze vond het wel best. Al was het gesprek gegaan over

Claires zwangerschap en ophanden zijnde bevalling en het diepgewortelde verdriet dat dat onvermijdelijk opriep, dat was altijd nog een beter onderwerp dan de reden waarom ze uitging met al die andere mannen die Sam niet waren.

'Je moet... ophouden me zoveel eten te brengen, lieverd. Dat krijg ik nooit... allemaal op.'

Ze moest zich inspannen om Caroline te kunnen verstaan. Haar stem leek met de dag onduidelijker en beveriger te worden. Het brak haar hart, evenals Carolines verkapte toespeling dat het een verspilling van voedsel was omdat ze niet verwachtte er nog lang genoeg te zijn om het op te eten.

'Doe niet zo mal. Natuurlijk wel. Zodra je je beter voelt en weer in staat bent om in de tuin aan de slag te gaan, zul je honger als een paard hebben. Ik zorg ervoor dat je voldoende lekkere, gezonde dingen in de vriezer hebt om je energie op peil te houden.'

Caroline reageerde niet, frummelde slechts met haar vingers aan de franje van de kasjmieren pashmina die Katherine Thorne onlangs voor haar had meegebracht van een van haar vele reizen, deze keer naar New Delhi

'Ga maar even rustig zitten, dan ga ik wat van deze heerlijke soep voor je opwarmen. Champignon en rijst, je lievelingssoep.'

'Dat hoeft... echt niet. Het klinkt goed, maar... ik heb niet zo'n trek, ben ik bang.'

'Ik ga het toch even opwarmen, dan kun je een hapje of twee proeven.'

Als Caroline er eenmaal van had geproefd, zou ze misschien toch trek krijgen en meer willen. Op deze manier zou ze wegteren voordat de kanker haar eronder kreeg.

Alex prentte in haar achterhoofd om met de wijkverpleegster te praten, die de laatste paar weken regelmatig langskwam, over een aantal recepten waarvan ze dacht dat ze Carolines eetlust wellicht zouden opwekken.

Zodra de soep op stond, stapte ze naar buiten om de grillen van het lot te vervloeken in Carolines prachtige tuin, nu verwilderd en overwoekerd. Het ene moment kon iemand nog kwiek en gezond zijn, op tuiniergebied met kop en schouders boven de rest van het stadje uitsteken op haar slechtste dag, het volgende was ze een schaduw van zichzelf terwijl het leven haar stukje bij beetje tussen de vingers door glipte.

Ze plukte wat bloemen in de hoop dat ze een glimlach op Carolines gezicht zouden brengen: takjes heerlijk geurende lavendel, sierlijke knalgele irissen, weelderige dieproze pioenrozen en een paar eenvoudige vroegbloeiende margrietjes.

Ze was niet zo'n bloemschikster, maar ze vond een

mooie kan in een van Carolines kasten en wist er toch iets van te maken, wat ermee door kon. Daarna schepte ze de soep in haar mooiste kom en zette die op een dienblad met wat luxe crackers die ze had meegenomen in de hoop die vermaledijde eetlust op te wekken.

Caroline zat te knikkebollen in haar comfortabele leunstoel bij het raam, maar ze knipperde met haar ogen toen Alex binnenkwam.

'O, dank je, lieverd. En... bedankt voor de oorbellen. Ze zijn allemaal zo mooi dat ik niet kon kiezen. Dus heb ik... ienemienemutte gedaan.'

'Heel slim.'

Caroline droeg het paar dat ze had gemaakt van doorzichtig roze, glazen hartjes. Ze deden Alex denken aan het tere, uitwaaierende gebroken hartje dat als een van de eerste struiken bloeide in die schitterende tuin.

Ze ging bij haar zitten en haalde haar over een lepeltje te proeven, en toen nog een. Al met al at Caroline ongeveer een half kopje soep en twee crackers, wat meer was dan Alex had gehoopt.

'Dank je wel. Dat was heerlijk.'

'Graag gedaan, lieve schat. Er staat nog veel meer in de ijskast. Je kunt er wat van nemen met Helen wanneer ze weer komt,' zei ze, doelend op de wijkverpleegster.

'Dat zal ik doen.'

De bloemen liet ze in de woonkamer staan, waar Caroline ervan kon genieten, maar het dienblad bracht ze terug naar de keuken, waar ze de afwas in de vaatwasser deed en vervolgens de kastjes en het aanrecht afnam, stoffig geworden doordat ze niet werden gebruikt.

'Dat was het denk ik zo'n beetje,' zei ze. 'Kan ik nog iets anders voor je halen voordat ik wegga?'

'Ik wou... dat je niet weg hoefde, lieverd. Ik vind het fijn... als je er bent.'

Ze nam haar vriendin aandachtig op, zwak en ziek en alleen hier in het huis, en dacht aan haar date met een man die ze één keer had ontmoet en waarschijnlijk nooit meer zou zien. Ze kon zich amper herinneren hoe hij heette. Brent nog-wat. Of was het Trent?

Waar was ze mee bezig, kostbare momenten verloren laten gaan van een leven dat veel te snel zou eindigen?

'Een ogenblikje, hoor,' zei ze, waarna ze terugliep naar de keuken en haar mobiel tevoorschijn haalde.

Ze was blij dat ze het afspraakje had afgezegd, dacht ze even later toen ze het gesprek verbrak. Een type dat zo pissig werd over een kleine teleurstelling, was het niet waard om ook maar een minuut aan te besteden.

'Ziezo,' zei ze tegen Caroline toen ze de woonkamer weer binnen kwam. 'Het ziet ernaar uit dat ik een vrije avond heb.'

'En je date dan?'

'Ik ben veel liever een avond bij jou,' zei ze gemeend.

‘Weet je, Claire wilde vanavond ook iets doen. Zal ik haar bellen, dan kunnen we er een meidenavondje van maken, gezellig met zijn drietjes? Ik kan haar vragen een film mee te nemen en wat van mijn super-de-luxe popcorn te maken.’

‘Geen… meidenfilm,’ drukte Caroline haar op het hart. ‘Spannende actie. Iets met… lekkere mannen… met spierbundels.’

Alex schoot in de lach en gaf Caroline een zoen op haar grijze kruin. ‘Komt voor elkaar. Lekkere mannen met spierbundels zijn in aantocht,’ zei ze, en ze zag het leven zonniger in dan ze in een week had gedaan.

De avond was top, ook al viel Caroline in slaap tijdens de tweede helft van de film, juist toen de actie in alle hevigheid losbarstte.

Zij en Claire vermaakten zich sowieso en hielpen Caroline na afloop met haar medicijnen en naar bed.

Claire had engelengeduld, was een veel beter mens dan Alex ooit zou worden. Ze klaagde niet toen Caroline haar voor de derde keer naar de keuken liet gaan, deze keer om de leesbril te halen die ze daar had laten liggen.

Nadat ze was weggelopen, stak Caroline een hand uit en greep die van Alex, haar botten even dun en broos als pâté feuilletée. ‘Het spijt me… dat je je date hebt afgezegd voor een avondje met... dit saaie mens.'

'Ben je mal. Dit was de leukste avond die ik in weken heb gehad. Trouwens, die kerel bleek een plurk te zijn. En hij was op geen stukken na zo sexy als Matt Damon.'

Caroline glimlachte zwakjes, en haar vingers beefden lichtjes. 'Heb ik je wel eens verteld... over mijn Thomas?'

'Niet echt,' zei ze enigszins aarzelend. Net als zij had Caroline geheimen die ze in haar hart meedroeg. 'Mijn moeder vertelde me eens dat hij was omgekomen in de oorlog in Korea.'

'Ja.' Carolines blik stond op oneindig. 'We waren pas een jaar getrouwd, en ik was zwanger van onze Ross, toen hij werd opgeroepen. Zes maanden later kwam hij om. Hij heeft zijn zoon nooit gezien.'

Ze kreeg een pijnlijk, beklemmend gevoel op haar borst bij het beeld van een jonge oorlogsweduwe, alleen met haar verdriet. 'O. Och, lieve schat. Wat afschuwelijk.'

'Een paar jaar later... had ik de kans op een... nieuwe liefde. Zijn beste vriend kwam terug... van de oorlog en bleef hier een paar maanden om in de... zilvermijn te werken, totdat die was uitgeput. Joseph Baxter. Joe. Hij leek... precies op dat Damon-heerschap. Misschien ben ik daarom... zo gek op zijn films.'

Alex glimlachte door de tranen die ze probeerde terug

te dringen. Vanuit haar ooghoeken zag ze dat Claire was teruggekomen, maar in de deuropening bleef staan, een hand op haar ronde buik en de andere tegen haar hart gedrukt.

'Hij gaf veel om Ross en... wilde met me trouwen, maar... ik durfde niet. Ik had al een geliefde verloren en wilde dat niet nog een keer meemaken. Het verdriet... toen Tommy sneuvelde... was ondraaglijk. Dus wees ik Joe af. Keer op keer. Tot hij het opgaf en uit Hope's Crossing vertrok. Het laatste wat ik over hem heb gehoord, is dat hij naar Nevada verhuisde om in de mijnen te werken en... met een meisje trouwde dat hij daar leerde kennen.'

Daarna bleef Caroline lang stil, haar gezicht afgewend op het kussen. Alex had makkelijk kunnen denken dat ze in slaap was gevallen, als die broze vingers niet waren blijven trillen in de hare.

Uiteindelijk draaide ze haar hoofd terug, en uit de blik waarmee ze Alex aankeek, sprak meer helderheid en wilskracht dan ze er in weken in had gezien. 'Ik ben alleen gebleven... al die jaren... heb in mijn eentje in dit koude bed geslapen. Wie weet wat ik ben misgelopen, omdat ik te... bang was?'

Hoe ziek ze ook was, Caroline deed nooit iets zonder bedoeling. Ze vertelde dit verhaal, vanavond, met een reden die Alex niet begreep.

‘Hij werkte in een mijn,’ mompelde ze, erop gebrand om haar versie van die lang vervlogen liefde te verdedigen. ‘Wat als er een tunnel was ingestort of zo? Dan had je het verdriet om het verlies van iemand nog een keer moeten doormaken.’

Claire maakte een verstikt geluid, maar Alex keek niet om en Caroline hoorde het blijkbaar niet.

‘Ik... had het... risico moeten nemen.’ Ze klemde beide handen om die van Alex alsof ze er levensreddend water mee opving. ‘Het leven is niet... bedoeld om... je in een hoekje te verstoppen met je armen over je hoofd, om jezelf te beschermen... tegen alles wat je eventueel zou kunnen kwetsen. Het leven moet... omarmd worden.’

‘Dat heb je gedaan. Iedereen in Hope’s Crossing is dol op je.’

Dat deed Caroline af met een lichte beweging van haar magere schouders. ‘Wanneer een vrouw eraan toe is aan een ander... hoofdstuk van haar leven te beginnen, gaat ze dingen zien met een... meedogenloze helderheid.’ Ondanks de moeite die het spreken haar kostte, gaf ze hun een schalks lachje. ‘Ik heb vijftig jaar... zonder man in dit bed gelegen. Denk eens... aan alle orgasmes die ik ben misgelopen.’

Claire proestte het uit. Ondanks alle verstikkende emoties, wist ook Alex een lach uit te brengen. ‘Dat is wel een dingetje,’ mompelde ze.

'Maak niet... dezelfde fouten als ik. Als je de kans krijgt om het geluk te vinden met een bijzonder iemand, grijp hem dan... en laat niet meer los. Als je dat niet doet, zou je net zo kunnen eindigen als ik... een verschrompeld, vermoeid, oud vrouwtje... dat alleen doodgaat.'

'Je gaat niet dood,' zei Alex automatisch. 'En je bent niet alleen. Wij zijn hier immers? We hebben net een te gekke film gezien en heerlijke popcorn gegeten en gelachen.'

'Ja, en nu... ben ik moe. Moet ik slapen. Dank jullie wel, lieverds. Vannacht zal ik... dromen van... Matt Damon.'

Terwijl ze Caroline instopte en het licht uitdeed, vroeg Alex zich af of zij er over vijftig jaar net zo aan toe zou zijn, alleen met de dingen waar ze spijt van had.

Hoofdstuk 16

Hier ging Claire voor boeten, en zwaar ook.

Vanaf haar uitkijkpunt op haar knieën in de aarde van Carolines voortuin, waar ze als een dolle irritante iepenzaailingen uit de grond had gerukt, die daar vanuit omringende bomen naartoe waren geblazen en wortel hadden geschoten, keek Alex nijdig naar de pick-up die net achter haar eigen SUV werd geparkeerd.

Ze kende die pick-up.

Toen een grote, gespierde figuur uitstapte, gevolgd door een uiterst schattig, donkerharig jongetje, had ze zin een potje te grienen. Of om met iets te gooien, dat wist ze niet zeker.

Waarom vond Claire het nodig om van alle projecten die door het hele stadje werden uitgevoerd, uitgerekend Sam hier aan het werk te zetten, terwijl ze verdraaid goed wist dat Alex er de hele ochtend bezig zou zijn om Carolines overwoekerde tuin te fatsoeneren?

Daar hoefde ze niet naar te raden. Het kon geen toeval zijn. Claire vermoedde dat ze gevoelens had voor Sam. Ondanks alle moeite die ze laatst had gedaan om niet over hem te hoeven praten – of misschien juist daarom – moest Claire hebben aangevoeld dat haar gevoelens voor hem dieper gingen dan ze wilde toegeven.

Voor hetzelfde geld spanden haar moeder en zussen met Claire samen om haar vandaag gedwongen met Sam te laten samenwerken. Stelletje bemoeizuchtige koppelaarsters.

Ze ging op haar hurken zitten en zag dat hij en Ethan dezelfde soort gereedschapsriemen uit de laadbak van de pick-up pakten. Sam gespte de zijne laag om zijn heupen vast, maar Ethan leek te worstelen met de zijne. De vader bukte zich om de riem op de juiste hoogte om de jongen heen te slaan en haalde vervolgens het uiteinde door de gesp.

Een grote, stoere oud-militair zijn zoontje te zien helpen, daarvan kreeg ze zowat een hart- en hersenverweking.

Dit ging Claire beslist berouwen, ook al viel het niet mee manieren te verzinnen om wraak te nemen op een zwangere vrouw.

Toch kon ze het haar niet helemaal kwalijk nemen. Hope's Crossing was een klein plaatsje. Ze kon hem niet eeuwig ontlopen. Als ze niet iets bedacht om ermee om te leren gaan dat ze hem regelmatig tegenkwam, zou ze zich snel ellendig gaan voelen in haar eigen geboorteplaats.

Met dat in haar achterhoofd besloot ze nog eenmaal

de nonchalante, vriendelijke aanpak te proberen en te doen of er niets tussen hen speelde. Ze propte haar tuinhandschoenen in haar zak en liep naar hen toe.

Hij was niet verbaasd haar te zien, viel haar op toen ze dichterbij kwam. Had Claire hem ingeseind of had hij simpelweg haar auto herkend toen hij aan kwam rijden? Hij kwam overeind nadat hij Ethan had geholpen en zag haar op hen af komen lopen, een vuur smeulend in zijn bruine ogen, dat hij echter snel onderdrukte.

Om haar hart de kans te geven te kalmeren, koos ze ervoor hem te negeren en in plaats daarvan het woord tot Ethan te richten. 'Hé, hallo. Je komt klussen, hoop ik.'

'Ja. Ik heb mijn eigen hamer. Die heb ik vanochtend van mijn vader gekregen. En ik heb twee schroevendraaiers, een rechte en een met een kruiskop.'

Het gereedschap glom in zijn riem, duidelijk gloednieuw, en haar hart kneep samen bij de gedachte aan Sam die ze uitkoos voor zijn zoon.

'Dat is niet mis.'

'Ik leende steeds gereedschap van mijn vader, maar deze zijn helemaal van mij alleen. Ik hoef ze niet terug te geven. We gaan van de zomer een boomhut bouwen. Het wordt de allermooiste boomhut van Hope's Crossing, met vier muren en een dak en ramen die open en dicht kunnen en alles.'

'Klinkt te gek.'

'Je mag komen kijken, hoor,' stelde hij voor. 'Misschien kun je Leo dan meenemen. En brownies, als je wilt.'

Ze glimlachte. Hoe kon ze ook anders tegenover dit jongetje dat zo'n open boek was? 'Dat lijkt me heel leuk. Bedankt voor de uitnodiging. Laat me maar weten wanneer hij af is, dan kom ik brownies brengen.'

Uiteindelijk moest ze Sam natuurlijk toch een keer aankijken. Dat kon ze niet eeuwig uitstellen. Met een lichte zucht rechtte ze haar rug.

De herinnering aan die laatste, emotionele kus leek tussen hen in te hangen, zo zinderend en intens dat het haar verbaasde dat al dat hoog opgeschoten onkruid geen vlam vatte.

'Ik heb opdracht gekregen een paar treden en de balustrade van de veranda te repareren. Claire zei ook iets over een prieeltje waar iets aan moest gebeuren, geloof ik.'

Het waren inderdaad dingen waar iets aan gedaan moest worden, maar geen ervan was dringend. Zelfs als ze dat wel waren, waarom moesten ze dan door hem gerepareerd worden, wilde ze jammeren.

'Er valt genoeg te doen,' zei ze in plaats daarvan. 'Caroline voelde zich de laatste paar jaar niet zo goed. Maar nu gaat het al beter.'

Ze wuifde naar haar vriendin, die gehuld in een deken vanaf de veranda haar werkzaamheden gadesloeg en af en toe een nuttige aanwijzing gaf.

Caroline stak een hand op om terug te zwaaien, maar leek er de energie niet voor te hebben om hem meer dan een paar centimeter op te tillen. Hier buiten in het junizonnetje leek ze nog bleker.

'Dan moeten we maar gauw aan de slag, vind je niet, Ethan?'

Zijn zoontje knikte, hoewel hij glimlachend naar Alex bleef staan opkijken. 'Raad eens? Ik ben gisteren overgegaan naar de tweede klas.'

'Gefeliciteerd!'

'Het is zomervakantie en nu mag ik hier bij mijn vader komen wonen. Ik hoef niet meer terug. Ik kan trouwens niet meer terug, want mijn oom en tante zijn in een heel ander land. We gaan ze misschien een keertje opzoeken. Niet binnenkort, maar een keertje. Het is in Europa.'

'Dat is hartstikke fijn, zeg.'

'En weet je wat nog meer? Mijn kamer is helemaal af. Gisteravond waren we klaar met schilderen. Een hele muur is een schoolbord. Mijn vader heeft een speciaal soort verf gebruikt. Ik heb kleurkrijt om erop te schrijven en een grote wisser. Ik kan erop tekenen of sommen op maken of wat ik maar wil.'

'Wat gaaf!' En het perfecte detail voor een jongetje

dat angstaanjagend slim was. Goed gedaan, Sam, wilde ze zeggen.

'Kom je een keertje kijken? Dan hoef je niet eens brownies mee te nemen, als je dat niet wilt.'

Ze wierp een snelle blik op Sam. Hoewel ze niets uit zijn gezichtsuitdrukking kon opmaken, kon ze de spanning en hunkering die als hittegolven van hem afstraalden, bijna voelen.

Ik geef om je, Alexandra. Ik denk dat ik zomaar voor je zou kunnen vallen, met een beetje aanmoediging.

'Dat lijkt me leuk.'

'Vanavond?'

Ze wist een glimlach te produceren, ook al merkte ze dat Sam zijn mond opende om iets te zeggen. 'Ik denk niet dat ik vanavond kan. Dan moet ik naar het grote benefietgala in het skiresort.'

'Wat is een gala?'

'Een groot feest waar mensen zich mooi voor aankleden en dansen en af en toe lekkere hapjes krijgen.'

'Dat klinkt suf.'

Ze schoot in de lach. 'Dat zul je mij niet horen ontkennen, knul. Maar als je groot bent, moet je zo nu en dan suffe dingen doen.'

'Mijn vader gaat ook. Hij heeft een date. Ik moet bij een oppas blijven. Ik vind dat ik te oud ben voor een oppas, jij niet?'

Plotseling zag ze een beeld voor zich van Sam met een andere vrouw, met wie hij lachte, die hij trakteerde op die verrukkelijke kussen en zijn droge gevoel voor humor. Haar maag trok krampachtig samen, zo pijnlijk dat de tranen in haar ogen prikten. Als verdoofd door de schok die door haar heen sneed, verplaatste ze haar blik naar Sam. Die keek terug met een stalen gezicht waar niets uit op te maken viel.

Wat had ze anders verwacht? Op alle mogelijke manieren had ze de deur voor hem dichtgegooid. Ze kon er niet van uitgaan dat hij maar bleef wachten op iets waarvan ze allebei wisten dat het niet ging gebeuren.

Ze dwong zichzelf te glimlachen, negeerde de pijn die als een levend, ademend wezen door haar heen leek te klauwen. 'Een oppas is vervelend, ja, maar ik ben bang dat je er nog een paar jaartjes aan vastzit.'

'Dat zal wel. Maar ik ben heel verstandig voor mijn leeftijd. Ik vind dat dat mee zou moeten tellen.'

Sam kwam tussenbeide voordat ze een antwoord kon bedenken. 'Kom op, jongen. We kunnen beter aan het werk gaan voordat Mrs. McKnight hierheen komt en de zweep erover legt.'

Het duurde eventjes voordat ze doorhad dat hij Claire bedoelde, niet haar moeder. 'Zo is het. Die wil je niet tegen de haren instrijken.' Anders kon ze wel eens besluiten om de enige persoon uit de wijde omtrek hierheen te sturen met wie je nou juist niet de hele dag wilde doorbrengen.

Sam haalde een paar planken uit de laadbak van zijn pick-up, die hij aan Ethan overhandigde om naar het huis te dragen, en Alex ging terug naar de tuin, blij dat er nog zat vervelend onkruid was om haar verwarrende emoties op af te reageren.

Het was zwaar, zweterig, afmattend werk, maar het gaf haar enorme voldoening om de boel op te schonen, zodat de vrolijke felgekleurde vaste planten weer de ruimte kregen om te bloeien. Tijdens het wieden, uitdunnen en snoeien van oude struiken deed ze haar uiterste best beide Delgado-mannen te negeren.

Dat viel niet mee.

Zo nu en dan ving ze een glimp op van Sam die naar zijn pick-up liep om er iets uit te halen of een plank afmat en zaagde op de zaagbok die hij had neergezet. Ethans vrolijke geratel schalde door de tuin en af en toe riep hij haar om een plank te bewonderen die hij net had afgezaagd of vastgespijkerd.

Nadat de zon zijn hoogste punt had bereikt en aan de glijvlucht richting de bergen begon, maakte de heldere ochtendhemel plaats voor een paar grijsgerande wolken. Hoe meer orde ze bracht in de chaos in Carolines tuin, hoe chaotischer haar eigen gedachten leken te worden. Hoe moest dit verder? Hoe kon ze in Hope's Crossing blijven wonen, een paar huizen van Sam en Ethan verwijderd, terwijl Sam verderging met zijn leven, ging daten, mogelijk op een gegeven moment hertrouwde?

Van de gedachte alleen al werd ze draaierig, hoewel ze zichzelf probeerde wijs te maken dat het aan de zon lag en het feit dat ze de hele dag alleen maar een banaan had gegeten.

Het alarm op haar mobiel piepte ongeveer een uur nadat Sam en zijn zoontje waren gearriveerd, ten teken dat Caroline al een behoorlijke poos buiten was en waarschijnlijk wel een verandering van houding kon gebruiken.

Ze liep de veranda op. 'Toe aan een dutje?' vroeg ze.

'Het gaat prima,' verzekerde de oude dame haar met een glimlach die haar zo te zien veel inspanning kostte. 'Maar jij bent vast... aan een pauze toe.'

Ze had best nog een paar uurtjes door kunnen gaan alvorens er de brui aan te geven, maar ze wilde niet dat Caroline te veel van zichzelf vergde.

'Ik heb Helen wat... limonade laten maken toen ze hier gisteren was. Misschien kun je er wat van brengen naar die aardige man en zijn... zoontje?'

Het was wellicht cynisch, maar ze zou er niet raar van opkijken als Caroline medeplichtig bleek te zijn aan de koppelpoging. Maar misschien was ze alleen maar hypergevoelig op dit punt. 'Oké,' antwoordde ze. 'Goed idee. Kom maar mee naar binnen, daar is het koeler, dan schenk ik intussen in.'

'Ik zit... hier goed. Het is het leukste op zelf tuinieren na. Het zonnetje voelt lekker.'

Hoeveel zomerse junimiddagen zou Caroline nog beleven? Alex' hart brak opnieuw. 'De zon is heerlijk na zo'n lange winter, hè? Dan maak ik even een hapje voor je klaar en breng je een glas limonade.'

'Ik hoop dat er genoeg is. Helen kan... meer maken. Ze komt vandaag weer. Of was het... morgen? Ik weet het niet meer.' Caroline fronste haar voorhoofd en keek uit over de tuin alsof ze het antwoord daar zou vinden.

Alex gaf een kneepje in de vingers die op de gebogen armleuning van de schommelstoel rustten. 'Ik weet niet hoe je er allemaal wijs uit wordt, met al je afspraken en je medicijnen en de sexy mannen die hier de deur platlopen. Maar daar zijn we snel genoeg achter. Ik kijk gewoon even op het rooster op de koelkast.'

De spanning vloeide uit haar weg en ze leek ontspannen onderuit te zakken in haar stoel. 'Wil je dat doen? Dank je.'

Ze zag dat Helen inderdaad vandaag kwam, en morgen weer. Sterker, het hospitium had geregeld dat er elke dag iemand langskwam, voor onbepaalde tijd, wat inhield dat zij ook wisten dat Caroline achteruitging.

Vechtend tegen de tranen, schonk ze een aantal glazen

limonade in op hetzelfde dienblad waarop ze Caro's soep van de week had opgediend. Ze vond ook nog wat van de koekjes die ze had meegebracht, en schikte die op een schaaltje.

Toen ze met het dienblad terugkwam op de veranda, bleek Sam in de schommelstoel naast Caroline te zitten. Ethan lag op zijn buik op het tuinpad en tuurde ingespannen naar iets op het beton. Het kwam vreemd over dat ze hier waren, op deze plek, bij haar vriendin.

'Wat heb je daar gevonden?' vroeg ze Ethan terwijl ze het dienblad op een klein tafeltje bij Carolines elleboog zette.

'Een slak. Hij zit onder het slijm. Ik las in een boek dat slakken slijm produceren om wrijving te verminderen, zodat ze zich beter kunnen voortbewegen. Is dat niet gaaf?'

Niet echt, nee. Het enige wat zij gaaf vond aan slakken, was hoe heerlijk de juiste soort kon smaken, gebakken in boter en met een goede wijnsaus. 'Nou en of,' antwoordde ze.

Hij keek lachend naar haar op, net op het moment dat de zon tussen een paar wolken doorbrak en er een straal zonlicht precies op zijn hoofd viel, die hem in een gouden gloed zette.

Als een donderslag bij heldere hemel werd ze overvallen door liefde voor dit jongetje dat zo'n groot verlies te verduren had gekregen, maar toch nog vreugde kon halen uit kleine dingetjes zoals een slak die een slijmspoor trok over een door de zon verwarmd tuinpad.

Ze wilde hem in haar armen nemen en dicht tegen zich aan houden.

Dat ging niet. Dat was niet voor haar weggelegd. Op een dag zou Sam waarschijnlijk hertrouwen, en dan zou het aan die vrouw zijn om Ethan een pakkerd op zijn wang te geven en zijn kraag recht te trekken en hem 's avonds in te stoppen.

Ze schraapte haar keel. 'Ik heb limonade voor jou en je vader. Heb je daar zin in?'

'Straks,' zei Ethan afwezig, waardoor ze gedwongen werd zich naar Sam om te draaien.

Hij pakte een glas van het dienblad en nam een slok, waarbij ze ineens absurd gefascineerd werd door het op en neer bewegen van zijn adamsappel bij het slikken.

'Ik... ben heel blij met je hulp,' zei Caroline met haar onduidelijke, iele stem. Ze was gewend zich te moeten inspannen om verstaanbaar te zijn. Mensen die Caro niet goed kenden, raakten er soms gefrustreerd door, maar Sam glimlachte slechts geduldig.

'Graag gedaan,' reageerde hij.

'Vroeger kon ik... het zelf allemaal aan. Het valt niet mee... anderen te zien doen... wat ik zelf zou moeten doen.'

‘We helpen u met alle plezier, *ma’am*. U heeft een schitterend plekje hier. Wat een uitzicht. Woont u hier al lang?’

Ze vroeg zich af of Sam Caroline bewust probeerde af te leiden van het feit dat ze zoveel dingen niet meer kon. Ja. Natuurlijk. Daar twijfelde ze niet aan. Onder die stoere, mannelijke buitenkant ging zo’n type man schuil. In één woord geweldig.

‘Dat kun je... wel zeggen,’ antwoordde Caroline. ‘Vijfentachtig jaar al. Ik... ben geboren in dit huis en hierheen verhuisd als... pasgetrouwde vrouw, nadat mijn ouders waren overleden.’

Tijdens de korte periode van haar huwelijk, voordat haar man sneuvelde, moest ze hier zo gelukkig zijn geweest.

‘Ik wil... sterven in dit huis.’

‘Zover is het nog lang niet,’ reageerde Alex prompt.

‘Hum,’ luidde Carolines reactie.

Ze vroeg Sam waar hij woonde, waarop ze een gesprek begonnen over zijn huis en de vorige bewoners, die Caroline allemaal had gekend vanaf de tijd dat het huis was gebouwd in haar jeugd.

Alex kwam in de verleiding om verder te gaan in de tuin, maar dwong zichzelf te blijven zitten. Dit was een soort test. Als ze een gesprek van een paar minuten met de man niet uithield, hoe moest ze de komende decennia in dezelfde woonplaats dan doorkomen?

'Je gaat... naar het gala vanavond?' vroeg Caroline hem.

Hij knikte.

'Zorg dat je danst met... mijn Alex. Ze kan goed dansen, wanneer ze niet in de keuken staat.'

Alex voelde dat haar gezicht begon te gloeien. 'Hij heeft een date, Caro.'

'O? Wie?'

Dat hoefde Sam natuurlijk niet te vertellen en hij leek er ook geen zin in te hebben, maar deed het uiteindelijk toch. 'Charlotte Caine,' antwoordde hij, starend naar de tuin.

Dus hij had haar advies van een paar weken geleden opgevolgd en Charlotte mee uit gevraagd. Het was haar eigen idee geweest. Vanaf het begin had ze gedacht dat Charlotte perfect bij hem zou passen. Ze was lief en zachtaardig, in tegenstelling tot Alex, en verdiende een geweldige man als Sam.

Het was één ding om het beeld van een naamloze, gezichtsloze vrouw in Sams armen door haar hoofd te hebben spoken. Maar, o, het was heel iets anders wanneer die vrouw een goede vriendin van haar was.

'Ze is een... lieve meid,' zei Caroline. 'Een knappe meid, ook al voordat... ze zoveel afviel.'

Ze kromp ineen uit loyaliteit tegenover Charlotte,

maar de opmerking leek niet eens tot Sam door te dringen. 'Ze is heel aardig,' zei hij.

'Charlotte is geweldig. Dat had ik je toch gezegd. Jullie zullen vast een te gekke avond hebben.'

Over de rand van zijn glas keek hij haar strak aan. 'Daar ga ik van uit,' zei hij, nogal grimmig.

'Ik hoop dat… jullie de hele avond dansen,' zei Caroline. Haar stem leek te breken bij het laatste woord, waarop Alex haar aandachtiger opnam. In de laatste paar minuten was er meer kleur uit haar gezicht getrokken, waardoor het er nu even strak en wit uitzag als de jasmijn die tegen haar veranda op groeide.

'Misschien wordt het tijd dat je naar binnen gaat en even gaat liggen. Je hebt pijn.'

'Het is maar… een scheut.'

'Kom, ik breng je naar binnen en dan bel ik Helen.'

'Dat is niet nodig. Maar… misschien moet ik even gaan liggen. Eventjes maar.'

'Kan ik ergens mee helpen?' vroeg Sam.

Caroline wist een glimlachje voor hem op te brengen. 'Nee, nee. Het gaat wel. Drink… je limonade op. Alex… helpt me wel.'

Sam stond op en wekte de indruk dat hij het broze oude dametje in zijn armen wilde optillen en naar binnen dragen, maar Alex schudde haar hoofd. Ondanks al haar praatjes over sexy mannen zou Caroline zich opgelaten en gegeneerd voelen over zijn hulp.

Ze gaf Caroline een arm en loodste haar het huis in, naar haar slaapkamer, die aan de woonkamer grensde. Het leek haar vriendin al haar energie te kosten om die paar passen te lopen. Ze trok haar pantoffels uit en hielp haar in bed.

'Hij is pas echt... sexy,' verklaarde Caroline nadat de deken was ingestopt en de kussens precies goed lagen. 'Ik... hou van een man met een paar spieren.'

Ja. Zij ook. Helaas. Van die man in het bijzonder.

'Dat is het type man... aan wie je je tijd zou moeten besteden. Niet aan van die... sneeuwballen en skifanaten.'

'Snowboarders bedoel je?'

Caroline wapperde met haar blauw dooraderde vingers. 'Ja. Je hebt een man nodig.'

Een man zoals Sam. Ze zuchtte vermoeid en verdrietig. 'En dat... zoontje van hem. Schatjes zijn het, allebei.'

'Ja. Klopt. Alleraardigst.'

Iets in haar afgemeten toon moest Caroline een lichtje doen opgaan – of misschien had ze gewoon met Claire gesproken. 'Hij is het... nietwaar? Degene op wie je... verkikkerd bent.'

Ze schudde haar hoofd om de ouderwetse uitdrukking, ook al was het een understatement. Het stadium 'verkikkerd' was ze lang geleden al gepasseerd. 'We zijn vrienden en buren, meer niet, Caro. Hij heeft de keuken in mijn restaurant geïnstalleerd en nu is hij het oude Larson-huis verderop in de straat aan het opknappen. Meer valt er niet te vertellen.'

'Jammer. Ik hou van... een man... die goed is met zijn handen.'

Deze schalkse kant van Caroline deed haar altijd grinniken. 'Wie niet?' mompelde ze, haar best doend om niet te denken aan hoe goed Sam Delgado precies kon zijn met die grote, sterke handen van hem.

'Vergeet niet... wat ik laatst zei. Als je gek bent op een man, en zijn handen, moet je... het hem laten weten. Een slimme meid... zou zo'n knappe weduwnaar... in een wip strikken.'

Ze was geen slimme meid. Had ze dat niet keer op keer bewezen? 'Dat advies zal ik in mijn oren knopen.'

'Ik meen het. Vergooi geen kansen. Het leven is... in een vloek en een zucht voorbij.'

Ze knipperde haar tranen weg, vertikte het om ze aan haar vriendin te laten zien. Caroline lag op sterven, en dat kon ze niet verhelpen met kippenbouillon en zelfgebakken koekjes.

'Ik moet... rusten. Wil je iedereen... nogmaals bedanken van me?'

Ze kuste Caroline op haar ingevallen wang. 'Zal ik doen. Slaap lekker, lieve schat.'

Ze liep de kamer uit en drukte even een hand op haar maag, voordat ze diep inademde, haar schouders rechtte en het zonnetje in liep.

'Dat kun je best. Ik zal de plank vasthouden, en dan sla jij de spijkers erin waar ik heb aangewezen.'

'Wat als ik ze krom sla?' vroeg Ethan, een onzekere schittering in die heldere blauwe ogen.

'Dat is het mooie van spijkers. Die kunnen we er altijd weer uittrekken en het overdoen,' antwoordde Sam.

'Weet je het zeker? Ik wil het niet verpesten.'

'Dat gaat niet gebeuren. Let op. Hou de spijker met de ene hand vast en de hamer met de andere. Zo, ja.'

'Het is me gelukt!' riep zijn zoon even later uit, toen de versteviging van het verzakte prieel keurig op zijn plek zat.

'En hoe. Nu kun je, elke keer dat we langs dit huis komen, naar het prieel en de verandatrap kijken en bedenken dat wij ze gerepareerd hebben.'

Ethan stond te glunderen. Hij was heel trots op zichzelf wanneer hij iets voor elkaar kreeg wat hem van tevoren moeilijk leek. Sam benijdde zijn zoontje daarom, dat hij in staat was om zijn successen te vieren in plaats van meteen op zoek te gaan naar de volgende uitdaging.

Hij genoot ervan om samen met Ethan aan diverse klusjes te werken rondom dit kleine, nette huisje. Zo dicht in de buurt van Alexandra te verkeren, daarentegen, was een ander verhaal. De hele ochtend was hij zich ervan bewust geweest dat ze vlakbij in de tuin aan het werk was, haar haren in vlechten en een grote rieten hoed op die haar knappe gezicht afschermde.

Hoewel hij had geprobeerd niet te staren, was zijn aandacht keer op keer naar haar afgedwaald. Hij keek graag naar haar, maar dit had meer om het lijf dan een vrouw simpelweg mooi vinden. Hij vond het hartverwarmend hoe ze naar haar vriendin glimlachte en regelmatig een kijkje bij haar nam, hoe ze elke gelegenheid aangreep om met Ethan te dollen, hoe ze met haar onderarm de haren uit haar gezicht streek om te voorkomen dat ze het besmeurde met aarde.

Toen ze met de veranda bezig waren, had hij bijna met het spijkerpistool door zijn vinger geschoten, domweg omdat ze was opgestaan en zich had uitgerekt, haar handen op haar onderrug.

De afgelopen twintig minuten was ze binnengebleven bij haar vriendin. Hij hoopte dat alles in orde was. Caroline zag er niet goed uit. Voordat ze hem hierheen had gestuurd, had Claire hem verteld dat de vrouw kanker had en in het terminale stadium verkeerde. Zodra hij Caroline zag, herkende hij de symptomen van Kelli's laatste dagen. Ze had dezelfde bleke gelaatskleur, dezelfde holle ogen, en Sam wist dat ze niet heel lang meer zou genieten van dit prieel dat hij aan het opknappen was of de tuin die Alexandra zo ijverig opschoonde.

Alexandra zou verdrietig zijn wanneer de vrouw overleed. Hij wou dat hij haar kon beschermen tegen de pijn, die op een of andere manier van haar over kon nemen. Dat deed een man wanneer hij van een vrouw hield. Haar troosten. Haar pijn verzachten.

Hij fronste. Wat schoot hij ermee op om van haar te houden wanneer ze telkens weer de deur dichtgooide?

'Kunnen wij ook zo'n prieel in de tuin nemen?' vroeg Ethan.

Op dit moment stelde hun tuin niet veel voor, een lapje grond vol onkruid dat jarenlang was verwaarloosd, net als de rest van het huis. 'Ja, hoor. Misschien niet meteen deze zomer, maar later. We krijgen het razend druk met die gave boomhut.'

Er was een tijd dat het hem een goed gevoel had gegeven, het idee dat hij plannen kon maken om iets te bouwen voor de toekomst. Dat hij niets mooier had gevonden dan te weten dat hij morgen een boom in zijn tuin kon planten en er nog jarenlang plezier van kon hebben.

Wat hem nu overkwam, snapte hij niet goed. Hij begon overal vraagtekens bij te zetten. Hij was heel bang dat hij niet in staat zou zijn om te genieten van het huis waarvoor hij plannen had gemaakt, voor had gespaard, voor had gewerkt. Niet wanneer hij wist dat zij zo dichtbij was, maar gevoelsmatig aan de andere kant van het universum.

Alexandra kwam het huis uit lopen toen hij en Ethan de rommel rondom het prieel aan het opruimen waren. Haar hoed lag nog op de tuinstoel, zodat hij haar gezichtsuitdrukking duidelijk kon zien. Het verdriet in haar ogen, het wrede besef dat haar vriendin op sterven lag straalden van haar af en troffen hem als een dreun in zijn maag.

Ze pakte haar hoed en bleef daar op de veranda staan staren naar de tuin, roerloos.

Na een poosje liet hij zijn zoon alleen en liep de treden op die ze net hadden gerepareerd. ‘Hoe is het met haar?’ vroeg hij.

Alexandra draaide zich naar hem om, keek hem met mistroostige ogen aan. ‘Het gaat straks vast wel weer. Ze moet alleen even rusten. Hier buiten in de zon zitten was te veel voor haar.’

‘Dat zal het zijn.’ Het was een leugen en dat wisten ze allebei.

‘Toch ga ik de verpleegster bellen.’ Ze plofte in de schommelstoel waar Caroline in had gezeten en haalde haar mobiel tevoorschijn.

Sam wist dat hij eigenlijk zijn boeltje bij elkaar moest pakken en naar de volgende klus gaan die Claire hem had opgedragen, maar hij kon zich er niet toe zetten. Alexandra had hem nodig, of ze het nu wilde toegeven of niet.

'Ik weet niet,' zei ze in de telefoon. 'Intuïtie, denk ik. Ik zie dat ze pijn heeft, maar ze wilde niet dat ik haar een pijnstiller gaf.'

Ze zweeg, luisterde naar de kant van het gesprek dat hij niet kon horen. 'Tja, je weet hoe eigenwijs ze kan zijn. Misschien moet je iets eerder hierheen komen en kijken of jij meer geluk hebt.'

Na weer een korte stilte: 'Ja. Ik moet kijken of de catering goed loopt en ik zou ook nog helpen de zaal te versieren, maar ik kan wel wachten tot jij hier bent. O, ben je zo dichtbij? Mooi. Dank je, Helen. Je bent een engel.'

Ze verbrak de verbinding en staarde naar haar hoed, met het gebloemde lint dat over de rand hing.

'Wat kan ik doen?' vroeg hij zachtjes, en hij pakte haar hand.

Haar vingers trilden licht, en hij dacht dat ze haar hand zou lostrekken, maar ze draaide hem om en klemde haar vingers om de zijne, terwijl Ethan op het gras speelde en de wolken zich samenpakten.

'Niets,' fluisterde ze uiteindelijk. 'Je hebt meer dan genoeg gedaan. Het zal haar goed doen te weten dat haar huis en tuin er weer keurig verzorgd uitzien.'

Omdat ze zijn hand vast bleef houden, wilde hij graag denken dat hij een klein beetje troost bood. Zo bleven ze zitten totdat een klein autootje langs de stoep parkeerde, waar een mollige vrouw in verpleegstersuniform uit stapte.

'Dat is Helen,' zei Alexandra ten overvloede.

Toen de verpleegster op hen af kwam lopen, liet ze haar hand tot zijn spijt uit de zijne glijden. Voordat de andere vrouw bij hen was, raakte ze zijn arm aan, haar vingers koel. 'Dank je,' zei ze eenvoudig, met een klein gespannen lachje, waarna ze wegliep om de verpleegster te begroeten.

Hoofdstuk 17

'Het ziet er allemaal spectaculair uit,' zei ze een paar uur later tegen Evie Thorne, voorzitter van de feestcommissie en verantwoordelijk voor de aankleding van de zaal. 'Je hebt jezelf echt overtroffen dit jaar.'

'Bedankt, Alex. Ik zou niet weten wat ik zonder jouw hulp had moeten beginnen. Van jullie allemaal.' Evies glimlach ging uit naar de voltallige commissie: Maura, Mary Ella, Angie, Charlotte. Zelfs Ruth Tatum, Claires moeder, was er, hoewel ze zich morrend door het laatste uur had geslagen, waarin ze feestverlichting in de balzaal hadden opgehangen.

Hoewel ze doodongerust was over Caroline, had Alex haar best gedaan om haar zorgen even van zich af te zetten en zich te concentreren op de klus die hier wachtte. Helen had haar verzekerd dat Caroline inmiddels rustig lag te slapen, nadat ze met tegenzin pijnmedicatie had ingenomen. Op dit moment kon Alex niets voor haar doen, en Helen had haar op het hart gedrukt om door te gaan met de rest van haar Giving Hope Day-taken.

Plotseling wenste ze vurig dat Brodie niet had besloten het restaurant te sluiten om zijn personeel de gelegenheid te geven mee te doen aan de vrijwilligersdag. Ze had dringend behoefte aan de afleiding en opbeuring die een keuken haar altijd bood.

'Ze zou niet willen dat je de hele dag misliep doordat je bij haar zat te treuren. Hup, ga maar gauw,' had Helen haar opgedragen.

Ze had niet geweten wat ze anders kon doen dan gehoorzamen. In elk geval was ze omringd door lieve vriendinnen, die stuk voor stuk bezorgde blikken op haar bleven werpen.

'Moeten we verder nog iets doen?' vroeg ze aan Evie.

'Helemaal niets, behalve dat ik iedereen nu opdraag om te maken dat je wegkomt en je om te kleden voor het benefietgala.'

'Ik heb begrepen dat een van ons een spannende date heeft.' Maura grijnsde. 'Charlotte gaat uit met jouw sexy timmerman.'

'Hij is niet mijn timmerman,' reageerde Alex op scherpe toon. Te scherp, besefte ze, toen haar moeder en Maura haar allebei bedenkelijk aankeken.

'Hij heeft de keuken in het restaurant afgemaakt,' zei Evie met een plagerige lach. 'Daarmee is hij van jou.'

'Formeel maakt dat hem tot Brodies timmerman,' pruttelde ze.

'Daar zit wat in,' zei Evie. 'Brodie heeft momenteel zoveel projecten lopen, hij zou Sam waarschijnlijk het liefst in vaste dienst nemen. Hij heeft diverse andere klussen voor hem zodra het werk aan het recreatiecentrum klaar is. Zo gaat het wanneer je goed werk levert. Dan vechten ze om je.'

Kon ze nou nergens heen gaan zonder dat het gesprek op Sam kwam?

'Ik hoop dat je een fantastische avond hebt, Charlotte,' zei ze resoluut.

Charlottes knappe gezicht kleurde, maar haar ogen straalden; op een of andere manier wist ze tegelijkertijd verlegen en opgewonden over te komen. Op sociaal gebied probeerde ze over haar eigen schaduw heen te stappen. Het werd een keer tijd. 'Het wordt vast leuk,' zei ze. 'De meeste mannen zien me nog steeds... wel, zoals ik vroeger was. Het is prettig om iemand te ontmoeten die geen vooroordelen heeft.'

Charlotte was een van de aardigste mensen die Alex kende en ze had de afgelopen jaren zo hard gewerkt aan haar metamorfose. Binnen hun vriendenkring was ze warm en vrolijk en grappig, maar ze had de neiging om in zichzelf te keren wanneer er anderen bij waren. 'Ik ben wel lichtelijk nerveus, als ik eerlijk ben,' zei ze.

'Het wordt een te gekke avond,' stelde Alex haar gerust.

'Sam is heel aardig,' vulde Evie aan. 'Hij komt soms wat nors over, maar dat is allemaal schijn.'

Sam? Nors? Dat was een kant van hem die ze dan nog

niet gezien had. Vanaf hun allereerste ontmoeting, dat pijnlijk gênante moment in het restaurant toen ze dacht dat hij aan het inbreken was, was hij droog en ad rem en uiterst sexy, maar beslist niet zwijgzaam. Liet hij haar een andere kant zien dan alle anderen?

Ze had echt geen zin om hier te zitten aanhoren hoe haar vriendinnen Charlotte oppepten voor haar date met de man voor wie zij zulke intense, eh... lústgevoelens had. 'Ik moet er maar eens vandoor. Ik ga onderweg nog even een kijkje bij Caroline nemen.'

'Ik loop met je mee,' zei Charlotte. 'Ik moet de jurk voor vanavond ophalen bij de boetiek. Ik moest gaan shoppen. Niets wat er in de kast hangt, past nog.'

Dat leverde haar een rondje high fives op, alweer een bewijs van hoever ze was gekomen. Vijfendertig kilo kwijtraken kon iemands denkbeeld compleet veranderen. Alex wist nog hoe vreselijk Charlotte het voorheen vond om kleren te kopen, maar nu was het een van haar favoriete hobby's.

Ze was een verschrikkelijk mens, dacht Alex toen ze de Silver Strike Lodge uit liepen naar het iets verderop gelegen parkeerterrein. Charlotte was een goede vriendin, en ze hoorde een gat in de lucht te springen voor haar dat ze een date had met een geweldige man. Zij was immers degene die had geroepen dat Charlotte perfect bij Sam paste? En dat was ook zo. Hij en Ethan hadden allebei iemand nodig zoals zij – een zorgzame en liefdevolle vrouw die hen kon vertroetelen.

In plaats daarvan wilde ze alleen al bij de gedachte aan hen samen het liefst in huilen uitbarsten. Ze was gewoon in een emotionele bui vanwege Caroline, hield ze zich voor, maar de verklaring klonk hypocriet.

'Weet je zeker dat je het niet erg vindt, Alex?' vroeg Charlotte toen ze eenmaal buiten liepen. 'Dat ik naar het gala ga met Sam, bedoel ik.'

Ahum. Naarstig zocht ze naar woorden om hierop te reageren, terwijl ze probeerde een overtuigend verbijsterd gezicht op te zetten. 'Erg? Waarom zou ik dat in hemelsnaam erg vinden?'

'Ik weet niet. Alleen... ' Charlottes stem haperde en ze kauwde op haar lip, een oude gewoonte die ze nog niet had afgeleerd. 'Ik hoorde Claire eerder vandaag iets tegen Maura zeggen, dat is alles. Over jou en Sam. Dat jullie een paar keer uit zijn geweest.'

Ze voelde haar gezicht warm worden. 'We zijn een paar keer op stap geweest, meer niet. Je kent me. Nooit lang geïnteresseerd in één man.' Hoezeer ze die grotendeels onterechte reputatie ook verafschuwde, en de grappen die haar vriendinnen soms ten koste van haar maakten, in dit geval kwam ze goed van pas.

Toen Charlotte haar onderzoekend opnam, vroeg ze zich af of ze te snel, te joviaal was geweest met haar antwoord. 'Weet je het zeker? Ik vind Sam natuurlijk leuk, ik bedoel, wie niet? Hij is een geweldige vader, een harde werker, een onderscheiden oorlogsheld.'

'Ja. Inderdaad.' En hij kan fantastisch zoenen. Vergeet dat vooral niet.

'Zo hebben we elkaar ontmoet, trouwens,' ging Charlotte verder. 'Ik wist dat hij in het leger had gezeten en ik dacht dat hij misschien wat suggesties had over hoe we met Dylan om moeten gaan.'

'O. Natuurlijk. Goed idee. Hoe gaat het de laatste tijd met Dylan? Ik heb hem al een poosje niet gezien.'

'Hij heeft het nog steeds moeilijk.' Charlottes ogen kregen een verdrietige uitdrukking. 'Hij is verkast naar die afschuwelijke hut in Snowflake Canyon. Het enige wat hij doet, is zijn veteranenuitkering opstrijken en drinken en de deur voor onze neus dichtgooien wanneer we met hem proberen te praten.'

'Wat vreselijk.' Vandaag, nu haar emoties zo dicht aan de oppervlakte zaten, kon ze wel huilen om al dat talent dat verloren ging. Dylan was altijd slim en grappig geweest, een geboren leider.

Waarom moest er zo verdomd veel ellende op de wereld zijn?

Het leven was zoveel makkelijker als ze het allemaal buiten kon sluiten, zorgde dat ze zich er niets van aan hoefde te trekken.

'Hij lijkt maar niet beter te worden, weet je? Hij heeft een doel nodig. Ik weet niet, ik dacht dat Sam misschien wist hoe hij wakker kan worden geschud. Van soldaat tot soldaat, snap je? Hij stemde erin toe een praatje te maken.'

'O ja?'

Ze wilde tegen Charlotte zeggen dat ze haar mond moest houden. Ze wilde niet meer horen over de ongelooflijke Sam Delgado, maar tegelijkertijd wilde ze er alles van weten.

Charlotte knikte, haar glimlach zacht. 'Hij wist hem te achterhalen bij de slijterij en knoopte een gesprek aan. En, je raadt het nooit, hij bood Dylan een baan aan in zijn bouwploeg. Dat geloof je toch niet? Een eenarmige, halfblinde timmerman?'

'Ach, natuurlijk.' Alex begon te lachen, en toen ze eenmaal was begonnen kon ze niet meer ophouden. Charlotte stond haar zeer bezorgd aan te kijken, waarschijnlijk op het punt om voor een ambulance en een dwangbuis te bellen, maar de lachbui hield maar aan. Ze kon haar vriendin niet vertellen dat ze alleen maar lachte om niet in tranen uit te barsten.

Wat moest ze met een man als Sam Delgado behalve van hem houden, of ze nu wilde of niet?

'Dylan sloeg het aanbod uiteraard af,' zei Charlotte even later, toen Alex weer tot bedaren was gekomen.

‘Vrij onbeschoft, naar ik heb begrepen. Ik heb zo’n idee dat Sam zich daardoor niet laat tegenhouden.’

‘Hij is een doorbijter, hè?’

‘Ja.’ Charlotte beet weer op haar lip. ‘Je moet weten dat ik hem heb uitgenodigd voor het gala vanavond. Mijn manier om hem te bedanken dat hij de moeite heeft genomen Dylan een helpende hand te reiken en, ik weet niet, misschien Sam zich thuis te laten voelen in Hope’s Crossing. En, eerlijk gezegd, omdat ik hem leuk vind.’

‘Waarom ook niet? Hij is geweldig.’

Charlotte streek een verdwaalde haarlok uit haar gezicht, en Alex vroeg zich ineens af hoeveel zelfbeheersing het haar vriendin moest kosten om de beste snoepwinkel in Colorado te runnen en toch al die kilo’s kwijt te raken.

‘Ik vind Sam echt leuk, maar… het punt is dat ik onze vriendschap belangrijker vind. Ik ben niet thuis in het hele datingcircuit, nee, maar ik weet vrij zeker dat de man van een goede vriendin kapen niet door de beugel kan.’

Met een paar woorden kon ze deze relatie in de dop om zeep helpen. Charlotte zou waarschijnlijk nog wel op haar afspraak van vanavond verschijnen – op dit late tijdstip zou het te onbeleefd zijn om af te zeggen – maar ze zou beslist niet nog een keer met Sam uitgaan.

Ze overwoog het. Gedurende een paar tellen kwam ze

ernstig in verleiding. Als ze tegen Charlotte zei dat ze gevoelens voor Sam had, zou haar vriendin zich zonder aarzelen terugtrekken en uit beeld verdwijnen, dat wist ze.

Maar juist omdat ze gevoelens voor Sam had en ook dol was op Charlotte, kon ze het niet over haar hart verkrijgen. Ze gaf om hen allebei. Als ze een kans hadden samen gelukkig te worden, wilde zij niet degene zijn die dat in de weg stond. Ook al sneed het haar door de ziel.

'Je kaapt helemaal niets,' wist ze zonder ook maar één trilling in haar stem uit te brengen. 'Sam is zijn eigen baas, vrij om uit te gaan met wie hij maar wil. Ik ben dolblij dat hij het benul heeft om in te zien hoe fantastisch jij bent.'

'Weet je het zeker?' vroeg Charlotte, nog steeds een bezorgde rimpel op haar voorhoofd.

Jemig, wat wilde ze nog meer? Een leugendetectortest?

'Heel zeker,' beaamde ze met alle oprechtheid die ze kon opbrengen. Ze probeerde nog iets anders te bedenken, waarmee ze Charlotte ervan kon overtuigen dat ze geen aanspraak maakte op Sam, toen haar mobiel overging.

Normaal gesproken had ze er niet over gepeinsd op te nemen midden in een belangrijk gesprek als dit, maar plotseling werd ze bevangen door angst.

Caroline.

'Hallo?' nam ze op, een naar voorgevoel in haar maag.

'Alex, met Helen.'

Ze had het geweten. Ergens had ze het geweten.

'Caroline glijdt af en toe weg,' zei de verpleegster. 'Als je afscheid wilt nemen, moet je nu komen.'

'Weet je zeker dat je in staat bent naar huis te rijden? Het is laat.'

Carolines grote staande klok had een minuut of tien eerder één uur geslagen. Het officiële tijdstip van overlijden was halfelf, maar zoveel tijd had het gekost om de formaliteiten af te handelen, eerst met de huisarts en daarna met de man van de begrafenisonderneming.

'Het gaat wel, hoor,' antwoordde Alex met een kneepje in de hand van de verpleegster. 'Dank je wel, voor alles. Je bent een held.'

Helen produceerde een waterig lachje. Ook zij had Caroline haar hele leven gekend en veel om haar gegeven, zeker deze laatste paar maanden waarin ze haar had bijgestaan als stervensbegeleider.

'Probeer een beetje te slapen,' zei Alex.

'Jij ook, lieverd.'

Ze knikte, hoewel ze wist dat er van slapen voorlopig niets terecht zou komen. Ze had het gevoel alsof ze grondig was uitgeschuurd, als een van de pannen in haar keuken.

Ze sloot Carolines deur af met de sleutel en wou dat haar zoon op tijd uit Japan had kunnen terugkeren om afscheid te nemen, maar het was zo snel gegaan. Het ene moment zat Caroline limonade te drinken op haar veranda, het volgende, zo leek het, greep ze Alex' hand voor een laatste afscheidsgroet.

In elk geval had Ross een paar maanden eerder nog een aantal dagen met zijn moeder doorgebracht. Waarschijnlijk was het ook maar beter zo, zodat hij zich zijn moeder kon herinneren zoals ze het grootste gedeelte van haar leven was geweest, in plaats van de broze schim die ze aan het eind was geworden.

Ze liep de net door Sam gerepareerde treden van de veranda af naar haar auto. De storm van die middag was overgewaaid, en de nachtelijke hemel was helder en met sterren bezaaid, de zomer hing in de lucht. Ze had zin om te lopen. Om opgeslokt te worden door de donkere straten van Hope's Crossing en te blijven lopen totdat deze pijn wegzakte, maar haar auto stond hier en als ze hem liet staan, zou ze iets moeten regelen om hem op te halen.

En haar hond was vandaag veel te lang alleen geweest, alhoewel ze een van haar buren een paar uur geleden had gebeld om hem uit te laten.

Haar ogen voelden zanderig en elke spier in haar lijf brandde van vermoeidheid.

Hoe zwaar de lange wake ook had geleken, ze was intens dankbaar dat ze er op het einde bij was geweest. Carolines laatste woorden galmden nog na door haar hoofd. 'Ga. Leven.' Ze had gedacht dat dat het laatste was wat Caroline kon uitbrengen, maar ze had er, amper verstaanbaar, nog één woord aan toegevoegd. 'Beminnen.'

Nu, eraan terugdenkend, kwamen de tranen los die ze de hele avond had teruggedrongen en biggelden over haar wangen terwijl ze door de verlaten straten van Hope's Crossing reed.

Niet helemaal verlaten. Op Willow Creek Road, onderweg naar haar huis, zag ze een pick-up geparkeerd staan voor Charlottes huis.

Sam.

Een snelle blik naar Charlottes voordeur toonde haar twee mensen, schaduwen eigenlijk, in een innige omhelzing.

Ze moest haar blik losrukken en weer op de weg richten voordat ze tegen een telefoonpaal op zou knallen.

Het leek onmogelijk, maar blijkbaar was er nog ruimte voor nieuwe pijn om door haar verdriet heen te snijden.

Op haar achtste had ze een keer haar arm gebroken

toen ze op haar fiets de steile straat achter hun huis af was gereden. Twee weken nadat het gips eraf mocht, was ze aan het trampolinespringen in de achtertuin en was erop gevallen, waardoor hij weer brak. De pijn van de tweede keer was veel erger geweest doordat het bot en de pezen nog niet geheeld waren van de eerste breuk.

Haar hart was één keer gebroken, zo lang geleden dat ze het zich nu amper kon herinneren.

Deze keer, wist ze, zou de pijn erger zijn. Veel erger.

Charlotte en Sam pasten perfect bij elkaar, maar hen samen zien zou pijnlijker zijn dan telkens opnieuw haar arm breken.

Sam hield de tijd in het oog terwijl hij door het verkeer laveerde op weg naar het buurtcentrum waar hij Ethan tien minuten geleden had moeten ophalen van zijn creatieve zomerkamp. Hij reed om een camper heen die ongeveer tien kilometer per uur reed, omdat de bestuurder op zoek was naar een schaarse parkeerplek. Ervoor zat een minibusje met een bagagebox erbovenop, waarschijnlijk met hetzelfde doel.

Het toeristenseizoen was in alle hevigheid losgebarsten, waardoor hij blij was dat hij hier een paar maanden tijdens het laagseizoen had meegemaakt. Hoewel de grootste toeristenattractie de sneeuw in de winter was, bood de zomer in deze streek ook een arsenaal van activiteiten, van vissen en kamperen tot mountainbiken en kanoën.

Tot dusver vond hij de toenemende drukte nog wel te doen, afgezien van een paar vervelende opstoppingen. Naar de onvermijdelijke stormloop in de winter keek hij niet echt uit, maar hij ging ervan uit dat hij tegen die tijd in staat was die met dezelfde gelatenheid te benaderen als de andere inwoners – dat de toeristen geld in de plaatselijke economie pompten, waarvan wegen en scholen en buurthuizen voor de permanente bewoners konden worden gebouwd.

Inmiddels was hij twaalf minuten te laat. Nog drie minuten en dan zou de organisatie van het zomerkamp waarschijnlijk gaan bellen om te vragen waar hij bleef.

Hij was van plan geweest vroeger van zijn werk weg te gaan, maar op het laatste moment was Harry Lange langsgekomen op de bouwplaats van het recreatiecentrum, inmiddels bijna voltooid, en hij had zich niet eerder los kunnen maken.

Het werd hoog tijd dat hij die hele kinderopvangkwestie goed regelde. Fulltime hulp voor Ethan vinden was een grotere uitdaging gebleken dan hij had verwacht, voornamelijk doordat zijn huis nog steeds verre van tiptop in orde was, hoewel hij zich graag verbeeldde dat hij flink was opgeschoten.

In de tussentijd had hij gedurende de afgelopen twee

weken, sinds Ethan thuis was gekomen, er een mouw aangepast met dit zomerkamp en een bomvolle dagopvang waar Ethan niet al te happig op was. Een paar keer had hij Ethan uiteindelijk maar meegenomen, als een bouwplaats veilig genoeg was voor een zevenjarige. De situatie begon echter nijpend te worden.

Hij parkeerde voor het verouderde buurtcentrum, een klein eindje van de middelbare school verderop in de straat. Het nieuwe recreatiecentrum in de kloof was niet bedoeld om dit buurtcentrum te vervangen, maar om meer faciliteiten te bieden. Dit was veel gunstiger gelegen voor inwoners, maar zijn timmermansoog viel op diverse onderdelen van het pand waar nodig iets aan moest gebeuren, met name het dak en de ruiten.

Zijn sluimerende ongerustheid dat hij Ethan alleen op de trap van het pand zou aantreffen, verloren en bang dat hij vergeten was, werd gelukkig niet bewaarheid. In plaats daarvan trof hij zijn zoon in een levendig gesprek verwikkeld met Claire McKnight en haar zoon, Owen, die een paar jaar ouder was dan Ethan.

Ethan was zo te zien druk aan het verhalen, met brede handgebaren en overdreven gezichtsuitdrukkingen. Claire en Owen stonden allebei te lachen om wat hij zei, wat Sam een warm gevoel bezorgde.

Ondanks de opvangchaos, had zijn zoon zich opvallend goed aangepast aan hun nieuwe situatie hier in

Hope's Crossing. Ethan miste Nick en Cheri en hun kinderen, die zo'n belangrijke rol hadden gespeeld in hun leven sinds Kelli's overlijden, maar hij leek deze nieuwe fase moeiteloos te accepteren. Het was een enorme opluchting voor Sam te weten dat zijn gigantische gok zich leek uit te betalen.

'Hoi, pap!' riep Ethan toen hij hem in het oog kreeg. Met een brede grijns rende zijn zoon op hem af en sloeg zijn armen om zijn middel, waarop de spanning van het geharrewar met aannemers en knelpunten op het werk en toeristenverkeer als sneeuw voor de zon leek te verdwijnen.

'Hé, mannetje. Heb je een leuke dag gehad?'

'Ja! Ik heb een supergave schaal gemaakt met een plaatje van een vis erop – ik heb een Europese zalm geschilderd – en die wordt vanavond in een echte pottenbakkersoven gebakken.'

'Wauw. Heel gaaf. Hoi, Claire. Owen.'

'Dag, Mr. Delgado,' zei Owen beleefd.

'Hoi, Sam.'

Tot zijn plezier omhelsde Claire hem ter begroeting met haar dikke zwangere buik. Het warme, hartelijke welkom van zovelen hier kon hem nog steeds overrompelen.

'Zeg me alsjeblieft dat je, naast al het andere hier, niet ook nog eens het creatieve kamp runt,' zei hij.

Ze keek lichtelijk ontzet bij het idee. 'O, hemel, nee. Ik kwam Owen alleen ophalen. Hij gaat elk jaar naar het kamp sinds hij oud genoeg is en vindt het enig.'

'Dit jaar hebben we computeranimaties gedaan. Supervet!'

'Te gek.'

Nu hij Claire zag, moest hij automatisch aan Alexandra denken, en hij wilde vragen hoe het met haar ging. Hij had haar niet meer gezien sinds de rouwdienst voor haar vriendin Caroline de week ervoor.

Hij had zich enigszins ongemakkelijk gevoeld om erheen te gaan, aangezien hij de vrouw niet echt had gekend, haar slechts één keer had ontmoet op dezelfde dag dat ze overleed, maar besloot toch te gaan, al was het maar omwille van Alexandra.

Ze had er bleek en afstandelijk uitgezien; haar gezicht, normaal gesproken stralend van levenslust, had strak en in zichzelf gekeerd gestaan. Een paar keer had hij geprobeerd met haar te praten, haar te condoleren, maar ze had hem angstvallig ontlopen.

Gefrustreerd en, ja, tamelijk gekwetst dat ze de troost afsloeg die hij wilde bieden, had hij zich uiteindelijk ingeprent dat iedereen op een andere manier rouwde. Dat had hij na Kelli's dood zelf ondervonden.

Op sommige dagen na de begrafenis van zijn vrouw had hij alleen maar op de bank willen hangen en lukraak langs tv-zenders zappen, zodat hij nergens aan hoefde te denken. Op andere moest hij zich als een waanzinnige op zijn werk storten om de knagende pijn te verdrijven.

Hij had zo'n idee dat Alexandra zich in het laatste kamp bevond. Ze was niet vaak thuis, wat betekende dat ze waarschijnlijk het grootste gedeelte van de tijd aan het werk was. Hun uiteenlopende werktijden bemoeilijkten de situatie – hij werkte in de regel van 's morgens vroeg tot laat in de middag, en zij begon vroeg in de middag en was 's avonds laat klaar in het restaurant, waardoor het lastig werd contact te houden, als ze dat al wilde.

Wat duidelijk niet het geval was.

De twee jongens stonden te ratelen over dingen die ze leuk vonden om te doen tijdens het kamp. Vanwege hun leeftijdsverschil zaten ze blijkbaar in verschillende groepen, en Owen vertelde Ethan over enkele activiteiten waar hij zich de komende jaren op kon verheugen. Het verwonderde hem dat Ethan altijd zo makkelijk met volwassenen of oudere kinderen praatte, maar soms ongeduldig en gefrustreerd raakte bij kinderen van zijn eigen leeftijd.

Het babbeltje van de jongens gaf hem de kans om persoonlijker tegen Claire te worden dan wanneer Ethan en Owen op hen hadden gelet.

'Hoe is het met Alexandra?' vroeg hij. 'Ik heb geprobeerd met haar te praten sinds de rouwdienst voor Mrs. Bybee, maar ik lijk haar telkens mis te lopen.'

Er trok een bezorgde schaduw over haar ogen. 'Ze probeert het te verbergen en door te gaan alsof er niets aan de hand is, maar vanbinnen is ze er behoorlijk kapot van. Zij en Caroline hadden een heel hechte band. Alex woonde zelfs een tijd in Caro's souterrain nadat ze uit Europa was teruggekomen. Zo heb ik haar al heel lang niet meegemaakt, misschien zelfs niet meer sinds haar vader wegging.'

'Haar vader wegging?' Hij fronste, voelde zich onnozel dat hij dat niet wist. Waarom had ze hem niets verteld over zo'n essentieel aspect van haar leven?

Claire leek ook verbaasd dat hij het niet wist. 'Ze heeft je de bloederige details nooit verteld?'

'Nee.'

'Tja, ik neem aan dat ik haar beslissing om het voor zich te houden moet respecteren.' Ze zweeg even, beet peinzend op haar lip. 'Aan de andere kant is het niet bepaald een geheim, aangezien het de hele familie aanging, dus waarom niet?'

Inderdaad. Waarom niet, wilde hij zeggen. Elk flintertje informatie dat hij over Alexandra te weten kon komen, zou hem kunnen helpen begrijpen waarom ze zo hard haar best deed hem op afstand te houden.

'Alex en ik zaten op de middelbare school toen hij vertrok. Haar vader was natuurkundeleraar op de middelbare school en een zeer gerespecteerd man in Hope's Crossing. Op een dag, als een donderslag bij heldere hemel, besloot hij zomaar dat hij niet meer in het keurslijf van een gezin wilde zitten. Noem het een midlifecrisis of zo, maar James McKnight besloot zijn professionele dromen na te jagen en was van mening dat hij dat niet kon doen zolang hij vastzat in Hope's Crossing, zes kinderen moest opvoeden en lastige pubers les moest geven over protonen en neutronen. Hij liet alles achter en vertrok om aan de slag te gaan bij een archeologische opgraving in de buurt van Mesa Verde. Hij is nooit terug geweest en kwam een paar jaar later om bij een ongeluk op het terrein.'

Hij staarde Claire aan. Het leek hem stug dat ze een verhaal zou verzinnen, maar hij kon amper geloven dat zoiets werkelijk gebeurd kon zijn. 'Hoe kan een wereldvrouw als Mary Ella getrouwd zijn geweest met zo'n flutvent?'

Ze lachte. 'Dat is een verdraaid goeie vraag, Sam. Feit is dat hij een goede echtgenoot en hartstikke leuke vader was in Alex' kinderjaren. Hij was heel grappig en aardig. Ik kwam vroeger altijd graag bij hen thuis, omdat het zo... anders was dan bij ons. Ze hadden altijd de grootste lol.'

'Wat is er dan gebeurd? Waarom liet hij dat zomaar achter?'

'Wat doet een man besluiten keuzes te maken die mensen beschadigen om wie hij hoort te geven? Ego? Narcisme? Wie zal het zeggen? Ik sluit een hersentumor nog altijd niet uit, hoe gek het ook mag klinken.'

Claire leek in verdrietige gedachten te verzinken, met haar hand op haar buik. Haar man, Alexandra's broer, had er ook mee te kampen gehad, besefte hij.

'Alex was er kapot van. Het hele gezin, natuurlijk, maar Alex en James waren altijd heel close geweest. Zij is de jongste dochter en was echt een vaderskindje. Lange tijd sloot ze iedereen buiten. Eerlijk gezegd, weet ik niet of ze er ooit echt overheen is gekomen.'

Dat verklaarde een hele hoop over Alexandra. Hij had haar een keer gevraagd of ze hem soms de fouten van iemand anders aanrekende. Dat ze als puber door haar vader in de steek was gelaten moest een enorme klap zijn geweest in zo'n cruciale fase van haar leven, toen ze het meest behoefte had gehad aan het rolmodel van een goede, sterke man.

'Ik geef zielsveel om Alex, begrijp me niet verkeerd, maar ze kan ongelooflijk koppig zijn,' ging Claire verder. 'Ik bedoel, waarom ziet ze niet in dat door nu weg te lopen, ze dezelfde stomme fout maakt als haar vader?'

Het duurde een ogenblik tot haar woorden tot zijn trage brein doordrongen. 'Ho, wacht eens even. Wat zei je? Wie loopt weg?'

Claire staarde hem aan. 'Alex. Sorry, maar ik dacht dat je het inmiddels al wel gehoord had. Ze heeft een baan om een restaurant in Park City te runnen zo goed als aangenomen.'

De grond leek onder zijn voeten te verschuiven, en hij stond bijna mee te wankelen. Het bestond niet dat hij dat goed had gehoord. Het bestond niet dat ze wegging! 'En Brazen dan? Dat is haar droom.'

'Klopt,' beaamde Claire. 'Geen van ons snapt wat er aan de hand is. Ze was zo lyrisch over de opening van het restaurant. Haar hele leven, al die jaren van voorbereiding en opleiding, stond in het teken van dat doel. En het restaurant loopt fantastisch, het overtreft zelfs Brodies verwachtingen, met lovende kritieken alom. Nu, koud een maand na de opening, wil ze alleen maar zeggen dat ze toe is aan de volgende uitdaging.'

'Je maakt geen geintje. Ze gaat echt weg.' Hij kon er niet bij.

'Dat zegt ze. Ik weet niet wat ze in Utah denkt te vinden dat ze hier in Hope's Crossing niet kan krijgen.'

Ooit, toen hij in Afghanistan bij een huis-aan-huisinval betrokken was op zoek naar opstandelingen, was op een meter van hem vandaan een handgranaat afgegaan, waardoor hij minstens twee minuten lang spuugmisselijk was geweest, niet in staat te horen, zien of denken.

Ja. Dit was erger.

Als verdoofd keek hij naar zijn vrolijk babbelende, ontspannen zoontje, naar het stadje dat hen had opgenomen met zijn keurige straatjes, goed onderhouden huizen en ouderwetse straatlantaarns, het geheel beschut door de majestueuze bergen.

'Je weet niet waarom?' wist hij uit te brengen.

'Niet echt. Ik weet niet of het vanwege Carolines dood is of dat er iets anders is gebeurd. Het kan evengoed een combinatie van dingen zijn. Ze wil het niet zeggen. Ik ben haar beste vriendin, en ze vertelt mij waarschijnlijk meer dan wie dan ook, maar toch geeft ze zichzelf nooit helemaal bloot. Het enige wat ik weet, is dat ze tegen Brodie heeft gezegd dat ze nog een maand in Brazen blijft werken om een van haar souschefs klaar te stomen om het over te nemen, en dan vertrekt ze. Ze is zelfs al op zoek naar een huurder voor haar huis.'

Ze was dol op dat huis. Ze was dol op haar restaurant, dit plaatsje, haar familie. Waarom zou ze dat allemaal achterlaten?

Hij wilde niet net zo'n narcistische plurk zijn als haar vader, maar onwillekeurig vroeg hij zich toch af of het iets te maken had met hem en de druk die hij op haar had uitgeoefend om haar hart open te stellen voor hem.

Hij ademde zwaar uit.

Hij zou niet met zichzelf kunnen leven als hij haar bleek te hebben weggejaagd. Hij had geen idee hoe, maar hij moest naar haar op zoek gaan en haar zover krijgen dat ze hem de waarheid vertelde.

Wat hij daarna precies ging doen, dat zag hij dan wel weer.

Hoofdstuk 18

Ze zou deze rustige wandelingen langs de beek missen, met alleen haar hond en haar gedachten en het zilverachtige water kabbelend in het maanlicht.

Vrijdagavond, bijna twee weken na het overlijden van Caroline, volgde Alex haar vaste pad naar het hek waar het bosbeheergebied begon, met Leo vlak voor haar uit snuffelend. Ze lijnde hem niet langer aan wanneer ze over dit pad liepen, want inmiddels wist ze dat hij bij haar terugkwam. Hij liep nooit ver voor haar uit en kwam om de paar minuten terug draven, uit beschermingsinstinct leek het wel. Als het pad zo kronkelde dat ze elkaar uit het oog verloren, en ze de bocht om kwam, dan zat hij daar met zijn achterste op de grond geplant te wachten tot ze weer bij hem was.

Vanavond leek hij het wel best te vinden om naast haar te blijven trippelen, waarschijnlijk even blij als zij dat het gelukt was om het restaurant voor middernacht te verlaten, voor de verandering.

Nan, de souschef die ze van plan was in te werken als haar opvolger – hoewel ze dat zelf nog niet wist – wilde ervaring opdoen met het afsluiten van het restaurant, dus had Alex dat aan haar overgelaten. Daardoor had ze voor negen uur al naar huis kunnen gaan, wat een klein wonder mocht heten.

Nan zou het prima doen, hield ze zich voor. Ze was creatief en werkte georganiseerd, een zeldzame combinatie, en was een geboren leider. Het personeel luisterde al naar haar. Brazen zou goed draaien met haar aan het roer – vooropgesteld dat ze ermee akkoord ging om het over te nemen. Alex had het met Brodie besproken, en ze hadden samen besloten om haar ergens halverwege de volgende week te benaderen over de opvolging.

Alles raakte nu in een stroomversnelling. Ze had een gezin gevonden dat belangstelling had om haar huis te huren en was online al aan het speuren naar een woning in Park City waar een hond was toegestaan.

Haar familie zei dat ze wel gek leek om weg te gaan, net nu het restaurant begon te lopen. Misschien was ze dat ook. De gedachte om alles achter te laten waar ze om gaf, joeg haar doodsangst aan, maar ze wist dat ze het moest doen.

Ze vroeg zich af wat Caroline zou hebben gezegd. Die had waarschijnlijk meewarig haar hoofd geschud en Alex erop gewezen dat ze niet voor zichzelf kon weglopen, hoe hard of hoe ver ze ook rende.

Caroline was er niet meer en had haar wijsheid en kracht meegenomen. Alex miste haar verschrikkelijk.

Zonder haar wijze raad moest Alex vertrouwen op haar eigen oordeel en dit besluit leek onvermijdelijk. Ze kon niet in Hope's Crossing blijven zolang Sam hier woonde en een eigen leven opbouwde.

Het klonk melodramatisch, zelfs in haar eigen oren, maar het was makkelijker om weg te gaan dan om geconfronteerd te worden met alles wat ze de rug had toegekeerd.

De maan stond hoog aan de hemel toen ze bij de afscheiding van het natuurgebied kwam. Geleund over het hek tuurde ze naar de ongerepte bergen in de verte, terwijl Leo naar de oever beneden liep om te drinken van het koele water van de beek.

Ze zou dit indrukwekkende natuurschoon missen, maar hield zich voor dat er in Utah ook bergen waren. Prachtige toppen, valleien, beken. Park City verschilde eigenlijk niet zo heel veel van Hope's Crossing.

Het restaurant dat ze zou overnemen, was een gerenommeerde succesvolle zaak. Ze verwachtte geen problemen te zullen hebben om zich aan te passen – behalve dan dat ze haar familie en vrienden en huis zou missen.

En Sam.

Hoe kon ze iemand missen die amper een paar maanden deel van haar leven had uitgemaakt? Ze had hem al weken niet gesproken, niet sinds de Giving Hope Day, hoewel ze wist dat hij had geprobeerd met haar in contact te komen.

Bij Carolines begrafenis had ze hem gezien en wel degelijk troost geput uit alleen al de aanblik van zijn grote, sterke gedaante, maar ze kon hem niet onder ogen komen.

Hij had een paar keer gebeld, en ze had wel een keer of tien de berichten afgeluisterd waarin hij haar vroeg hem te bellen, voordat ze zichzelf dwong ze te wissen. Eén keer was ze thuis geweest toen hij aanbelde, en had ze zich verstopt in haar kantoortje met de deur dicht, waardoor ze zich dom en onvolwassen en zwak voelde. Uiteindelijk had hij het opgegeven en was vertrokken.

Ze had niet meer de kans gehad Ethans slaapkamer te bewonderen of de boomhut die geleidelijk vorm begon te krijgen in hun achtertuin. Het was waarschijnlijk maar beter zo. Minder toestanden. Ze zou met stille trom uit Hope's Crossing vertrekken en verdergaan met haar leven, en hij zou met Charlotte blijven daten en wellicht op een dag met haar trouwen. Dan zouden ze hierheen verhuizen, naar Currant Creek Valley, en nog een paar kinderen krijgen, moeiteloos opgaan in het dagelijks leven in Hope's Crossing.

Leo kwam terug gedraafd en stak zijn natte neus in haar hand, voelde instinctief aan dat ze op dat moment behoefte had aan een beetje warmte. De hond was een trouwe kameraad geworden. Inmiddels zorgde ze al twee maanden voor hem, had in die tijd overal waar ze maar kon bedenken briefjes opgehangen, regelmatig navraag gedaan bij het asiel of iemand naar hem op zoek was. Tot dusver niets.

Ergens in de afgelopen maand had ze de omslag gemaakt van hem als tijdelijke logé beschouwen naar zich afvragen hoe ze ooit zonder hem had gekund. Ze was dol op hem en weigerde hem af te staan.

'We horen nu bij elkaar, toch?'

De hond gaf haar zo'n wijze blik die hij wel vaker vertoonde, alsof hij alles begreep wat ze zei en het helemaal met haar eens was. Hij likte aan haar hand, waarna hij de terugweg inzette. Na een paar meter over het donkere pad draaide hij zich om met een soort 'schiet eens op'blik.

Ze glimlachte, ondanks het melancholische gevoel dat aan haar kleefde als een dun laagje bloem na een lange dag bakken. 'Ja, ja. Ik kom al. We gaan naar huis.'

De hond blafte uitgelaten en zette de sokken erin. Zij liep achter hem aan met de zaklamp.

Waar de route uitkwam bij de huizen aan Currant Creek Road, eindigde het pad, en ging ze verder over de weg. Sams huis was donker, zag ze. Mooi zo. Op de heenweg had ze lichten gezien en schaduwen die binnen rondliepen, en zowat haar hand uit haar zak moeten halen om haar gezicht letterlijk af te wenden om niet te staren.

Ze versnelde haar pas en was net ter hoogte van de rand van zijn gazon – keurig gemaaid nu en al een stuk groener – toen ze zijn stem hoorde roepen.

'Alexandra!'

Ze sloot haar ogen. Maar een paar seconden meer, dan was ze veilig geweest. Verdorie. Ze opende haar ogen en draaide zich half om, zag hem de treden van de veranda af komen roffelen. Haar hart maakte een sprongetje van vreugde dat ze hem weer zag, groot en sterk en mooi, voordat haar verstand haar inprentte hoe dwaas dat was, aangezien zij niet de ware voor hem was.

Ze had nu twee keuzes, geen van beide prettig. Ze kon een sprint trekken naar haar huis en de deur dichtknallen of ze kon haar moed bij elkaar rapen en een paar minuutjes met de man praten. De sprint won het met afstand, maar hij was bij haar voordat ze dat plan ten uitvoer kon brengen.

'Mooie avond voor een wandeling.'

'Was het ook. We zijn nu op weg naar huis. En ja, ik heb berenspray bij me.' Ze stak de bus omhoog, die aan haar zaklamp was vastgebonden.

'Slimme meid.'

O, nee. Ze was heel, heel dom. 'Ligt Ethan in bed?'

'Ja. Al een paar uur. Hij is de hele dag druk in de weer. Tegen bedtijd valt hij zowat om.'

Ze forceerde een glimlachje, de steek in haar hart negerend. Ze was Ethan nog brownies schuldig. Misschien kon ze die voor hem bakken voordat ze vertrok. 'Nou, prettige avond nog,' zei ze met de bedoeling er snel vandoor te gaan, maar hij begon tegelijkertijd te praten en hoorde niet wat ze zei.

'Ik had vanmiddag een heel interessant gesprek met je vriendin Claire,' zei hij.

Haar maag verkrampte en ze vroeg zich af wat Claire hem had verteld. 'O ja? Ze is een interessante vrouw. Je zou haar eens moeten vragen naar de keer dat Riley haar midden in een sneeuwstorm uit Silver Strike Reservoir viste. Hij redde haar leven. De kinderen ook.'

'Fascinerend. Dat verhaal is niet aan bod gekomen, maar daar zal ik haar de volgende keer zeker naar vragen. Nee, vandaag had ze me ander verontrustend nieuws te vertellen.'

Niet in staat zijn donkere intense blik op haar te zien rusten, sloeg ze haar ogen neer. 'O?'

'Ze zei dat je weggaat.'

Verdorie. Waarom kon Claire haar grote mond niet houden? En waarom vond ze het nodig het onderwerp uitgerekend met Sam te bespreken? Ze verplaatste haar gewicht, vroeg zich af in hoeverre Claire haar gevoelens eigenlijk doorzag. Volledig, waarschijnlijk.

'Wil je me vertellen waarom?'

Wat ze hem wilde vertellen, was dat hij er geen bal mee te maken had. Maar zo'n driftig antwoord zou hem alleen maar doen vermoeden dat dat misschien juist wel het geval was. 'Er werd mij een onwaarschijnlijke kans geboden. Zo'n kans die je met beide handen moet aangrijpen wanneer die op je pad komt.' Ze probeerde haar stem enthousiast en opgewonden te laten klinken, maar daar was al haar beperkte acteertalent voor nodig. 'Mijn zus Rose heeft een vriend die eigenaar is van een van de beste restaurants in Deer Valley, met uitstekend toekomstperspectief,' ging ze verder. 'Hij is op zoek naar een nieuwe chef-kok, hoorde van Rose over Brazen en kwam langs om er een kijkje te nemen toen hij een paar weken geleden in Colorado was. Hij was zo onder de indruk dat hij me vroeg of ik een overstap wilde overwegen.'

'En jij zei ja.'

Niet meteen. In eerste instantie had ze zijn voorstel zonder meer afgeslagen. Na er een paar uur over te hebben nagedacht, had ze echter ingezien dat dit een uitgelezen kans was om uit Hope's Crossing te vertrekken. Misschien was het een teken, omdat het precies op dit kritieke punt in haar leven kwam. Hoewel ze het doodeng vond en heel bang was dat ze een verschrikkelijke vergissing beging, was het alternatief – hier blijven onder deze omstandigheden – nog erger.

'Hoe kon ik nee zeggen?'

'Weet ik het. Zo moeilijk zou dat niet voor je moeten zijn. Je hebt het vaak genoeg tegen mij gezegd.'

Ze kon zijn gezichtsuitdrukking niet aflezen in het schijnsel van de maan en de straatverlichting.

'Ik kan er niet bij dat je een paar weken na de opening van Brazen vertrekt. Zou je niet de uitdaging aan moeten gaan om van je eigen restaurant een van de beste te maken, in plaats van over te nemen wat een ander al heeft bereikt?'

Zijn woorden sneden haar door de ziel. Het was eigenlijk bespottelijk. Dat besefte ze. Haar hoop opgeven, haar droom, haar léven, vanwege een man.

Waarom had hij naar haar geboorteplaats moeten komen en álles verpesten?

'Hier staat veel minder druk op. Brazen loopt momenteel goed –'

'Ongelooflijk goed, naar ik heb begrepen. Mensen komen uit Denver hierheen rijden om te kunnen zeggen dat ze er hebben gegeten.'

Het gevoel van trots dat in haar opwelde, drukte ze de kop in. 'Dat kan zo weer veranderen. Het culinaire publiek kan grillig zijn. In de beginfase van een restaurant kan één slechte avond of één slechte recensie rampzalig uitpakken. Het restaurant in Park City heeft al naam gemaakt en een schare fans. Wel alle roem maar geen druk.' Ze sprak de woorden uit met een luchthartigheid die ze niet voelde.

'Dus daarom ga je weg. Omdat dit een kans was die je niet kon laten schieten.'

Ze forceerde een glimlach. 'Wat zou ik anders voor reden kunnen hebben?'

'Geen idee. Zeg het maar. Twee weken geleden kon je zo doorgaan voor het uithangbord van de Kamer van Koophandel, vol van alle redenen waarom Hope's Crossing het paradijs op aarde is. Utopia met een skilift. Nu sta je op het punt om dat allemaal achter te laten.'

Ze was hem geen verklaring schuldig. Ze zou hem gedag moeten zeggen en de paar honderd meter naar haar eigen huis moeten lopen, gewoon moeten gaan met haar hond. Hoe verleidelijk dat ook was, ze wilde niet dat hij dacht dat ze op de vlucht sloeg – voor dit gesprek of voor wat dan ook.

'Dat ik verknocht ben aan Hope's Crossing betekent niet dat ik het niet naar mijn zin kan hebben in Park City. Misschien ben ik gewoon toe aan iets anders. Er zijn zat mensen die ergens anders opnieuw beginnen. Jij, bijvoorbeeld.'

'En dat is het hele punt, of niet soms?'

Ze fronste haar wenkbrauwen. 'Wat bedoel je daarmee?'

Hij viel stil, zijn blik bezorgd terwijl hij Leo afwezig aaide. 'Sinds ik Claire vanmiddag heb gesproken, loop ik me hier suf over te piekeren,' zei hij uiteindelijk. 'Het klinkt idioot. Volslagen idioot. Maar ik moet het vragen. Als ik hier niet was, niet een eindje verderop in de straat woonde, zou je dan ook startklaar staan om je hele leven op de schop te gooien, alles waarvoor je zo hard gewerkt hebt om hier op te bouwen, en naar een andere staat te verhuizen? Weg van je familie, het huis dat je net hebt gekocht, het restaurant dat je altijd al wilde?'

Haar maag trok nu zo strak samen van de zenuwen dat ze amper lucht kreeg. Nee. O, nee. Dat mocht hij niet denken. Hoewel ze een beverig lachje wist te produceren, was ze heel bang dat hij er dwars doorheen keek. 'Wauw. Over mateloze eigendunk gesproken.'

'Ja, dat kan best wezen. Maar op dit moment, nu ik jou hoor wauwelen over kansen die je niet kunt laten lopen en de makkelijke weg naar succes bewandelen, schiet mijn bullshitmeter diep in het rood.'

'Misschien moet je er eens iemand naar laten kijken.'

Ze kon dit niet, tegen hem liegen in de hoop een van hen beiden te overtuigen. Bovendien was ze hem geen verantwoording verschuldigd. Waarom zou ze er moeite voor doen? Ze greep Leo's riem en beende blindelings weg in de richting van haar huis, maar had slechts een paar stappen gedaan toen hij haar bij de arm pakte.

'Alexandra.' De oprecht verontruste toon van zijn stem had meer effect op haar dan het feit dat hij een bijna twee meter lange, negentig kilo zware ex-commando was, en ze bleef stokstijf staan.

'Vertel me de waarheid. Alsjeblieft. Heeft je beslissing om weg te gaan ook maar iets met mij te maken?'

Zijn hand lag nog steeds op haar arm, en ze voelde de uitstraling van zijn warmte door haar vezels, haar zenuwen, recht naar haar hart. Hoe kon ze glashard tegen hem liegen? Haar beslissing om weg te gaan had álles met hem te maken.

'Doe even normaal, zeg.' Ze probeerde schamper en beheerst te klinken en hoopte maar dat hij de trilling in haar stem niet hoorde. 'Zie je mij werkelijk aan voor het type vrouw dat haar hele leven zou omgooien vanwege een man?'

'Typische afleidingsmanoeuvre. Een vraag met een tegenvraag beantwoorden. Wat dus helemaal geen antwoord is. Als je me recht in de ogen kunt kijken en eerlijk kunt zeggen dat je beslissing om te vertrekken niets met mij te maken heeft, laat ik je verder met rust.'

Ze keek hem strak aan, sprak al het acteertalent aan dat ze eventueel bezat, en bad dat hij de waarheid niet uit haar blik kon aflezen. 'Mijn beslissing om te vertrekken heeft niets met jou te maken.'

'Leugenaar.' Hij sprak het ene woord zachtjes uit, als een vloek.

Ze trok haar arm los. 'Ik ben hier nu te moe voor. Ga naar bed, Sam. En neem dat gigantische ego van je mee.' Ze liep verder de straat in, Leo naast haar, die braaf mee hobbelde. Arm beest, die snapte er natuurlijk ook niets van.

Opnieuw kwam Sam achter haar aan. Deze keer ging hij voor haar staan om haar de weg te versperren. Ze stonden nu recht onder de straatlantaarn voor Mr. Phillips' huis, waardoor ze zijn uitdrukking duidelijk kon zien. Die was voor een keer eens open en helder. Hij keek niet boos. Hij keek bedroefd, zijn ogen overschaduwd door bezorgdheid en nog iets anders. Een zachte, warme tederheid die haar de stuipen op het lijf joeg.

'Wat als ik degene was die vertrok? Zou je dan blijven?'

Ze staarde hem aan, zich merkwaardig bewust van de lichtkrans om hem heen en de met sterren bezaaide hemel erboven. 'Jij gaat niet weg.'

'Maar stel dat? Ethan en ik wonen hier pas een paar maanden. Het zou voor ons vrij makkelijk zijn om ergens anders een nieuwe start te maken. Makkelijker dan voor jou.'

Ineens kreeg ze het koud, alsof alle warmte in de wijde omgeving werd weggezogen, en toen stroomde het pijlsnel terug, raasde als een bosbrand door haar heen. Was hij bereid dat te doen, voor haar? Zijn zoontje onder de arm nemen en het leven achterlaten dat hij de afgelopen maanden zo zorgvuldig had opgebouwd?

Ze wist niet wat ze moest zeggen, wat voor houding ze zich moest geven. Plotseling werd ze kwaad op hem, woedend dat hij zo'n voorstel zelfs maar durfde te doen.

'Je... Je kunt niet zomaar weggaan. Je hebt hier een bedrijf. Een huis.'

'Jij hebt een restaurant. En ook een huis,' kaatste hij terug. 'Dat weerhoudt jóú er niet van om weg te lopen.'

'Dat is niet hetzelfde. Je hoeft je voor mij niet als een soort martelaar op te werpen. Voor wat voor sneu type zie je me aan?'

Perplex staarde hij haar aan. 'Hoe kom je daar in godsnaam bij? Ik vind je helemaal geen sneu type, maar ik denk wel dat je voor me wegloopt, voor wat we samen zouden kunnen hebben.'

Hoe kon hij dat weten? Ze sloot haar ogen, balde haar vuist om Leo's riem om te voorkomen dat ze in tranen uit zou barsten. 'We hebben niets, Sam. We hebben een paar keer gezoend. Meer niet. Godallemachtig! Denk je nou werkelijk dat ik mijn boeltje zou pakken en mijn hele leven op de schop zou gooien vanwege een paar kussen?'

'Misschien niet. Misschien ben ik wel gek.'

Hij zweeg, en gedurende een gelukzalig moment dacht ze dat hij het opgaf en terug zou keren naar zijn huis en zijn zoontje en zijn leven, maar toen propte hij zijn handen in zijn achterzakken en speelde er een duivels lachje om die expressieve mond.

'Niet misschien. Ik bén gek. Trouwens,' voegde hij eraan toe, bijna terloops, 'ik ben verliefd op je. Maakt dat nog enig verschil?'

Al haar branie en bluf sijpelden weg en ze kon hem alleen maar aanstaren, had het gevoel alsof de straat onder haar voeten zojuist in Currant Creek was gezonken. 'Niet waar.'

Hij lachte ruw. 'Ik weet vrij zeker dat ik zelf weet wat ik denk en voel, na achtendertig jaar op deze planeet. Ik weet al een tijdje dat ik van je hou. Het spijt me als het een schok voor je is.'

Heel even bloeide er een geluksgevoel in haar op als Carolines bloemen, kleurrijk en zonnig en stralend van vreugde en levenslust, maar de keiharde realiteit was als een ijzige wind die het deed verschrompelen.

'Je houdt niet van me,' zei ze met lippen die net zo bevroren aanvoelden als de rest van haar en niet leken te willen meewerken. 'Dat denk je misschien, maar het hoort allemaal bij die fantasie die je in je hoofd hebt gevormd, dat als je eenmaal naar dit paradijselijke plaatsje was verhuisd, je alles zou krijgen waarnaar je verlangt.'

‘O, is dat het?’

‘Ja! Maar je hebt het mis. Hope’s Crossing is niet het paradijs op aarde. Mensen gaan weg. Ze bedriegen elkaar, ze liegen, ze drinken en stelen en laten hun gezinnen in de steek. Ze gaan dood.’ Tot haar afschuw brak haar stem bij het laatste woord, en de tranen waar ze al eeuwen tegen vocht, dreigden door te breken.

‘Och, schat. Het spijt me.’ Hij zag er zo grandioos uit daar in het licht van de straatlantaarn, groot en sterk en stabiel, dat ze zich het liefst in zijn armen wilde werpen en nooit meer weggaan. In plaats daarvan dwong ze zichzelf haar pijnlijk gespannen schouders te rechten.

‘Het is niet echt. Je houdt niet van me, Sam.’

‘Wil je nou eens ophouden dat te zeggen? Ik hou van je en ik ben niet van plan er hier op straat met je over in discussie te gaan! Als ik al zou lopen dagdromen over de ideale vrouw die past in het plaatje van die Hope’s Crossing-fantasie die ik volgens jou heb, denk je dan werkelijk dat ik een bijdehante chef-kok zou uitkiezen die zich met hand en tand tegen me verzet en die te koppig is om te zien wat er duimendik bovenop ligt?’

Hij was kwaad. Zijn ogen spuwden vuur en zijn kaaklijn was hard. Op-en-top een militair – groot, stoer, angstaanjagend.

‘Ik hou van je,’ zei hij nog eens, en ze zag dat hij moeite moest doen om zijn driftbui te beteugelen. ‘Als ik het maar vaak genoeg zeg, ga je me misschien eindelijk een keer geloven.'

Ze had geen keus, besefte ze. Ze greep Leo's riem zo stevig beet dat ze hem in haar handpalm voelde striemen. Ze moest het hem vertellen. Alles. Elk afschuwelijk detail. Dan zou hij eindelijk inzien dat zij niet het soort vrouw was dat hem verdiende.

'Het bestaat niet dat je van me houdt, Sam. Je kent me helemaal niet.'

'Ik denk dat ik je beter ken dan wie dan ook.'

'Niet goed genoeg.'

Ze ademde hortend in, waarbij de lucht door haar longen leek te snijden, en flapte de woorden eruit die ze nooit hardop had uitgesproken. 'Ik had een baby. Ik had een baby en hij ging dood. Door mijn schuld.'

Door de rafelranden van de drift die hij zelden de vrije loop liet, hoorde Sam haar woorden alsof ze van heel ver weg kwamen. Een baby. Ze was bevallen van een baby die was overleden.

Een ogenblik was hij verlamd van de schok, maar toen dwong hij zichzelf iets te zeggen. 'Wat is er gebeurd?'

'Ik wil niet... Het is afschuwelijk. Zo afschuwelijk.'

Hij hoefde het niet te horen – wilde het niet horen, maar hij had het gevoel dat ze er behoefte aan had het hem te vertellen, ook al begreep hij niet helemaal waarom. Na een korte blik op zijn huis, keek haar weer aan. 'Ethan kan wakker worden. Dan moet ik er zijn. Wil je meekomen en het me vertellen? We kunnen op de veranda gaan zitten.'

'Ik praat er niet over. Nooit. Tegen niemand. Zelfs niet... Mijn familie weet het niet eens.'

Hoe kon ze zoiets geheim hebben gehouden voor haar grote, rumoerige, liefhebbende familie? Het ging hem aan het hart dat ze die last alleen had gedragen. 'Het is aan jou of je het me wilt vertellen of niet. Niets van wat je te zeggen hebt, zal mijn gevoelens voor jou veranderen.'

'Dat kun je niet weten.'

'Niet tenzij je het vertelt.'

Dit was de reden dat ze hem niet dichtbij liet komen. Ergens wist hij het. Juist die middag had Claire hem verteld dat Alex zich nooit helemaal blootgaf. Dit. Dit was het deel dat ze niemand liet zien.

Hij wilde haar in zijn armen nemen en dicht tegen zich aan houden en haar zeggen dat zijn schouders breed genoeg waren om welke last dan ook met haar te delen. 'Kom mee naar de veranda, zodat ik mijn zoon kan horen als hij wakker wordt. We kunnen het licht uit laten, als je wilt.' Vertrouwelijke gesprekken leken altijd gemakkelijker in het donker, iets wat hij had geleerd op een aantal pikdonkere en akelige plekken in de woestijn.

Ze ademde beverig en oppervlakkig in, alsof de lucht niet diep genoeg in haar longen kwam. 'Ja. Ik... moet het je vertellen.'

Zonder te praten of elkaar aan te raken liepen ze zijn tuinpad op, voorafgegaan door haar hond. Op de veranda bleef ze even staan, haar handen krampachtig om de riem van de hond geklemd.

'Wil je iets drinken?'

Ze schudde haar hoofd, haar gezicht in de schaduw. Ze leek niet goed te weten wat ze moest doen, wat ze moest zeggen, dus nam hij het voortouw door vast te gaan zitten in de houten tuinstoel en de schommelbank vrij te laten voor haar.

Na een kleine aarzeling ging ze stijfjes zitten. De kettingen rinkelden zachtjes door haar gewicht, verstomden toen.

Ze maakte de hondenriem los, waarop Leo onmiddellijk naar Sam trippelde om te worden aangehaald. Na een aai over zijn kop duwde hij hem onopvallend naar Alex, omdat hij het gevoel had dat zij de hond momenteel meer nodig had dan hij.

'Dit moet zijn gebeurd tijdens de periode dat je in Europa zat,' probeerde hij haar op gang te brengen.

In het schemerige licht staken haar ogen groot af in haar schimmige gezicht. 'Hoe weet je dat?'

'Je zei dat je het niet aan je familie had verteld. Als ik

zie hoe hecht jullie allemaal zijn, hoeveel ze van je houden, dan is de enige manier waarop je iets ingrijpends als een zwangerschap voor hen verborgen hebt kunnen houden, volgens mij, door aan de andere kant van de wereld te wonen.'

'Ja. Ik... Ik deed een koksopleiding.' Ze zweeg weer even, trok toen haar knieën op en sloeg haar armen eromheen. 'Ik was zo stom. Vanaf het begin.'

Hij liet de stilte aanhouden. Toen ze begon te praten, klonk haar stem kordaat, bijna alsof ze het verhaal had losgekoppeld van zichzelf.

'Als onderdeel van mijn opleiding werkte ik in diverse restaurants in Frankrijk en daarna in Italië, om verschillende technieken te leren. Het was een geweldig avontuur en ik genoot er met volle teugen van. Na ongeveer een jaar begon ik in een restaurant in de buurt van Florence toen ik... verliefd werd. Dat dacht ik althans. Marco was de chef-kok en hij was geniaal. In de keuken en erbuiten. Er ging een onweerstaanbare aantrekkingskracht van hem uit.'

Opnieuw ademde ze diep in. 'We moesten onze relatie natuurlijk geheimhouden. Het zou scheve gezichten onder het personeel geven als mensen het te weten kwamen. Wrevel, afgunst, dat soort dingen. De politieke spelletjes die in een topkeuken worden gespeeld, zijn even complex en meedogenloos als de Borgia's.'

'Dat heb ik gehoord, ja.'

'Misschien maakte dat het ook zo spannend, het heimelijke aspect ervan. Zo leefden we maandenlang, waarin hij midden in de nacht mijn flatje binnensloop of me meenam voor weekenden op het platteland.'

Ze zweeg weer even. 'En toen ontdekte ik dat ik zwanger was.'

Er viel een secondelange stilte waarin een briesje de blaadjes van de boom naast de veranda deed ritselen.

'Ik was dolgelukkig,' zei ze uiteindelijk. 'Ik kon mijn geluk niet op. Ik zag al helemaal voor me dat we zouden trouwen, ik voorgoed in Italië zou gaan wonen en dat we dit geweldige restaurant samen zouden runnen. Ik zat op een roze wolk. In mijn hoofd in elk geval. Ik vertelde het hem niet meteen. Zelfs toen voelde ik misschien al aan dat er iets niet helemaal goed zat tussen ons, maar ik maakte mezelf wijs dat ik wilde wachten tot het juiste moment. Hij kon soms... van die buien hebben, die in mijn ogen eigen waren aan zo'n gepassioneerd, creatief genie als hij.'

Sam meende zijn gewelddadige dagen achter zich te hebben gelaten toen hij ontslag nam, maar nu voelde hij een soort oerdrift opkomen om een zeker gepassioneerd genie in kleine, creatieve stukjes te scheuren.

'Uiteindelijk, toen ik drie maanden zwanger was en een buikje begon te krijgen – een maand of zes, zeven nadat we onze relatie waren begonnen – zette ik een avond op touw voor het grote moment. Ik kookte uitgebreid voor hem, gaf een weeksalaris uit aan een nieuwe jurk en liet zelfs de chef desserts van het restaurant Marco's lievelingsdessert klaarmaken. Semifreddo met in grappa gewelde abrikozen. Dat zul je overigens nooit in mijn restaurant aantreffen.'

Een uil schreeuwde ergens boven Currant Creek, maar afgezien daarvan leek het alsof ze deze avond alleen op de wereld waren.

'Je kunt waarschijnlijk wel raden wat er vervolgens gebeurde. Onder het dessert vertelde ik hem uiteindelijk dat ik zwanger was. Hij, eh... was er niet blij mee. Zei dat ik een dom Amerikaans wicht was en waarom moest ik alles zo nodig verpesten. Hij maakte me voor van alles en nog wat uit, het ergste van alles dat mijn *alla bolognese* flauw smaakte.'

Onder andere omstandigheden had hij hier om kunnen lachen, maar dit verhaal was allesbehalve grappig.

'Pas toen besefte ik dat hij gelijk had. Ik was ongelooflijk dom geweest. Zoals hij me tenslotte zo fijntjes onder de neus wreef: we zouden nooit samen zijn. Al die tijd dat ik had gedroomd van het moment dat we onze relatie wereldkundig konden maken – dat we konden beginnen aan onze gouden toekomst samen – was hij elke nacht bij mij uit bed gestapt om er thuis bij zijn vrouw in te kruipen. De vrouw van wier bestaan ik geen flauw idee had tot die avond.'

Hij herinnerde zich die eerste dag dat hij haar had ontmoet in Brazen, toen ze hem zo scherp aan de tand had gevoeld over of hij al dan niet getrouwd was, voordat ze een eventueel afspraakje met hem wilde overwegen. De pijn van dat verraad en hoe ze onbewust een andere vrouw had bedrogen moest diep in haar ziel gekerfd staan.

'Ik heb er geen excuus voor. Ik had het op mijn klompen kunnen aanvoelen, alleen... ik denk dat ik het niet wilde zien. Ik wilde de taalbarrière er de schuld van geven, aangezien mijn Italiaans belabberd was en hij weigerde Engels te spreken, maar in feite had ik het aan mijn eigen domme gedrag te wijten.'

'Je was een jonge vrouw in een vreemd land en je beging een vergissing.'

'Zo jong was ik nou ook weer niet. Vijfentwintig. Geen naïeve tiener meer. En zeker oud genoeg om argwaan te krijgen wanneer de man die beweerde van me te houden, me alleen in het geheim wilde zien.'

Hij durfde te wedden dat de charmante Italiaanse smeerlap ouder was, met veel meer levenservaring. Zij had waarschijnlijk al haar verdriet over het verlies van haar vader op hem geprojecteerd, maar hij wist niet zeker of ze momenteel zat te wachten op een dergelijk inzicht.

'Dat is niet het ergste,' zei ze met een klein stemmetje.

'Wat gebeurde er?'

'Hij ontsloeg me. Wel, formeel nam ik ontslag voordat hij dat kon doen, maar hij zei dat hij me nooit meer in zijn *ristorante* wilde zien, met veel theatrale gebaren en gooi-en-smijtwerk. En omdat het appartement eigendom was van het *ristorante*, moest ik er uiteraard *immediatamente* uit.'

Nu wilde hij de rotzak écht bij de lurven grijpen. Iemand die een jonge zwangere vrouw op straat zette, verdiende een afranseling door een withete ex-commando getraind in man-tot-mangevechten.

'Ik had geen andere keus, dus pakte ik mijn spullen en vertrok uit Florence. Wat kon ik anders doen?'

'Maar je ging niet naar huis, hier in Hope's Crossing.'

'Nee, dat kon niet. Ik... Mijn oudere zus Maura had als tiener in haar eentje een baby gekregen, mijn nichtje Sage, en ik had gezien hoe zwaar dat voor haar was. Ik hoorde het geroddel en zag hoe sommige mensen op haar neerkeken. Egoïstisch misschien, maar ik wilde dat niet meemaken of het mijn familie aandoen. Ik wilde mijn familie niet vertellen hoe ontzettend stom ik was geweest en ik wilde de baby beslist niet houden. Mijn hart was gebroken, en ik wilde niets van Marco in mijn leven.'

'Volkomen begrijpelijk.'

'Ik had een vaag plan om de baby eventueel af te staan voor adoptie, maar ik moest werken om de kost te verdienen, dus nam ik een baan aan in een restaurant bij Bologna. Een vreselijke tent met een afschuwelijk miezerig mannetje als chef-kok.'

Het briesje zuchtte door de boomtoppen, en ze zuchtte mee. 'Ik maakte zestienurige werkdagen, zes dagen per week. Op sommige dagen vergat ik te eten. Ik ging niet naar een dokter. Ik wilde gewoon doen alsof het allemaal niet was gebeurd. Ik had zoveel van hem gehouden en ik kon nog steeds niet geloven dat hij me niet wilde. Dat hij me evenveel verdriet kon doen als mijn –' Haar stem stokte abrupt.

'Als je vader,' maakte hij haar zin af. Hij wou dat hij contact met haar kon maken, haar kon aanraken. Een arm om haar schouders, een hand op haar arm. Wat dan ook.

'Claire praat echt te veel,' zei ze na een ogenblik.

'Ze geeft om je.'

'Ja. Ik kon niet geloven dat hij me evenveel verdriet kon doen als mijn vader. Hij liet ons in de steek, en Marco deed in feite hetzelfde.'

Daarom deed ze zoveel moeite om haar relaties luchtig en oppervlakkig te houden. De mannen in haar leven hadden zich hufterig gedragen, stuk voor stuk, en ze wilde de touwtjes in handen houden, zodat ze niet het risico hoefde te lopen gekwetst te raken.

Hij had geen idee hoe hij het leed van een leven vol teleurstellingen kon helen. 'Je moet weten,' zei hij bedachtzaam, 'dat niets van wat je me verteld hebt, me plotseling tot de ontdekking doet komen dat ik onmogelijk van je kan houden.'

Ze keek hem aan, haar gezicht bleek en beeldschoon vanuit de schaduwen om haar heen en doodernstig. 'O, wacht maar.'

De hond schoof dichter naar haar toe, legde zijn kop op haar been, en haar handen streken werktuiglijk over zijn vacht. 'Toen ik ongeveer zes maanden zwanger was en nog steeds zestien uur per dag op mijn benen stond in een hete, hectische restaurantkeuken, zonder mezelf of de baby in acht te nemen, kreeg ik pijn onder mijn ribbenkast. Heftige pijn.'

Zijn hart ging naar haar uit, naar wat hij voelde aankomen.

'Die hield twee dagen aan. Ik ging niet naar een dokter. Sterker nog, ik bleef doorwerken en hield mezelf voor dat het vanzelf over zou gaan. Op de tweede dag viel ik flauw vlak voor de topdrukte van dinergasten terwijl ik tomaten stond te snijden voor de *insalata caprese*, en ik begon te bloeden, het liep zo over de vloer.'

Zijn eigen bloed stolde bijna bij de gedachte aan haar,

een jonge vrouw alleen in een vreemd land waarvan ze de taal niet goed sprak, die dringend medische zorg nodig had.

'Ik werd met spoed naar het ziekenhuis gebracht, waar bleek dat de pijn die ik zo halsstarrig had genegeerd, werd veroorzaakt door het losraken van de placenta. De baby overleefde het niet. Ikzelf ook bijna niet.'

Hij voelde een rilling door zijn lijf gaan bij het beeld dat het zo kantje boord was geweest. 'Maar je haalde het.'

'Ja. Min of meer intact. Wel, niet helemaal eigenlijk. Ze moesten alles verwijderen om mijn leven te redden. Alle vrouwelijke onderdelen, bedoel ik.'

Ze sprak de woorden uit alsof ze van groot belang waren, maar hij was maar een grote simpele timmerman en begreep niet waarom ze dacht dat het voor hem iets zou uitmaken.

'En hoe zit het met het gedeelte waarin jij verantwoordelijk bent voor de dood van je baby?'

Ze staarde hem aan. 'Luister je wel? Als ik goed voor mezelf had gezorgd, naar een dokter was gegaan, af en toe vijf minuten was gaan zitten, dan had de baby misschien nog geleefd. In plaats daarvan was ik zo vervuld van haatgevoelens, tegenover mezelf omdat ik zo stom en naïef was geweest, en tegenover Marco omdat hij een plurk was en zelfs tegenover de baby omdat die alles had verpest, dat ik een onschuldig kind liet doodgaan.'

Opnieuw koos hij zijn woorden zorgvuldig. Dit mocht hij niet verknallen, daar hing alles, maar dan ook álles, van af. 'Sorry, maar ik zie het niet. Je maakte slechte keuzes, maar je bent niet verantwoordelijk voor de dood van je kind.'

Ze maakte een verstikt geluid alsof ze zich opmaakte om in discussie te gaan, waarop hij bewust een hardere stem opzette. 'Ik heb drie missies in Afghanistan en Irak gediend. Ik weet wat het is om iemand te doden om mezelf of mijn eenheid of de missie te verdedigen. Ik weet ook wat het verschil is tussen dat en een emotioneel geknakte jonge vrouw alleen in een vreemd land, die haar gezondheid verwaarloost terwijl ze zich staande probeert te houden. Geloof me, het is niet met elkaar te vergelijken.'

Hoofdstuk 19

Ondanks de zwoele zomeravond huiverde ze bij zijn onomwonden uitspraak.

Hij had mensen gedood. Dat zou haar eigenlijk niet moeten verbazen. Per slot van rekening had hij bij de commando's gezeten, maar de militair die hij eens was geweest, viel moeilijk te rijmen met de man die zo liefdevol en geduldig met Ethan omging, hem leerde hoe hij een hamer moest gebruiken en de mooiste boomhut ter wereld voor hem bouwde.

Je maakte slechte keuzes, maar je bent niet verantwoordelijk voor de dood van je kind.

De woorden sijpelden langzaam in haar door, vonden alle donkere, verborgen plekjes die ze niet onder ogen wilde zien. Ze was inderdaad jong geweest, lang niet zo wereldwijs en mondain als ze graag had doen voorkomen toen ze in haar eentje naar Europa vertrok. Ze was opgegroeid in een hecht gezin, in een klein conservatief plaatsje. Ze had oerdomme keuzes gemaakt, maar ze kende niemand die niet hetzelfde kon zeggen.

Nadien hadden de artsen tegen haar gezegd dat zelfs met de juiste medische zorg de placenta een zwakke plek was gebleven en desondanks had kunnen losraken. Destijds had ze hen niet geloofd. Het was makkelijker om zichzelf de schuld te geven, maar nu, zo'n tien jaar later, kon ze met iets meer compassie naar die jonge vrouw kijken.

'Uiteindelijk,' fluisterde ze, 'toen ik wakker werd na de operatie en de artsen me vertelden wat er was gebeurd en dat de baby het niet had gered, wilde ik hem toch. Zo graag.'

De tranen begonnen te stromen; ze kon ze niet meer tegenhouden en probeerde het ook niet meer. Ze had in geen eeuwen gehuild en nu, hier in het donker met Sam, huilde ze om haar lege armen en de vervlogen dromen van een jonge vrouw en alle kansen die ze in de loop van de tijd had gemist.

Sam vloekte en stond op uit zijn stoel. Voordat ze kon protesteren, zat hij al naast haar op de schommelbank die hij zelf had opgehangen, en trok haar in zijn armen.

Ergens in haar achterhoofd wist ze dat ze dit niet moest laten gebeuren, maar zijn omhelzing voelde zo heerlijk – sterk, veilig, geborgen – dat ze er geen weerstand tegen kon bieden. Lange tijd hield hij haar vast, terwijl zij uithuilde en zich vaag bewust was van een lichte druk toen hij een zoen op haar kruin gaf, zoals hij zou doen bij een kind dat na een nare droom bij hem kwam.

Het was een bijna ondraaglijk teder moment.

'Je moet jezelf vergeven, Alexandra,' zei hij, zijn stem zacht. 'Neem het maar aan van een man die na een paar missies een behoorlijk zware tijd doormaakte, waarin ik elke beslissing in twijfel trok, van mezelf en van anderen. Mensen maken fouten. Je kunt het vanbinnen aan je laten vreten totdat je bent uitgehold en er niets moois meer over is. Of je kunt leren accepteren dat geen van ons het verleden kan veranderen. Het enige wat we kunnen doen, is doorgaan en iets beters maken van de rest van ons leven.'

Er school iets waars in zijn woorden. Te lang had ze zichzelf de schuld gegeven. Het was tijd om het los te laten, om te omarmen wat ze van haar leven had gemaakt in de jaren sindsdien en de vrouw die ze was geworden.

Sam was doorgegaan. Hij had een moeilijke jeugd gehad en had toch iets van zijn leven gemaakt door zijn land te dienen. Hij was verliefd geworden, getrouwd en had toen zijn vrouw op tragische wijze verloren.

Heel wat mannen zouden verbitterd zijn geraakt en het lot hebben vervloekt, maar Sam beschikte over de mentale kracht om over teleurstellingen en verdriet heen te stappen en alles op alles te zetten om zijn zoon iets beters te bieden dan hij zelf had meegemaakt. Voor een man als hij, die zowel de gruwelen van een oorlog als een veelbewogen privéleven aan den lijve had ondervonden, moest er van de rustige straatjes en schilderachtige huizen van Hope's Crossing een onvoorstelbare vreedzaamheid uitgaan.

Ze kon hem niet laten weggaan uit dit plaatsje waaraan hij nu al verknocht was. Zelf wilde ze ook niet weg, maar hoe kon ze hier blijven?

'Ik heb heel lang gedacht dat het feit dat ik geen kinderen meer kan krijgen een straf was voor mijn fouten.'

'Ik mag hopen dat je inmiddels beter weet.'

'Ik geloof dat sommige dingen gewoon gebeuren. Niet met een bepaalde reden, niet bij wijze van straf van een hogere macht, niet als onderdeel van een of ander groter plan. Ze gebeuren gewoon.'

'Je kunt nog steeds moeder worden, weet je.'

Met zijn armen nog altijd om haar heen verschoof hij, zodat ze zijn gezicht kon zien, en in het schemerige licht op de veranda was zijn blik serieus en intens. 'Ik ken een zeker zevenjarig jongetje dat wel iemand zoals jij in zijn leven zou kunnen gebruiken.'

'Sam.' De extatische vreugde die zich meester van haar probeerde te maken bij de onuitgesproken suggestie achter zijn woorden, drukte ze hardhandig de kop in.

'Nee. Luister naar me. Je blijft er maar op hameren waarom jij niet bent wat ik nodig heb, wat Ethan nodig heeft. Laat mij nu eens alle redenen opsommen waarom ik vind dat je ongelijk hebt.'

Dit kon ze niet aan. Hoe kon ze hem in hemelsnaam afschepen wanneer ze met alles wat ze in zich had hier in zijn armen wilde blijven?

'Je maakt me aan het lachen,' begon hij. 'Het is zo lang geleden dat ik heb gelachen. Zelfs voordat Kelli ziek werd, was ik zo druk bezig een goede echtgenoot en vader en militair te zijn dat ik niet zo vaak de tijd nam om simpelweg van elk moment te genieten. Wanneer ik jou aanraak, wanneer ik je zie, wanneer ik alleen maar aan je dénk, word ik blij.'

Ze wilde zich afsluiten voor zijn woorden, want die zouden dit alleen maar moeilijker maken, maar ze leken stuk voor stuk in haar hart gegrift te worden.

'Je gaat serieus en liefdevol met mijn zoontje om en ziet dat hij, ondanks dat brein van hem, in feite nog maar een klein jongetje is dat dol is op brownies en honden en lol maken.'

'Het is een ontwapenend jochie, Sam. Hoe kan iemand die hem leert kennen, nou niet van hem houden?'

'Hij heeft niet met iedereen zo'n klik als met jou, geloof me. Hij kan stijfjes, onhandig, zelfs ronduit lomp reageren. Maar wanneer jij met hem praat, weet hij dat je oprecht geïnteresseerd bent.'

Hij zweeg even, en zijn hand streelde haar wang zo teder dat ze bijna weer in tranen uitbarstte. 'Zo ga je met iedereen om. Je zegt keer op keer hoe prikkelbaar en moeilijk je bent. Ik zie een vrouw die royaal en onvoorwaardelijk liefde geeft. Die eten klaarmaakt voor mensen die niet voor zichzelf kunnen zorgen, die een terminaal zieke vriendin met haar tuin helpt, die een smoezelige verdwaalde hond in huis neemt, omdat ze nu eenmaal zo'n soort mens is.'

Leo, opgerold aan hun voeten, sloeg met zijn staart tegen de vloer van de veranda, bijna alsof hij begreep dat Sam het over hem had.

'Ik hou van je, Alexandra. Niets van wat je me vanavond verteld hebt, verandert daar iets aan. Ik hou van je ondanks alle redenen die jij aanvoert om me ervan af te brengen. Misschien deels juist wel óm die redenen. Je bent geworden wie je nu bent door alles wat je hebt meegemaakt.'

Ze staarde hem aan in het schijnsel van de maan terwijl zijn woorden en de liefde die uit zijn ogen sprak langzaam indaalden, een stralend baken van hoop dat zijn licht liet schijnen op al die donkere plekjes.

Hij hield van haar. Hij kende haar meest duistere geheim, maar hield toch van haar. Deze man, die alles wist van pijn en verlies en verdriet, bood haar een wonderbaarlijke kans om het hartzeer achter zich te laten.

Inderdaad, ze was stom geweest op haar vijfentwintigste, ja. Maar ze was geen vijfentwintig meer en verbeeldde zich graag dat ze in de tussentijd het een en ander had geleerd.

Als ze dit liet schieten, Sam en Ethan en de kans die hij haar bood om een toekomst met hen te omarmen, verdiende ze het om de rest van haar leven ongelukkig en alleen te blijven.

Liefde, stralend en euforisch, bloeide op vanuit die ooit zo donkere plekjes als de kleurrijkste bloementuin, als een perfecte, krokant-van-buiten-, romig-en-luchtig-van-binnensoufflé.

Het was zo groots, zo heerlijk en schitterend wat binnen in haar aanzwol en openbrak, dat ze het niet binnen kon houden. Ze deed het enige, waartoe ze in staat was. Ze hief haar gezicht op en kuste zijn mondhoek, deze man die door haar scherpe, stekelige kantjes had heen gekeken en de vrouw zag die ze wilde worden.

Ze voelde hem abrupt inademen tegen haar wang, maar afgezien daarvan verroerde hij zich secondelang niet, tot zijn mond uiteindelijk de hare zocht en hij de kus met duizelingwekkende tederheid beantwoordde.

Zijn vertrouwde Sam-geur van wasmiddel en cederhoutzaagsel bedwelmde haar tot in haar vezels, en ze moest vechten tegen een opborrelende lach, van puur geluk. Ze kuste hem vol vuur, haar armen stevig om zijn nek, alsof ze bang was dat ze uit de schommelbank zouden tuimelen.

Toen ze de kus uiteindelijk verbrak en haar hoofd iets naar achteren boog, weerspiegelden zijn ogen het licht van de sterren.

'Ik zeg het maar even,' mompelde hij, zijn stem schor. 'Ik geloof niet dat ik ooit zal begrijpen hoe dat brein van jou werkt.'

'Je begrijpt me heel goed. Beter dan wie dan ook.'

Hij grijnsde die trage, sexy grijns die ze zo onweerstaanbaar vond, waarop ze hem nogmaals uitgebreid moest kussen.

'Betekent dit dat je geen baan gaat aannemen in Park City?' vroeg hij een poosje later.

Ze dacht aan alles wat ze bereid was geweest op te geven – en, belangrijker nog, wat ze er nu bij zou krijgen als ze bleef. Maar eerst moest ze volledige duidelijkheid hebben. 'Hoe zit het met Charlotte?' vroeg ze.

Verbluft staarde hij haar aan. 'Charlotte Caine? Over een onlogisch brein gesproken. Wat heeft zij hiermee te maken?'

'Ik zag jullie tweeën. De avond van het gala. Je stond bij haar thuis op de veranda. Met haar in je armen.'

In eerste instantie keek hij geschokt, toen lichtte zijn gezicht op met een nauwelijks verholen grijns. 'Je was jaloers!'

'Ik was helemaal niet...' Haar stem stierf weg en ze slaakte een zucht. 'Oké. Jawel. Ik was stikjaloers. Maar alleen omdat ik haar zo perfect bij jou vond passen. Ik ben dol op Charlotte, maar op dat moment wenste ik dat ze stikte in zo'n zelfgemaakte bramentoffee van haar. Die overigens fantastisch is, moet ik toegeven.'

Hij knipperde met zijn ogen. 'Wauw.'

'Wat? Ik had de Heimlich-greep toegepast. Uiteindelijk.'

Hij lachte, en ze meende nooit een heerlijker geluid te hebben gehoord. Hoe kon ze zo abrupt zijn omgeslagen van onpeilbare wanhoop naar deze verrukkelijke, bruisende vreugde? Ze dacht aan de raad die Caroline haar had gegeven. Dit was wat ze bedoelde. Neem risico. Omarm het leven.

Caroline had het risico om opnieuw verdriet te worden aangedaan niet durven nemen, dus was ze het grootste deel van haar leven alleen gebleven. Alex was er ook huiverig voor, ze zou liegen als ze dat niet toegaf, maar ze wist met heel haar hart dat Sam een man was op wie ze kon rekenen.

'Maar goed,' zei ze luchtig. 'Terug naar Charlotte en het gala.'

'Het kan best dat je ons in een omhelzing hebt gezien,' zei hij een tikje op zijn hoede.

Nu kon ze jaloers worden, maar dat was ze niet. Ze vertrouwde hem volledig, een adembenemende gewaarwording.

‘Dat was waarschijnlijk zo ongeveer op het moment dat ik tegen haar zei dat ik verliefd was op iemand anders. Op jou, voor alle duidelijkheid.’

‘Neem je grootje in de maling.’

‘Vraag het haar maar. Ze liet trouwens vallen dat ze dacht dat jij wel eens dezelfde gevoelens zou kunnen hebben. Iets over dat je haar er veel te snel van probeerde te overtuigen hoe geweldig ik was.’

Ze bloosde bij de herinnering aan dat onderonsje met Charlotte, nadat ze samen de danszaal hadden versierd. ‘Daar steekt dat ego de kop weer op,’ plaagde ze.

‘Had ze gelijk? Over jouw gevoelens?’

Ze hoorde een spoortje onzekerheid in zijn stem en realiseerde zich dat deze grote, stoere ex-commando even kwetsbaar was als zij wanneer het aankwam op het blootgeven van zichzelf.

Haar liefde voor hem was overweldigend, allesomvattend. Hij was zo’n lot uit de loterij, en ze wist dat ze hem niet verdiende, maar op dat moment kon het haar niets bommen. Ze wilde hem, of ze hem nu verdiende of niet.

Misschien was dat wel het allermooiste aan iemand liefhebben. Dat ze er alles aan wilde doen om een vrouw te worden die het gevoel had dat ze een man als hij waard was.

‘Charlotte kan verbluffend scherpzinnig uit de hoek

komen,' zei ze uiteindelijk, haar stem nuffig.

Zijn lach klonk vrolijk en enigszins opgelucht. Hij kuste haar, zijn mond warm in de koeler wordende lucht. 'Zeg het,' beval hij tegen haar huid.

Haar eerste impuls was om op een luchtige, plagerige manier te reageren, maar ze voelde aan dat hij evenveel behoefte aan de woorden had als zijzelf. Ze schoof naar achteren en liet een hand naar zijn wang glijden. 'Ja, ik hou van je, Sam. Ik hield toen al van je, ik hou nu van je. Ik werd waarschijnlijk al verliefd op je die allereerste avond dat we samen in de Lizard waren. Ik flirtte en plaagde en daagde je uit, maar ik geloof dat ik toen al als een blok voor je viel.'

'Toch wilde je niet eens een tweede keer met me afspreken.'

'Omdat ik het doodsbenauwd van je kreeg! Je was zo... tja, jij.'

'Ik vrees dat ik daar niet zoveel aan kan doen.'

Haar hand krulde zich tot een vuist, die ze naar zijn harde borstkas liet glijden, waar ze zijn hart kon voelen kloppen. 'Ik wil ook niet dat je iets aan jezelf verandert. Ik hou van je precies zoals je bent. Groot, stoer, imponerend. Geweldig. Ik hou meer van je dan ik ooit voor mogelijk had gehouden. Je bent alles waarvan ik niet wist dat ik het nodig had.'

Met een brede, stralende glimlach sloeg hij zijn armen

om haar heen, kuste haar toen daar op zijn schommelbank, terwijl de beek ruiste en zijn zoontje binnen rustig lag te slapen en de lichtjes van hun stadje twinkelden in het maanlicht.

Epiloog

'Loop je al op je tandvlees?'

'Wie, ik? Geintje, zeker?' Alex grijnsde haar moeder toe over het kookeiland in Harry Langes blinkende droomkeuken met de hypermoderne apparatuur en het super-de-luxe kookgerei. 'Ik ben in de wolken. Wie zou dat niet zijn?'

'O, ik weet niet. Iemand die sinds vanochtend vijf uur op de been is misschien.'

In werkelijkheid had de wekker op haar nachtkastje halfvijf aangegeven toen ze eruit was gerold om met de kalkoen te beginnen, maar dat ging ze haar moeder niet aan haar neus hangen. 'Ik niet. Ik bruis van de energie. Waarom ook niet? Hier heb ik de twee belangrijkste zaken in het leven om me heen: eten en familie.'

Ze was helemaal in haar element, ook al voelde het een beetje vreemd en onwennig om ergens anders te staan koken dan in haar moeders kleine keuken, waar ze al tientallen Thanksgiving-diners had helpen klaarmaken.

Daarentegen had ze altijd gevonden dat tradities met de tijd mee hoorden te gaan en aan nieuwe omstandigheden moesten worden aangepast, en deze verandering was zo gek nog niet. Harry's riante keuken was beter uitgerust dan haar eigen werkplek in Brazen met al die hightechsnufjes.

Op dit moment rook de keuken naar allerlei heerlijke dingen die stonden te pruttelen: haar aardappelpuree met knoflook, het beroemde oma McKnight-recept voor de vulling, waaraan ze haar eigen twist had gegeven door wild te gebruiken in plaats van varkensvlees, en natuurlijk de gigantische kalkoen die op het aanrecht stond te rusten, klaar om zo dadelijk te worden aangesneden.

'Nou, het ziet er allemaal goddelijk uit en zo ruikt het ook,' zei Mary Ella, die haar een zoen op haar wang gaf en een losgeraakte blonde krul achter haar oor streek. 'Maar dat wist je natuurlijk al.'

'Ik heb mezelf inderdaad overtroffen, hè?' zei ze glunderend.

'De bescheidenheid van mijn dochters is altijd zo hartverwarmend.'

Ze grinnikte. 'Oké, oké. We weten allebei dat ik niet alle eer kan opeisen. Dit is teamwerk, zoals altijd. Ik ben slechts de verkeersagent, die iedereen aanstuurt. Hoe dan ook, ik heb zo'n idee dat mijn arme kalkoen volledig in het niet gaat vallen bij de taarten die Claire en Rose gisteravond hebben gemaakt.' Ze gebaarde naar een werkblad waar pompoen-, bosbessen- en pecannotentaarten in al hun glorie stonden te wachten, compleet met goudbruine korst.

'De meute begint onrustig te worden. Hoelang nog, schat je?'

Snel maalde ze nog een snuf grof zeezout over haar aardappelpuree. 'Ziezo, wat mij betreft zit het erop. Nu alleen de jus nog.'

'Dus dan moet ik in actie komen.'

Alex maakte een waanzinnige kalkoenjus, maar ze moest eerlijk bekennen dat die niet tegen die van haar moeder op kon. 'Ik heb het braadvocht al voor je in een pannetje gedaan.' Ze wees naar het fornuis.

'Perfect. Je zult je wel even willen opfrissen terwijl ik hier de laatste hand aan leg, dan kunnen we daarna iedereen laten weten dat we zover zijn.'

'Bedankt, mam.'

Ze deed haar schort af, hing hem aan een haakje in de kelderkast en haastte zich vervolgens naar de vlak achter de keuken gelegen badkamer. Haar feestelijke witte blouse glansde in de flatteuze verlichting in de badkamer, geaccentueerd door een ketting die ze een paar maanden terug tijdens een van Evies workshops had gemaakt. Die bestond uit halfedelstenen en geslepen glazen kralen die om en om aan bijna onzichtbaar dun zilverdraad waren geregen.

Verborgen eronder bevond zich een andere lange ketting, die tussen haar borsten genesteld zat en die ze nu tevoorschijn haalde. Eraan hing een oogverblindende smaragden ring, zo beeldschoon dat hij haar de adem benam elke keer dat ze ernaar keek. Ze kon niet wachten om de fonkelende steen constant te dragen – behalve wanneer ze stond te koken, uiteraard.

Maar nu nog niet.

Over drie dagen gingen Harry en Mary Ella in dit huis trouwen. Al haar familieleden waren al in Hope's Crossing gearriveerd voor het grote evenement, inclusief Rose en haar gezin en Lila uit Californië.

Hoe mal het misschien ook was, ze vond dat haar moeder het verdiende deze drie sprookjesachtige dagen in het middelpunt van de belangstelling te staan zonder dat zij ertussendoor kwam denderen met haar eigen nieuws. Zodra het een beetje rustiger was geworden, misschien zo tegen de kerst, zouden zij en Sam hun verloving bekendmaken – hoewel ze betwijfelde of iemand van de familie er heel erg van zou opkijken, aangezien ze de laatste paar maanden onafscheidelijk waren geworden.

Sinds die zomeravond lang geleden waarop ze op het randje van de afgrond had gebalanceerd en zichzelf er net op tijd had weggesleurd om te ontdekken dat haar een stralende toekomst wachtte, was met Sam en Ethan alles op zijn plaats gevallen. Ze waren net een nieuw recept met verschillende ingrediënten die op een of andere manier versmolten en elkaar aanvulden met een adembenemend resultaat.

Wie had ooit kunnen denken dat ze zo volkomen, intens, waanzinnig gelukkig kon zijn?

Ze staarde nog een moment langer naar de ring, voordat ze hem weer wegstopte tegen haar hart en de woonkamer van Harry's landhuis binnen liep. Het was een enorme kamer met een hoog plafond, maar het McKnight-kroost wist de ruimte volledig in beslag te nemen.

Lila en Rose, de tweeling, zaten te kwebbelen in een hoek, Sage had het zo te zien aan de stok met haar opa over iets, terwijl Harry's zoon, Jack, hen met een geamuseerd lachje gadesloeg. Haar oudste zus, Angie, was druk in gesprek met haar twee dochters en Maura, en een aantal van de mannen barstte in luidkeels protest los bij een beslissing van de scheidsrechter in de footballwedstrijd op Harry's breedbeeldscherm.

Uiteraard zat Sam te midden van al dat tumult op de bank naar de wedstrijd te kijken. Hij zag er groot, sterk, stoer uit – en o zo schattig met dat kleine in roze gewikkelde bundeltje op zijn arm.

Uit een soort feilloos instinct leek hij precies aan te voelen dat ze in zijn richting begon te lopen. Hij keek op en glimlachte naar haar over het hoofdje van de drie maanden oude Emma, dochtertje van Claire en Riley, en het mooiste, snoezigste engeltje ter wereld.

Ze smolt vanbinnen en werd ineens overspoeld door liefde voor hem en zo'n geluksgevoel dat ze niet goed wist wat ze ermee aan moest.

'Geef op,' beval ze toen ze bij hem was.

'Moet dat?' vroeg hij. Op haar knikje gaf hij met tegenzin haar petekind over, dat naar babylotion, melk en iets hemels rook.

Hij schoof een eindje op om ruimte voor haar te maken, en ze plofte naast hem om te genieten van dit volmaakte, verrukkelijke moment – omgeven door familie, met een baby op schoot en Sams arm om haar schouders.

Even later kwam een horde kinderen met een hoop gegil en gegier door de kamer stormen achter Owen aan, die blijkbaar een erg gewild stuk speelgoed net buiten hun bereik hield. Een van de gierende kinderen maakte zich los uit het groepje en boog af in hun richting.

Ethan leunde tegen haar knieën en keek neer op Emma met die licht gefascineerde, licht benauwde uitdrukking die alleen een zevenjarig jongetje kan opzetten bij de aanblik van zo'n piepklein wezentje. 'Ik verga van de honger, Alex,' kondigde hij theatraal aan. 'Wanneer gaan we eten?'

Ze glimlachte en legde haar vrije hand op zijn zweterige krullen. 'Het duurt niet lang meer. Mijn moeder is nog even jus aan het maken, daarna kunnen we volgens mij aan tafel.'

'Joepie! Als ik niet snel iets eet, keldert mijn bloedsuiker en dan ga ik serieus tegen de vlakte!'

Ze schoot in de lach. 'Dat kunnen we natuurlijk niet hebben. Houdt je bloedsuiker het nog heel eventjes vol?'

'Ik hoop het.' Hij racete weg achter de andere kinderen aan, wist zijn dreigende appelflauwte kennelijk door pure wilskracht nog even uit te stellen.

Alex keek hem na, stapelgek op dat mannetje. Hij had haar in zijn leven geaccepteerd met een ontwapenende vanzelfsprekendheid waar ze soms nog om kon huilen.

Op een bepaalde manier was Ethan in feite de eerste geweest die haar gisteravond een aanzoek had gedaan.

Hij en Sam hadden het grandioos bekokstoofd. Ze waren met z'n allen een avondwandeling gaan maken, ingepakt tegen de kou en met Leo voorop, om de twinkelende lichtjes te bewonderen van vakantiehuizen die rondom het stadje begonnen te verschijnen.

Ze had in de gaten dat er iets aan de hand was, want Ethan liep zowat te stuiteren van opwinding. Een ogenschijnlijk doodgewoon, ontspannen wandelingetje leidde uiteindelijk naar Sams nieuwste renovatieproject, een vervallen oud pakhuis dat hij aan het verbouwen was tot een klein overdekt winkelcentrum een paar straten van Main Street.

Sam zei dat hij iets moest controleren en stelde voor dat ze allemaal naar binnen zouden gaan om een beetje op te warmen.

Toen hij het licht aanknipte, zag ze een gigantisch bericht over de volle lengte van een muur gekalkt, vijftig centimeter hoge letters in kinderlijk handschrift:

Wil je met ons trouwen?

'Ik hou van je, Alex. Ik wil voor altijd bij je blijven,' had Sam gezegd.

'Ik wil echt, echt, écht dat je mijn tweede moeder wordt,' had Ethan eraan toegevoegd.

Met een hart dat overliep van vreugde had ze gesnift en gelachen en hen omhelsd.

Nu slaakte ze een zielstevreden zucht, en Sam onderschepte haar blik met dat heimelijke, sexy lachje dat ze zo onweerstaanbaar vond, voordat hij weer verder in discussie ging met Riley over een vrije schop.

Wat ze als een van de mooiste dingen van haar relatie met Sam beschouwde, was hoe moeiteloos hij en Ethan waren opgenomen in haar familie. Ze waren allemaal dol op hem, van haar moeder tot haar zussen en zelfs de zwagers. Hij, op zijn beurt, was dol op hen allemaal.

Hoewel zij soms horendol werd van haar grote, chaotische, luidruchtige familie, genoot Sam er met volle teugen van.

Als ze er niet honderd procent van overtuigd was dat hij van haar hield – tot haar niet-aflatende vreugde en verwondering – dan had ze weleens kunnen denken dat hij haar uitsluitend ten huwelijk had gevraagd om permanent lid te worden van de McKnight-clan.

Plotseling verscheen Mary Ella in de deuropening, en Harry zette meteen het geluid van de wedstrijd uit met de afstandsbediening, die hij waarschijnlijk aan niemand afstond.

'Oké, luitjes. Volgens mij is alles klaar.'

Eigenlijk zou Alex hebben moeten helpen om alles op tafel te zetten, maar ze vond dat ze haar steentje had bijgedragen door het grootste deel van het diner te koken.

De kinderen begonnen te joelen.

'Eindelijk!' riep Ethan uit op diezelfde theatrale toon.

'Mee eens,' zei Harry grinnikend, en hij ging de rest voor naar zijn eetkamer, met het panoramische uitzicht over de kloof naar het Silver Strike Resort.

Met tegenzin gaf ze Emma over aan Claire, waarna ze Sam en Ethan volgde om een plekje aan tafel te zoeken.

Harry was waarschijnlijk de enige persoon in Hope's

Crossing met een huis dat groot genoeg was om ruimte te bieden aan haar broer en zussen met hun gezinnen. Desondanks was het dringen geblazen om zijn gigantische eettafel om iedereen een plek te geven.

Als gastheer bleef Harry aan het hoofd van de tafel staan totdat iedereen was aangeschoven. 'Het zijn me wel een paar jaartjes geweest, nietwaar?'

Alex keek naar haar familie en dacht aan de vele gebeurtenissen die ze hadden meegemaakt – hoogte- en dieptepunten, vreugde en verdriet en tweede kansen.

'We hebben zoveel om dankbaar voor te zijn,' zei Harry. 'Nieuwe kansen. Nieuw leven. Nieuwe huwelijken.' Hij nam haar moeders hand in de zijne en, met een hoffelijk gebaar dat in tegenspraak was met zijn branieachtige persoonlijkheid, drukte hij een kus op haar vingers. Mary Ella bloosde, en een paar van de jongere kinderen maakte kokhalsgeluiden.

Onder de tafel voelde ze Sams hand op haar knie, sterk, stevig, geruststellend. Aan haar andere zijde gaf Ethan een por met zijn schouder tegen haar arm en deed zijn best om naar haar te knipogen over hun geheimpje, maar die techniek had hij nog niet helemaal onder de knie, waardoor het meer weg had van een komisch spasme van de helft van zijn gezicht.

'In weerwil van het verleden,' ging Harry verder, 'hebben jullie me allemaal met open armen ontvangen in de familie, en daarvoor moet ik jullie bedanken.'

Hij onderbrak zijn toespraak even om de tafel rond te kijken, en bij elke andere man had ze gedacht dat hij het een beetje te kwaad kreeg. Zo niet Harry, natuurlijk. Hem zat waarschijnlijk een olijf dwars of zo.

'Het leven is iets wonderlijks,' zei hij zachtjes. 'We maken keuzes, stippelen een koers uit en moeten dan meestal met de gevolgen ervan leven. Maar soms krijgen we de uitzonderlijke kans om een andere weg te kiezen. Wanneer die zich voordoet, komen we er vaak achter wat werkelijk belangrijk is. Niet geld, macht, land. Niet een kast van een huis. Maar dit.'

Hij schraapte zijn keel, de oude bullebak, en keek hen stralend aan, maar met name zijn zoon, Jack, van wie hij zoveel jaren vervreemd was geweest.

'Dit,' herhaalde hij. 'Familie. Vrienden. Liefde.'

'Vergeet lekker eten niet,' vulde Alex aan.

'Bravo,' klonk het in koor.

Harry had gelijk, dacht ze, nadat het dankgebed was uitgesproken door Angies man en ze allemaal hun borden begonnen op te scheppen met haar heerlijke gerechten.

Totdat Sam in haar leven was gekomen, was ze er heilig van overtuigd geweest dat haar koers vastlag, dat ze goed op weg was om alles te bemachtigen wat ze nodig had.

Ze had zichzelf wijsgemaakt dat ze alles had wat ze zich maar kon wensen. Sam en Ethan hadden haar de kans gegeven om een andere weg in te slaan, een weg vol vreugde en plezier en levenslust.

Nu zou ze niet anders meer willen.